Vidamor Cabannas

DUAL

Salvador - Bahia
Editor: Denivaldo Silva
2020

C112d Vidamor Cabannas

Dual / Vidamor Cabannas. – I ed., Salvador, BA

Prefixo Editorial: 902148 – (Ed.) Denivaldo Silva
Número ISBN: 978-65-902148-4-3

Copyright© 2020 by Vidamor Cabannas

I. Romance – Brasil   2. Literatura brasileira

Índice para catálogo sistemático:

I. Romance; ficção e contos brasileiros – CDD 869.93

2. Literatura brasileira – CDD B869

Esta obra é dedicada à minha esposa Juci Correia e aos meus filhos Denis Vidamor e Lise Vidamor, pessoas que souberam pacientemente entender, em período posterior à conclusão desta história de ficção e poesia, sem enxergar nisto um ato de loucura, alguém que dizia estar descobrindo os segredos do universo a partir do nada, conforme a lógica exposta na Teoria da Objetividade.

Apresentação

Em maio de 1994 eu cheguei em Salvador para trabalhar como Oficial da Justiça do Estado da Bahia. Visitante da cidade por diversas vezes, eu já havia morado, quando criança, por um ano na praia de Arembepe, no Litoral Norte, e residido por alguns meses no Bairro da Federação, na capital, quando tive que me submeter, com dez anos de idade, a três cirurgias na mão direita para tentar salvá-la de um grave ferimento que sofri na extinta guerra de espadas da minha terra natal, Cruz da Almas, que fica na Região Recôncavo do Estado. Nessa época infante, não tive tempo e sensibilidade suficientes para absorver a mágica energia da capital, ou ao menos tentar de alguma forma traduzi-la. Mas, quinze anos depois, quando lá retornei para morar e trabalhar, tive a oportunidade de perceber em detalhes aquela cidade. O meu trabalho permitiu-me o acesso a todos os bairros e regiões. Conheci tudo bem de perto, caminhei sobre as palafitas do Bairro Alagados, desci nas depressões, caminhei nos vales, subi os morros e adentrei nos condomínios e mansões localizados nas regiões mais nobres da metrópole. Mais do que isso, presenciei de perto a efervescência cultural daquela terra, principalmente a energia mágica do Centro Histórico do Pelourinho e a força avassaladora do carnaval. Vivi ali por seis anos, quando no ano 2000 assumi novo cargo e retornei para Feira de Santana, onde eu já possuía casa e família.

As diversas facetas de Salvador ficaram em mim intensamente marcadas e no ano de 2001, sem nenhum planejamento anterior ou pesquisa, eu senti a necessidade de começar a escrever algo sobre aquela época que tanto me impressionara. Uma obra de ficção, é verdade, mas que retrata a cidade de Salvador e a cultura da Bahia a partir de uma ótica poética que percebeu naquela cidade duas realidades bastante distintas, narradas a partir de uma história escrita quase que de modo psicografado, onde as seções são construídas apenas quando há inspiração, que arrancam do inconsciente coisas que a consciência sequer desconfiava.

Aliás, semelhante ao personagem Timeu, do filósofo Platão, o meu ato de escrever ficção nunca foi igual à obra de um engenheiro que planeja, calcula e executa. Ao contrário, a inspiração é externa, quase sem planejamento, e ela surge como fluxos externos de energias que eu acredito serem espirituais. Platão invocava os deuses quando iniciava os seus diálogos. Eu não os invoco, mas sinto que escrever apenas com a inspiração é muito mais divino que humano.

Alguns anos depois de escrever a obra Dual, eu percebi que muitas das poesias que eu já havia composto em anos anteriores e, também posteriores, poderiam servir para narrar o sentimento de diversos momentos dos personagens da história. Desse modo, eu utilizei algumas dezenas das minhas poesias, escritas também sob a égide da inspiração espiritual externa, e as enxertei em diversas partes do romance, dando a ele a sua feição final. Portanto, essa história ficcional de amor, poder e poesia é fruto dessa mescla de conto e poesias construídas ao longo de cerca de duas décadas.

No ano de 2007 eu comecei a escrever outra obra, fruto também de inspiração do Demiurgo, mas distante da ficção. Ao contrário, a Teoria da Objetividade* é uma obra filosófica amparada em amplo raciocínio lógico e matemático. Essa é uma teoria de criação do Universo, alternativa à Teoria do *Big Bang* e ao Criacionismo. Somente após ter divulgado publicamente a Teoria da Objetividade no ano de 2016, cumprindo assim a minha primeira e maior missão no cosmos, eu comecei a sentir que o romance Dual deveria sair dos arquivos guardados e já esquecidos para ser também tornado público, sujeito às boas apreciações e às mais severas críticas.

Vidamor Cabannas

---

* Vide apêndice com notas introdutórias da Teoria da Objetividade: a terceira teoria de origem do universo, alternativa à Teoria *do Big Bang* e ao Criacionismo.

Capítulo

1

O Sol entre os trópicos castiga, mas embeleza as peles douradas. No Brasil, Bahia, Salvador, Cidade Baixa ou Alta, o calor sufoca brancos, pretos e mestiços. As vidas, justas ou injustas, se conformam com o caos urbano. O asfalto negro camufla a fumaça cuspida pelas descargas. Nesta metrópole, são duas ou mais cidades em uma, são dois ou mais estilos de vida em um: o estilo de vida baiano.

Na cidade dos deuses há infernos e há paraísos; há favelas e há moradias luxuosas ou dignas. São dois pedaços de terra no mesmo chão: é a fome e a opulência; é o miserável e o rico. A cidade é uma moeda, com duas faces, duas realidades distintas, mas unidas por alguns dons dados pelos deuses: o mar, com suas praias extensas que congregam gente de todos os tipos, de todas as raças e classes. As praias, olhadas de longe, parecem tiras de algodão-doce invadidas por formigas inquietas. Elas são a porta, a boca de entrada do deus que parece permitir majestosamente que tanta gente permaneça à sua borda, cobrando apenas algumas vidas que são as daqueles que de repente se veem tragados pelas águas e em poucos instantes se encontram esticados na areia, sob os olhos daqueles que observam, abismados, o defunto.

O outro ponto de convergência social, e sem dúvida o maior de todos, é o carnaval; são as festas populares. É como mágica, feitiçaria. Milhões de pessoas feito grãos de areia se amontoam atrás dos trios elétricos, dos blocos, das batucadas...

Assim segue a vida na Bahia, que tem festa o ano inteiro, no inverno e no verão, ao som das guitarras e dos atabaques.

Nos coletivos lotados, nativos se espremem, pisam e têm os pés pisados. Pela porta de saída do ônibus, entra o moleque trabalhador, faceiro. O motorista olha com um ar quase de repreensão. O menino não se importa — em um só dia ele sobe dezenas de vezes em ônibus. Ele então faz a sua propaganda no meio do veículo: "Olha o picolé da fruta: coco, acerola, amendoim..." O garoto parece fazer mágica para poder conduzir a caixa de isopor por entre as pessoas, que já se amassam. No fundo da condução, outros moleques vencem o calor da maneira mais própria da terra de todos os santos, de todos os orixás: eles cantam e entoam uma batucada de ritmos afros, com letras de protestos contra a discriminação racial e outros temas. As músicas falam de igualdade, de festa, de conjuntos musicais e blocos de afoxé.

No crepúsculo, ao caos e ao paraíso, o mar observa solto o cair do Sol. A sua brisa serena e o seu cheiro, tão próprios como a própria vida de baiano, amenizam ou dão um prêmio à vivência daqueles que conseguem percebê-lo. O mar é o mar: é um deus à parte, venerado por todos e habitado por outros deuses. Ele é que faz com que a cidade tenha uma face diferente da do caos urbano: a do paraíso de praias, mulheres e homens bonitos, música, muita música e dança – é a Bahia!

E por falar em deuses do mar, foi em um dia desses deuses que Chico Estrela chegou em Salvador. Era um dia de calor e, desde a viagem que fizera na carroceria de um caminhão, ele já havia ouvido falar da festa. Era um dia dois; dois de fevereiro, o dia da deusa do mar: Iemanjá.

Chico Estrela chegou à capital Salvador, estático sobre as tábuas empoeiradas daquele velho veículo. Estava vindo do Sertão seco. O ano era 1997. Por sorte, o caminhão deixou o sertanejo perto do local da festa. Ele estava assustado com tudo: os prédios altos, que só conhecia através da televisão; a quantidade de gente amontoada; as batucadas; o frenesi da procissão. Aquela zoeira deixou o matuto afoito, quase desesperado. Ele observava, afastado, a multidão desvairada. Mulheres vestidas de saias brancas e rodadas seguiam com flores nas mãos. De todos os lados surgiam pessoas com presentes - estaria alguém fazendo aniversário?!

Chico Estrela se sentiu preso no meio da multidão que não parava de crescer. Para poder observar aquele momento mágico, que lhe deixava como se estivesse dopado, ele subiu em uma pequena escada à frente de algumas casas. O sertanejo não esperava que aquele fosse o momento mais grandioso de sua vida até então. O seu coração mudou de ritmo; o barulho das pessoas, das batucadas, eram como se não mais existissem para o recém-chegado. Tudo para ele era um grande silêncio. Ele observava a grandiosidade de um deus, mágico e exuberante. Naquele frenesi coletivo, o deus avistado pelo matuto parecia observar tudo estático. Os olhos de Chico Estrela nem piscavam e, por um instante, ele pensou estar sonhando. Mas o mar estava ali, azulzinho, em sua frente, a poucos metros. A atitude de Chico Estrela depois de alguns instantes de paralisia existencial foi ir de encontro ao seu deus, ao seu sonho. Empurrando as pessoas, ele ia abrindo caminho em direção à divindade. Quando chegou à praia, tirou os sapatos e pôs os pés na areia quente – Ele queria sentir tudo. Entrou no mar, disfarçadamente colocou na boca um pouco de água para ver se realmente era salgada e lembrou do sertão. "Há! Se lá tivesse tanta água como aqui." Recordou de Soninha, sua namorada deixada para trás, e de toda a sua família.

Em um momento de tristeza por saber que os seus entes queridos estavam vagando naquele sertão seco, ele chorou e lavou o rosto com a água do oceano.

A festa prosseguia. As pessoas começaram a colocar os presentes em embarcações que saíam em direção ao alto mar. Chico Estrela não entendia nada. Mas, aos poucos, ele começou a compreender que se tratava de oferendas. Aquelas pessoas estavam levando os presentes para a deusa das águas: Iemanjá. Eram flores, bonecas, perfumes e joias.

A multidão espremida, as barracas de bebidas, as batucadas, os trios elétricos, tudo para Chico Estrela era exótico. No amanhecer do dia, com as ruas já esvaziadas, havendo apenas algumas pessoas que ainda bebiam e dançavam em barracas afastadas, ele sentia-se exausto. O sertanejo havia ficado desde cedo feito cachorro doido andando de um lado para o outro sem nada fazer, observando tudo. Foi dormir. E o fez junto a uma barraca localizada na areia da praia. Sonhara com o sertão, com os seus dias secos. Apesar do sofrimento daquela terra, da falta d'água, ele sentia recordações – e como sentia! Era como se ele ainda visse o cachorro latindo na varanda; a vaca, com costelas à mostra pela falta de comida, berrando no pasto seco e coberto de garranchos. Naquelas recordações, Chico Estrela lembrava principalmente de Soninha e das noites de luar. Ele duvidava que houvesse no mundo noites mais lindas do que as do sertão: a Lua no céu, que brilhava feito pérola valiosa; o ar fresco; o silêncio invadido apenas pelos cantos de alguns pássaros noturnos; e Soninha – os beijos de Soninha nas noites de luar com o céu estrelado! Chico Estrela sempre pensava que se em algum lugar houvesse paraíso, para ele este paraíso deveria incluir uma noite enluarada do sertão, com estrelas e, principalmente, os afagos de Soninha.

Mas, o sertão seco era mais sofrimento do que prazer. E, como em um silêncio, uma voz gritava-lhe aos ouvidos aquilo que estava preso em sua garganta e na garganta do povo daquela terra:

Semi árido

Espírito insólito
Tórrido
Sofrido como pé descalço
Que tem como calço espinhos.

Nordestino, quase morto.

Como rimar com flores
As dores de um povo abatido no tempo
Pelo Sol, pela chuva que não cai
Pelo passar de cada hora
Pelos homens?

Como brindar o peso de um fardo trazido em si
Aos olhos mórbidos dos gados quase mortos
Esqueléticos?

Como rimar mandacaru com vida
Com força, com garra
Se ele traz à tona a culpa de homens
Que colocam como bode expiatório o próprio rei Sol
A falta de chuvas?

Não adianta gritar para Padim Ciço[1]...
Do céu ou do inferno ele não ouve!

Não adianta rezar para cair chuva
Do céu ou do inferno
São Pedro não manda.

Não adianta sair feito cego pelo mundo
No céu ou no inferno não te dão abrigo.

Mas adianta querer erguer esta terra
Que, como céu ou como inferno
Se dela tirardes a riqueza
Nela serás feliz.

2   Era manhã. A luz do Sol rasgara a escuridão da madrugada desrespeitando o silêncio com o canto de alguns pássaros e o roncar do motor de automóveis. Chico Estrela acordou. Para ele, aquele não era simplesmente mais um novo dia, era o começo de uma vida. Aquele amanhecer era realmente o raiar de um novo viver.

Ele precisava arranjar trabalho e morada. Trabalho não foi difícil: conseguiu serviço de atendente em um bar na praia – uma espécie de garçom de praia. E morar?! Chico Estrela passou cinco noites ali mesmo ao lado do local que trabalhava. Mas, ele precisava de uma casa, de um barraco. Conversando com colegas, ele ficou sabendo de uma casa para alugar. Seu companheiro de trabalho, Zéu das Contas, era uma pessoa aparentemente boa, gostava de se envolver com os amigos e tentar indicar a eles soluções. O sobrenome das Contas era na verdade um apelido que ganhou porque ele era o responsável por fechar as contas e receber os pagamentos das mesas que ficavam na areia. Fez logo amizade com Chico Estrela e providenciou saber de algum quartinho para ele alugar. Zéu das Contas providenciou tudo para o colega:

– Amigo Chico Estrela, você sabe que eu não lhe ofereço dormida na minha casa porque lá não está mais cabendo eu com minha mulher e meus três filhos, quanto mais outra pessoa! Mas, eu consegui arranjar um barraco lá

---

[1]Modo como é chamado o falecido Padre Cícero que é considerado santo em algumas regiões do Nordeste brasileiro.

onde eu morava. Dá para você pagar e ainda sobra dinheiro para a comida e para o transporte.

Chico Estrela percebera uma luz na sua nova vida. Morar, comer e, quem sabe, poder economizar para poder ajudar os seus parentes no sertão; isso era tudo o que ele queria. Mas, só por enquanto: na verdade Chico Estrela buscava muito mais. Ele não desejava ser simplesmente mais um no meio da multidão. Ele não sabia ainda de que maneira conseguiria isso, porém tinha no peito um projeto de vida, um ideal muito grande.

Chico Estrela não era nenhum intelectual, mas possuía uma visão crítica do mundo em que vivia. Aprendera muito com um primo seu que participava de uma organização sindical de trabalhadores rurais. Ele sabia das desigualdades, dos dissabores existenciais dos homens. Mas, paralelo a essa preocupação com a desigualdade entre pobres e ricos, Chico Estrela tinha uma preocupação consigo próprio: ele desejava ser líder, ter poder, dominar ao invés de ser dominado. Isso se chocava, de certa forma, com o seu ideal de igualdade social.

Zéu das Contas seguia com Chico Estrela ao bairro onde ficava o barraco a ser alugado. O recém-chegado não conhecia a cidade, precisava ser orientado, e, por sorte, tivera encontrado aquele colega tão atencioso.

Na estação de transportes, em meio a toda aquela multidão, um silêncio cobriu os ouvidos de Chico Estrela e em seu pensamento surgiam verdades sobre os seus desejos e sentimentos:

Estação

Não quero me sentir como mais um no meio da multidão
Eu quero ser o pássaro...
Voar
Quero encontrar o querer
Mais do que isso: quero abster-me entre os viventes convencionais.

Na estação cega
Raças, sexos, idades
Misturam-se feito formigas barrufadas de inseticida.

"Olha o picolé! Aceito vale e passe!"
Grita o menino com uma entonação de quem pede socorro.

Ao alto, escadas-rolantes são como cabeças ferozes de um mesmo monstro
Algumas engolem o povo que chega, que desce dos ônibus
Outras, cospem-no fora
Feito alguém que recusa uma comida podre, passada.

Impasse entre os viventes do mundo.
Estou devorado pela multidão...

No ônibus, Zéu das Contas procura antecipar ao colega o tipo de moradia que lhe esperava:

— Chico Estrela! O barraco que você vai ver para alugar não fica em um dos melhores bairros, mas dá para morar.
— Onde fica esse barraco?
— Fica em Alagados.
— Alagados?! O bairro é cheio de água?!
— Grande parte sim.
— Como é que se mora em um lugar cheio de água?! Eu nem sei nadar!

Sorrindo ironicamente, Zéu das Contas explicou:

— Você não vai ficar dentro d'água. Os barracos ficam sobre palafitas, madeiras que sustentam as casas.

Chico Estrela ficou apreensivo com a descrição feita pelo seu colega. Ele era pobre, sertanejo sofrido, mas nunca foi alagado. Pelo contrário, vivia em um local quase sempre seco. Lembrou então dos fins de tarde em sua terra, da sua mãe no terreiro varrendo os garranchos levados pelo vento. Aquele fim de mundo de onde ele veio não era só inferno, era também paraíso. Aquele pôr do Sol, as aves passando sobre sua cabeça em direção à dormida, aquele crepúsculo, o horizonte dourado; tudo isso era mágico. O fim da tarde substituía o cinzento da caatinga e o azul celeste por um quadro colorido diferente. Um momento divino, espiritual, que anunciava a chegada de uma outra face do sertão árido: a noite que se apresentava feito um manto negro, encoberto por milhões de pontos iluminados. E, ainda, como complemento, uma Lua mutante: cheia, minguante, crescente. Aquele espetáculo surgia todos os dias sobre sua cabeça e aos olhos dos viventes daquela terra seca e pobre.

Chico Estrela amava aquela terra, mas ali não conseguiria muito a não ser uma cova rasa em torrão rachado e esquecido pelos homens do poder.

Os dois colegas chegaram aos Alagados. Chico Estrela viu, estático, aquele cenário que parecia mais cenas de um filme rodado no inferno. Quase chorando, Chico Estrela exclamou a Zéu das Contas:

— Eu não acredito: como pode ter tanta casa dentro d'água? tanta gente?
— Vamos até ao barraco que você vai alugar — convidou Zéu das Contas, que continuou explicando:
— Com o dinheiro que você ganha não dá para arranjar lugar melhor e ainda pagar comida e transporte. Quando eu era solteiro, eu morei aqui; mas, aí eu casei e juntando o meu salário com o da minha esposa, que trabalha de

doméstica, deu para a gente se arranjar em outro local. Os meus pais queriam me dar uma boa casa em um bairro muito bom, mas eu não aceitei.

– Você deixou de morar em uma casa em um bairro digno para vir morar aqui nessas palafitas?!

– Foi sim! Depois que saí de casa por não mais suportar a implicância dos meus pais com minha vida, eu nunca mais quis depender deles para nada. Mesmo eles sendo ricos do jeito que são!

Chico Estrela não entendeu a posição de Zéu das Contas, que vinha de uma família nobre, mas preferia ficar naquela vida de sacrifício. Vida que para ele começava ali, naquele mundo de casas e água.

Um nó atravessava a garganta de Chico Estrela feito uma navalha. Ele tentava engolir a saliva que se formava na boca, mas não conseguia. O fedor do mangue, misturado com o lixo e o esgoto, invadia as narinas daquele sertanejo acostumado somente com as carniças dos bois mortos pela peste da seca. Mas era diferente: quando um animal morria, eles levavam o corpo para distante da casa por causa do mau cheiro. Ali nos Alagados não! Ali, tinha-se que morar em cima da carniça; ali, tinha-se que andar feito malabarista sobre aquelas tábuas soltas. Naquela latrina marítima que se chamava de bairro, os urubus rodavam o céu como que em busca de uma vítima, de uma miserável carniça humana esquecida sobre a água parada de uma ponta de mar, de um mangue podre e fedorento.

O Sol se punha como que apagando a luz de qualquer esperança, de qualquer solução emergente para aqueles restos de vidas ali existentes. Chico Estrela observava, estático, o tomar da noite cobrindo de luto todas as vidas que ali estavam. As luzes opacas dos barracos, acionadas através de ligações clandestinas, contrastavam com o brilho dos arranha-céus do outro lado da baía. Chico Estrela pensava, então, quando iria chegar o dia em que ele iria poder morar em uma casa digna. O sertanejo sonhou com as parafernálias eletroeletrônica que o mundo do consumismo oferece. Ele sonhou com a família que queria construir embaixo de um teto confortável, no reconhecimento que queria ter enquanto pessoa humana. Mas, acima de todos aqueles sonhos estava o seu principal desejo de ser líder, de ser homem do povo.

Voltando a si, o sertanejo percebera que por enquanto ele estava ali naquele pedaço de inferno. Uma angústia tomava-lhe a alma e, por um instante, ele pediu a Deus que o mundo parasse que ele queria descer.

Chico Estrela pensou em desistir, mas foi forte. Ele sabia que precisava de moradia, necessitava trabalhar, crescer e ter bens para depois tentar ter poder. Comprou cama, uma panela e fogão de duas bocas. O dinheiro dos primeiros meses de trabalho foi embora e ele teve que passar fome.

À noite, os ratos agonizavam como em um ritual satânico por entre as tábuas e esgotos daquele pedaço de inferno.

Passados quatro meses, Chico Estrela já não sentia o mau cheiro como no primeiro dia que ali chegou. Os ratos, baratas e mosquitos já não lhe incomodavam como no início. Mas ele achava que o inferno é pior na cabeça de quem está de fora dele do que na cabeça de quem nele já reside. Ele não queria se acostumar com o sofrimento. Ele não veio para ser mais um. Ele precisava sair do inferno para o paraíso, do sofrimento para o gozo, da subordinação para a autoridade, dos Alagados para um bairro de classe. Pensou então no raiar de um dia; nos raios coloridos do Sol desfazendo a neblina alva da madrugada. Recordou do dia em que chegou a Salvador, da alegria do povo dançando e cantando. Mas, ele não queria ser só um idiota pobre atrás de um trio elétrico e sim um abestalhado poderoso dançando dentro de um luxuoso camarote.

3 O som da Bahia, o Sol, o mar, as mulheres, tudo encantava Chico Estrela. Mas, a miséria o chocava e um desgosto tomava-lhe o peito. Em um desses momentos de reflexão e tristeza, o sertanejo resolveu ir ao Pelourinho.[2] Lá ele viu pretos pendurados nos lábios de brancos; admirou os rastafaris, os louros ripes, os amarelos turistas, os mestiços, as luzes da noite, o som dos atabaques e o suor daquela mistura de raças. Pensou consigo: "Ah! se essa cidade fosse igual como parece ser o Pelourinho!" – Logo ali, onde no passado colonial a palavra pelourinho dava nome à coluna central à praça onde os condenados e, principalmente os escravos arredios, eram açoitados, muitas vezes até à morte!

A vida seguia na Bahia. Chico Estrela estava ali há seis meses. Em mais uma noite de solidão, sobre o mangue, ele pensava em seu amor, ou ex-amor: Soninha. As cartas que ele escrevia para ela já não eram mais correspondidas. Com certeza ela deveria ter arranjado outro homem. E as suspeitas do sertanejo logo se confirmaram: recebeu da mãe uma carta dando notícias e informando que Soninha houvera arranjado um noivo, um peão vaqueiro acostumado com o castigo do Sol, dos espinhos e garranchos da caatinga que lhe riscavam a pele quando na perseguição de animais desgarrados. Peão que tivera a sorte de arranjar aquela morena para nas noites frias do sertão árido aquecê-lo com sua pele – nem sempre cheirosa –, mas macia, muito macia.

Na noite que ficou sabendo que o seu amor lhe deixara, Chico Estrela passou em claro ouvindo o barulho dos miseráveis roedores. Na manhã seguinte, no ponto de ônibus, ele estava como que dopado, flutuando por outras dimensões.

O ônibus para o trabalho chegara e Chico Estrela tentava subir naquela lata de sardinha entulhada de miseráveis sofredores. É verdade que nem todo mundo vai para o trabalho assim, feito manada de boi em carroceria de caminhão. Em algum lugar da cidade, seguia para a sua empresa um

---

[2]Bairro histórico de Salvador, patrimônio da humanidade, que funciona como um verdadeiro centro cultural e onde se localizam atualmente ateliês, templos católicos, museus, restaurantes, casas de shows, comércio de artesanatos, joias e artes.

"homem de bem". Um homem acostumado com a opulência, com o poder. Em seu automóvel importado, ele não sentia o calor que já encharcava de suor a camisa do sertanejo metido no ônibus. Ouvindo música clássica, o poderoso Dr. Adolfo aguardava o sinal vermelho e observava crianças limpando para-brisas com a finalidade de conseguirem alguma gorjeta. A maioria dos motoristas nem se importava com aquelas crianças naquelas sinaleiras, naqueles cruzamentos de vidas opostas. Para muitos, aqueles limpadores de para-brisas eram como moscas de esgoto que ali pousavam e levantavam voo quando o sinal abria. Foi nesta trajetória para o trabalho que Doutor Adolfo presenciou um terrível acidente:

Atropelo

Sufoquem-se nos espaços vazios
Desta metrópole superpovoada
Engulam a fumaça cuspida das descargas e fábricas
E deixem na garanta
A lembrança das florestas
Do ar campestre.

De repente! uma travessa.
Uma cruz de morte
Uma estrela, um carro veloz
Uma cor de guerra, de sangue
Um sinal vermelho.

Um idiota vivente
Pai de filho e filha
De família.

Um choque de carne e metal pesado
Um corpo no asfalto quente.

Ao redor, bocas abertas exclamam: meu Deus!

Ao fundo, começa-se ouvir as buzinas
Engarrafam-se os automóveis
As vidas.

Como trilha de formigas atordoadas
Aguardam a remoção dos pedaços
Do corpo.

Viventes e máquinas rodantes cruzam o asfalto em sentido de cruz
O sinal é novamente sangue
E o atropelo é apenas uma linha

Dr. Adolfo chegou ao seu escritório — uma construtora bem-sucedida:

— Bom dia dona Audi!
— Bom dia Dr. Adolfo!
— Por favor, aqueles documentos que ficaram ontem sendo preparados, traga-me para assinar.

Entrando em seu gabinete, Dr. Adolfo abriu um jornal, mas estava inquieto. Aquela cena de sangue na sinaleira o deixou com os nervos abalados. Além disso, o engarrafamento que se formou depois, as miseráveis buzinas, tudo o deixou intranquilo.

O empresário era um homem privilegiado: descendente de grandes fazendeiros do interior da Bahia, mudou-se desde cedo para a capital e ali se tornou engenheiro e grande empresário. Dr. Adolfo possuía dinheiro, poder, prestígio na sociedade.

A secretária entrou no gabinete trazendo os documentos:

— Aqui estão Dr. Adolfo.
— Obrigado!
— O senhor resolveu se vai para Brasília amanhã? Eu preciso reservar a passagem.
— Pode reservar no horário de sempre. Droga! Assinei o documento no local errado. Um atropelo que eu presenciei hoje em uma sinaleira me deixou meio nervoso.
— Atropelo?! Houve vítima fatal?!
— O pobre miserável uma hora dessas deve estar em uma das geladeiras da Polícia Técnica. Foi pura imprudência do motorista que avançou o sinal vermelho. Dona Audi, por favor, prepare outro documento que este aqui está inválido.

Saindo do gabinete, a sensual secretária deixava no ar um doce perfume e exibia, com sua saia pouco acima dos joelhos, as batatas das pernas douradas pelo Sol e torneadas por dádiva da natureza. Audi era uma mulher só. Ela havia perdido o noivo há cerca de um ano em um acidente de automóvel. Sua família residia em Salvador, mas há muito tempo ela já morava sozinha. Audi estava angustiada; um mal-estar tomava-lhe o espírito. Ela sentia a falta de amigos e do noivo que morrera. Depois dele, não arranjou mais ninguém.

Era sábado e Audi resolveu ir a uma festa de largo. A melhor terapia para baiano é música, balanço, suor, descontração... E era disso que aquela mulher sozinha estava precisando.

Do outro lado da cidade, Chico Estrela pairava pensativo. Refletia sobre a vida que vinha levando. Morando naquele lugar, trabalhando de garçom em uma barraca de praia, o dinheiro não dando nem para se alimentar direito. Como ele iria, daquela forma, alcançar os seus objetivos de vida?! Iria ele permanecer pelo resto dos seus tempos ali naquele fim de mundo?!

Um desespero tomava-lhe o espírito. A falta de uma companheira, a saudade do sertão, tudo contribuía para aumentar a sua dor. Chico Estrela encontrava-se ali em um canto úmido de um barraco de madeira a boiar sobre as águas fétidas de um mangue. Era como se fosse o mundo, os ratos, as baratas e os mosquitos contra aquele pobre homem tomado pelo desespero e pela decepção de uma terra desigual. Mas Chico Estrela era forte, um homem que tinha um objetivo claro de vida. Ele era um lutador, um batalhador que não se entrega diante do inimigo mundo. Enxugou as lágrimas que desciam do rosto amargurado e começou a pensar que seria necessário arranjar um outro tipo de atividade, de trabalho. Veio então aos seus ouvidos uma mensagem, como uma poesia que lhe refrescava a alma e lhe enchia de forças para ir à luta:

Primavera

Quem foi que pensou
Que tudo está pedido
Que do outro lado não há mais nada
E desse, só desilusão?

Quem foi que pensou
Que o Sol não voltaria a nascer
Depois da noite de pesadelo e tormenta
Depois da escuridão incircunspecta?

Quem foi que pensou
Que não se deve sonhar
E que todo o sonho foi em vão?

Enganou-se
Pois o Sol está de volta
E aquele pesadelo, aquela tormenta
Era apenas parte do nosso crescer
E assim foi, crescemos.

Enganou-se
Pois nada estava perdido
Do outro lado, sempre há alguma coisa
E desse, todo o nosso lindo viver.

Enganou-se
Pois o sonhar faz parte
E a vida, é um campo minado
Que depois de detonadas as bombas

Chico Estrela precisava de alegria, precisava recuperar totalmente os seus ânimos. Resolveu ir ao centro da cidade para uma festa de largo. Lá o sertanejo encontrou o que necessitava: descontração, a leveza de pessoas que cantavam e dançavam ao som das enlouquecedoras músicas baianas. Homens, mulheres, pretos, brancos e mestiços pulavam na calçada feito andorinhas festejando o verão. Audi estava ali, também, há algum tempo. Sentada em uma mesa de barracas de bebidas, sem querer ela colocou os olhos sobre um homem comum, mas que tinha um ar diferente no rosto, como uma luz que resplandecia para a vida. A Secretária havia avistado Chico Estrela. Ele estava em pé ali em um canto daquela festa. Ele não dançava, apenas observava estático, como um Deus, o requebrado dos que ali se divertiam. Virando os olhos para outra direção, o sertanejo percebeu que estava sendo observado pela moça. Ela disfarçou imediatamente. Chico Estrela não acreditava que ela estivesse a observá-lo e continuou a assistir à festa. Mas, logo constatou que ela realmente estava lhe admirando. Teve vontade de ir perto dela, mas sentiu uma espécie de vergonha. Passados alguns minutos, ele não resistiu e aproximou-se da mesa de Audi:

— Olá, tudo bem?
— Tudo bem, sente-se!
— Você está esperando alguém?

Mentindo, Audi confirmou:

— Eu estava procurando alguns colegas, mas eu não os encontrei. Nós não marcamos em um local específico e a área da festa é muito grande.

Sorrindo, ela perguntou:

— Você é baiano?
— Sou do sertão árido da Bahia.
— Você não parece um sertanejo.
— É mesmo? Eu sempre achei que eu tinha um jeito de sertanejo muito forte.
— Não, não tem! Você possui um aspecto de alguém que vive na cidade há muito tempo. Nem o sotaque sertanejo você tem!
— É, mas eu estou aqui em Salvador há apenas seis meses. Estou trabalhando de garçom em uma barraca de praia. Sabe... hoje eu estava refletindo sobre a minha situação aqui e tirei a conclusão de que para chegar a algum lugar eu tenho que conseguir um trabalho melhor. Mais do que isso, eu preciso me tornar independente, montar um negócio próprio... sei lá! O caso é que eu não deixei minha terra, minha vida para trás, para viver aqui e ser mais um miserável explorado. É claro que eu sei que no sistema em que a gente vive é necessário ter explorador e explorado, dominador e dominado, se não ele não funciona. Mas, eu tenho dentro de mim uma espécie de luz, de estrela guia e não sei aceitar a forma como o mundo funciona. Eu sei que a maioria

das pessoas não encaram assim; mas, para mim é difícil viver de costas para o mundo que eu sempre sonhei e ser mais um pai de família que bate o ponto de entrada e outro de saída em uma empresa. Eu tenho necessidade de estar de frente para o mundo, contemplar suas cores ao meu jeito, ser independente.

A secretária, meio surpresa com as colocações de Chico Estrela, indagou:

— Mas, imagine se todas as pessoas tivessem essa luz que você diz ter, como ficaria o mundo, como funcionariam as empresas, quem produziria?

— Eu a entendo, mas acho que se todas as pessoas pensassem como eu penso, o nosso sistema não seria o capitalista, seria outro mais igual. Porém, a maioria das pessoas conseguem ser felizes sendo um subordinado, um vendedor de força de trabalho. E é isso que permite com que tudo funcione. É uma questão de natureza humana.

Depois de um pequeno silêncio, Audi perguntou:

— Qual é o seu nome mesmo?

— Francisco Estrela. Chico Estrela, simplesmente, como sou conhecido.

— Pois é Chico Estrela, você não fala como alguém que veio do sertão seco. Parece uma pessoa muito bem instruída.

— Mais ou menos! Eu só tenho o curso secundário, mas aprendi muito com um primo meu que é sindicalista de produtores rurais lá da região. Às vezes, eu ia com ele para as reuniões e ouvia os discursos e palestras de pessoas bem esclarecidas. Na verdade, isso só serviu para me mostrar um pouco mais a respeito de como as coisas funcionam em nosso país e no mundo. Eu já possuía convicção própria de muita coisa. Eu trago dentro de mim um desejo inato de mudança.

— Você não pode ser um simples garçom. Com todo o respeito à profissão! Eu acho que, do jeito que você fala, com os olhos brilhando... você tem tudo para ir mais longe. Você mora aqui com sua família?

— Não. Eu vim para aqui sozinho.

— Está morando onde?

— No bairro de Alagados.

— Alagados?! Você deve estar passando uma situação muito difícil, não é?

— É sim. Você sabe... Os Alagados são um bairro muito grande. Algumas casas ficam em terra firme, mas muitos dos barracos ficam realmente dentro da maré. Eu moro em um desses barracos. Foi muito difícil para mim me acostumar com isso.

— E você já se acostumou?

— Não, não! Eu falo é da angústia dos primeiros dias, aceitar o fato de ter que morar ali. Alagados para mim, eu tenho fé nisso, é uma passagem muito breve.

Audi ficou em silêncio por alguns instantes, como que refletindo a situação daquele homem. Passavam por sua cabeça mil coisas. Ela observava os rostos ao seu redor, tanta gente diferente, cada um com sua história, com suas alegrias e tristezas. Um arrepio repentino lhe tomou o corpo inteiro e o seu inconsciente lhe disse que verdadeiramente ela vivia em um mundo de vidas desiguais.

Audi era uma mulher sozinha e desde que perdera o noivo não havia se interessado por mais ninguém. Mas, na face daquele sertanejo, ela percebia algo diferente. Ela se viu como alguém que acorda mal-humorado e quando sai ao terreiro, à rua, os raios mágicos e dourados da luz solar lhe devolve todo o prazer de existir, revigorando-lhe as energias, os ânimos para a caminhada da vida.

Chico Estrela se apresentara dessa forma para a secretária. Suas palavras, seu sorriso, seu desejo de vida bem vivida, brilhavam para ela como o rei Sol, como uma aurora. Ela até se assustou. Teve medo. Gostar de um garçom que mora em Alagados!

Quebrando o silêncio daquele momento, Chico Estrela indagou?

— E você, qual é o seu nome?
— Audi.
— Muito bonito. Parece com você.
— Obrigada! Sabe... na empresa em que eu trabalho, estão contratando pessoal. É do seu interesse tentar uma dessas vagas?
— É claro que sim! Eu adoraria! Na situação em que eu me encontro, é tudo o que eu preciso.
— Gostei muito de conversar com você! Vou deixar o telefone do meu trabalho e você liga para mim depois de amanhã – é o dia que eu posso dizer com exatidão os cargos que vão ser ocupados e quando você deve comparecer. Eu tenho certeza de que não vai ser difícil! A chefe do setor de recursos humanos é amiga minha e, se eu indicar, havendo vaga, o cargo vai ser seu.
— Tudo bem! Eu sou muito agradecido.
— Eu estou indo, tchau! Telefone mesmo!
— Eu telefono, tchau!

A secretária Audi foi embora e Chico Estrela ficou ali por alguns instantes. Ele se sentia como alguém que, perdido em uma floresta, de repente encontra uma trilha – e quem sabe essa trilha iria dar em uma saída? Ele não tinha muito no que pensar. Era a chance que estava precisando.

A festa continuava. Trios elétricos passavam iluminados como discos voadores que encantam os olhos humanos. O som que saía das potentes caixas estremecia o interior dos corações dos que ali estavam. A calçada sacudia como em um terremoto. Pés, pernas, braços e sorrisos seguiam o ritmo daquele momento de êxtase coletivo. Em um canto de um jardim sujo, vidas viam, afastadas, a zoeira daqueles que se divertiam. Era uma família de migrantes, de retirantes do sertão que fugiam da seca que já havia matado vegetais e animais irracionais. Mas, eles, seres querendo se sentir humanos, por que esperarem a estocada da morte?! Por que esperarem a sede e a fome lhes devorarem a carne, deixando seus corpos somente com o couro marcado pelo tempo e pela caatinga?!

Aquelas pessoas, aquela família jogada naquele canto de mundo, naquele pedaço de jardim sujo, estava em busca de vida, só isso. O pai, um ex-agricultor desesperado; a mãe, a dona da casa de corpo deformado pela quantidade de filhos que carregou nas costas e pelo trabalho pesado do sertão. Teve nove filhos: dois morreram ainda novos por falta de comida; sete tentavam viver, feito zumbis. Só que ao invés de assombrarem, eles é que se assombravam com o terror do mundo. Aquelas crianças quase nada entendiam da vida, mas já sentiam o desprezo das pessoas indiferentes às suas situações.

Naquela festa, naquela noite, tanta gente comendo, bebendo, dançando, divertindo-se, e eles ali, com as tripas como que querendo engolir-lhes as paredes do estômago. Chegaram à cidade há uma semana: o pai tentando arranjar serviço, os filhos pequenos com a mãe e os maiores a vagar pelas ruas à procura de comida, de algum trabalho ou esmola. Quase nada conseguiram. A mãe foi quem mais arrumou alguma coisa. Ficou vários dias sentada com os três filhos menores no canto daquele jardim. Algumas pessoas que passaram no local liberaram, em forma de esmola, alguns centavos. Com esse dinheiro foi que compraram o pão que os alimentou durante todo o tempo. O desespero tomava a cabeça do pai. A preocupação tirava-lhe até a fome. A desgraça rondava aquela família como cachorro no cio que não deixa cadela em paz. Cada hora era como um dia

Chegando o pai em "casa", no jardim, a mulher lhe indagou:

— E aí Queno, você não conseguiu nada?

— Nada! Aqui é pior do que no sertão. Lá pelo menos a gente arranjava uma raiz, um umbu[3] verde para tapar o buraco da barriga. Eu tenho vontade de sumir desse mundo!

— Coragem homem! A gente está aqui há uma semana. Daqui a pouco você encontra um serviço, a gente arruma um lugar para morar... Você vai ver, vai melhorar.

O tempo, os segundos, as horas, os dias, passavam para aquela família. Choveu. Arranjaram um viaduto para ficar em baixo. A fome, o desespero, faziam com que os meninos pequenos gritassem, os maiores brigassem entre si, e o pai mais a mãe esquecessem a vontade de amar. O maior, de quinze anos, juntou-se com uma turma de garotos do seu tamanho. Meninos sabidos, acostumados com a selva de pedras que é a cidade. Desde que aprenderam a andar já perambulavam sozinhos pelas ruas da metrópole. Ali aprenderam trabalhar, pedir esmolas... roubar. Quase não tiveram amor de pai e mãe. Quase nunca receberam um afeto, um abraço, um beijo na face. Quase não sabiam o que era o seio de uma família, de um teto. A vida era, para eles, um campo de guerra. E eles sabiam que eram os mais fracos. Não sentiam ódio nem desprezo do mundo, mas a ele eram indiferentes. O importante era conseguir sobreviver, chegar ao dia seguinte para aí já esperar o outro dia. As armas de sobrevivência eram três: trabalho, quando achavam —

---

[3]Fruto do umbuzeiro, árvore comum na região de caatinga do Nordeste do Brasil.

pois ninguém gosta de dar serviços a pivete sujo e fedendo –, esmolas e roubos, que para eles eram coisas naturais, rotineiras. Aprenderam com o mundo a não terem valores morais, respeito ao patrimônio alheio, à vida alheia. Afinal, quem se preocupa com suas vidas?

O filho do retirante Queno se juntou com aqueles pivetes. Um deles conseguiu arrancar um revólver da cintura de um homem que dormia bêbado em uma calçada. Era uma arma potente, ideal para imobilizar a vítima de um assalto, um idiota qualquer que atravessasse uma esquina menos movimentada. A cidade seguia, parada. Vista de longe, nenhum extraterrestre imaginaria as suas contradições, os seus sentimentos encaixados em cada ser humano ali instalado: uns em palácios, outros em casas, apartamentos, viadutos, barracos flutuantes, passeios sujos...

4   Chico Estrela havia procurado a secretária Audi. Ela conseguiu arranjar para ele um trabalho em um almoxarifado de materiais e equipamentos utilizados pela construtora de Dr. Adolfo. O sertanejo estava recebendo um salário bem maior que antes. Alugou uma casa em um bairro melhor e no dia da despedida de Alagados agradeceu a Deus de joelhos. Sua oração deve ter chegado aos ouvidos do divino como o som de mil bombas atômicas a bradar sobre a audição de um único ser humano: "Senhor, por que a desgraça recai sobre nós de carne e osso?! Obrigado por eu estar saindo daqui! Mas, e o resto desse povo que aqui continua? E os que estão ao relento? O que fizemos?! Será que os que estão na opulência são melhores do que nós? Eu sei que não oh Deus! Eu sei que a carniça do mundo é criação nossa. Não só daqueles que têm o poder, mas também dos que preferem morrer sob o sofrimento das estocadas da vida a lutar por uma condição de existência mais justa. Justa, se não para eles, pelo menos para os seus filhos, seus netos. Até quando teremos alagados, flagelados, carniças ambulantes?! Senhor, se for para viver assim eu prefiro matar ou morrer para mudar. Por isso eu te peço: não permita que eu volte para este pedaço de inferno. Dá-me a oportunidade de chegar ao topo da minha montanha, de ver de frente o mundo que eu sempre sonhei."

Chorando, Chico Estrela levantou os joelhos daquele pedaço de tábua flutuante e seguiu embora.

A noite anunciava-se bela. Chico Estrela fora à orla marítima da cidade. Gostava de fazer isso sempre. Apreciava o cair da tarde e a brisa oceânica da noite. O cheiro de mar adentrava em suas narinas como um perfume mágico que lhe trazia lembranças e fixava em seu consciente o sentido da vida. E o sentido da vida para Chico Estrela era por demais complexo. Não se tratava somente de ter o que ele já havia possuído: um emprego que lhe dava condições de morar em uma casa digna, poder viver bem e até construir uma família feliz.

Ao som das ondas quebrando na praia, acompanhada pelo assobio do leve vento e das folhas de coqueiros que com ele balançavam, Chico Estrela ouvia mais do que uma orquestra da natureza: ouvia uma harmonia que lhe enchia de poder, de garra, de determinação. Aqueles momentos eram como o recarregar de uma bateria. Por isso mesmo ele ia ali naquela beira de mar e assistia àquele espetáculo. Pensava então em suas metas: liderança, poder... e o povo sofrido. Tudo era complexo para aquele homem: ao mesmo tempo em que queria ser grande, ser reconhecido, tinha uma preocupação social; sonhava com um mundo justo, igual, fraterno. Mais do que sonhar com isso, Chico Estrela tinha a necessidade de lutar; sentia a obrigação de contribuir constantemente para a construção de uma sociedade mais igual. Tudo isso era como fogo e água. Eram metas, objetivos diferentes, quase opostos. O fato é que não eram simples objetivos de um jovem, sonhos de um adolescente que com os anos são esquecidos e guardados juntamente com fotos que recordam tempos de loucura. Chico Estrela não era mais um adolescente, já era um homem maduro; um homem que sempre fora acostumado com a miséria, com o sofrimento. Ele trazia em si uma consciência de vida, uma visão de mundo muito próprios, quase inatos. Desde criança, já se mostrava diferente: ao contrário dos meninos da vila em que morava, não se subordinava às ordens dos garotos maiores. Foi crescendo e sempre se mostrou um líder. Tinha esse jeito e ninguém tirava. Queria ser sempre reconhecido no que fazia; queria ser o melhor, o primeiro. Por outro lado, indignava-se com a situação do povo sofrido da sua terra. Achava que era obrigação sua fazer alguma coisa para mudar tudo aquilo. Cresceu, aprendeu mais sobre o mundo. Um sentimento, uma vontade de lutar contra as diferenças entre homens formou-se dentro dele e ali permaneceu feito uma grande montanha, firme, forte, aparentemente indestrutível.

Um conjunto de metas, de objetivos de vida quase que contraditórios estava formado na consciência daquele homem: como tornar-se poderoso e conhecido socialmente e ao mesmo tempo dá tudo de si para a formação de uma sociedade mais justa?

Naquela noite, Chico Estrela estava ali com sua contradição, com seu complexo plano de vida. Sentado naquele muro de orla marítima, ele olhava para o mar e sentia o seu objetivo de vida, o alto da sua montanha que teria que ser por ele mesmo escalada, apesar dos obstáculos pessoais e do mundo:

5   Nos dias, seguia a cidade levada pelo trânsito. Carros, pessoas, vidas, caminhavam vezes no mesmo sentido e vezes em sentidos opostos, parecendo não se entenderem. Chico Estrela ia cedo para o trabalho. A família do retirante Queno apodrecia embaixo de um viaduto qualquer da cidade. Desde o amanhecer do dia até o rasgar da madrugada, tinham que ouvir o barulho ensurdecedor dos automóveis que passavam por suas cabeças. Naquela bela e miserável manhã da cidade grande, Chico Estrela conheceu sem querer o matuto Queno. O retirante estava em uma esquina da cidade de Salvador, que insistia em não lhe salvar a vida. Estava ali, meio aéreo, sem saber para onde ia nem o que faria naquele dia. Estava cansado, fraco pela falta de alimentação e de apoio do mundo que parecia pertencer apenas a alguns homens. Queno passava os dias procurando trabalho e o máximo que encontrava eram alguns pequenos biscates que não davam para alimentar a si próprio. Mas, com esse pouco dinheiro que ganhava, ele tinha que alimentar não só a si, mas também

a outros oito seres humanos. O pouco que conseguia era o que utilizava para comprar os alimentos que adiavam a morte que rondava feroz a ele e a sua família.

Naquela manhã, Queno estava ali, feito múmia ressuscitada. As pernas, os joelhos, doíam pela falta de nutrientes necessários à vida. Seu raciocínio já era lento, estava tomado pela preocupação e cansaço. Junto àquele resto de vida, encontrava-se Chico Estrela. O sertanejo estava ali esperando transporte para o trabalho. Percebeu, então, a figura daquele homem abatido, parecendo que se sentia mal. Estava com o rosto pálido, sem sangue; seu corpo era trêmulo.

Chico Estrela aproximou-se de Queno e perguntou:

– O senhor não está se sentindo bem?
– Eu estou um pouco tonto. É a idade!
– O senhor comeu alguma coisa hoje?
– Ainda não.

Chico Estrela ofereceu a Queno um café, que foi tomado em um bar ali perto. Queno contou sua história ao sertanejo, que ouviu estático e perplexo. Ele tinha consciência de que milhões de pessoas no país passavam por aquela situação. Ele mesmo passou por aquilo. Mas, ouvir aquela história mexia com o coração. Um nó formava-se em sua garganta e ele sentia vontade de gritar para o mundo ouvir: chega! chega de tanta miséria, de tanto sofrimento!

Chico Estrela virou-se para Queno e indagou:

– Quer dizer que sua família está debaixo de um viaduto?

– É sim. O pior é que a prefeitura está tirando todo mundo que está embaixo de viadutos. Eles dizem que não se pode ficar lá de jeito nenhum. E o pior é que eles não falam para onde a gente deve ir. Eu não sei por que tanta implicância. Agora ficam aqueles espaços vazios nos cantos dos viadutos sem servir para nada.

Queno falava com um pouco de ingenuidade. Ele não percebia que aqueles viadutos do centro da cidade, onde todo mundo cruza, seria horrível deixar à mostra aqueles farrapos humanos. A carniça da cidade tem que arranjar lugar na periferia. Todo mundo sabe que a cidade está cheia de miseráveis, mas deixá-los em uma vitrine de viaduto abala muito a opinião pública e a estética do centro da metrópole.

Chico Estrela percebeu a falta de malícia de Queno, mas não comentou nada. Sentiu pelo pobre homem. Indagou então:

– Por que não aluga um barraco barato?
– Com que dinheiro? O que eu consigo não dá nem para comer! Se eu conseguisse um trabalho fixo, talvez até desse.
– Eu sei muito bem disso. Eu morava em um barraco em Alagados. O lugar não é bom. Mas, como vocês não podem ficar a vida toda embaixo de um viaduto, seria melhor vocês se mudarem para lá. O aluguel ainda está em

meu nome. Se o senhor quiser, eu lhe cedo esse barraco. Não precisa pagar nada por isso. Quando o senhor começar a trabalhar, arruma coisa melhor para morar.

— Eu não tenho como agradecer um favor desses ao senhor.

Os dois acertaram tudo e Queno ficou de se mudar no dia seguinte. No ônibus, Chico Estrela pensava nas imagens do seu barraco em alagados. Como uma família de nove pessoas viveria ali naquele aperto? O pior de tudo isto é que aqueles adultos e crianças não cometeram crime nenhum, mas teriam que viver naquele castigo de moradia. O sertanejo lembrava que, em muitas prisões do mundo, assassinos impiedosos e ladrões periculosos estavam em condições de vida muito melhores do que o daquela família. Mas, — pensava ele — a diferença fundamental é a liberdade. Os assassinos impiedosos tinham comida, lazer, teto e cama quente, mas não tinham a liberdade; Queno e sua família tinham-na. Mas, que liberdade é essa, — questionava — se aquele homem e sua família não conseguiam nem sonhar direito devido à falta de fósforo em seus neurônios?! Que liberdade é essa de não poder ter casa, comida, dignidade?! A única liberdade que sobrava para Queno e sua família era a liberdade de sofrer, esperar a morte fria e feia vestida de fome e miséria.

6 No trabalho, Chico Estrela tinha uma posição relativamente privilegiada: Era chefe de uma seção no almoxarifado. Cada funcionário tinha a sua admiração por ele, mas possuíam também a subordinação necessária para o cumprimento das tarefas de trabalho. Chico Estrela tinha pela primeira vez a oportunidade de testar profissionalmente a sua capacidade de liderança. E isso era inato naquele homem que nascera para liderar e não para ser liderado.

Em um final de dia de trabalho, Chico Estrela se sentia feliz, mas com um certo vazio no peito. Estava contente porque nunca vivera tão bem como naquele momento. Possuía agora o que nunca possuíra: tinha uma casa razoavelmente confortável, era chefe de uma repartição naquela empresa, possuía certo prestígio e estava podendo ajudar a sua família no sertão. Tudo parecia acontecer tão rapidamente que ele nem acreditava. Mas Chico Estrela estava vivendo um vazio. Ele não queria só aquilo, queria muito mais. Além disso, sentia-se como um verme impotente quando andava pelas ruas da cidade e via tantos seres humanos jogados feito lixo. Aquilo lhe ardia o peito e magoava a sua ferida mais profunda. Chico Estrela já era um homem que agradecia a Deus tudo o que conseguira na vida, mas estava muito longe de estar satisfeito.

Naquele final de tarde, ele foi tomar um chope na Praia de Itapuã, ao ar livre. Aquele ambiente lhe trazia uma sensação diferente: as pessoas sentadas, descontraídas; os moleques com suas mercadorias vendendo amendoim, ovos de codorna, queijo coalho assado na brasa, as baianas vendendo acarajé e outros quitutes. Tudo aquilo para o sertanejo era como viver sem nenhum tipo de restrição à própria vida. Adorava aquele calor humano, aquela brisa de fim de tarde, aquele passar despreocupado das pessoas que ali estavam. Em um outro lado da praça, ele via os ônibus que cruzavam trazendo gente de mais um dia de trabalho. Os ônibus passavam mais lotados do que caixa de fósforo recém-aberta. Pelas janelas daqueles veículos, algumas pessoas olhavam com um ar de inveja daqueles que estavam tranquilamente na praça. Muitos dos que iam naqueles ônibus, mesmo que quisessem tomar um chope naquela praça, como Chico Estrela estava fazendo, não poderiam. A vida é assim: diferente.

O mundo seguia. E aquele fim de tarde passava aos olhos do sertanejo como um carro de corrida veloz aos olhos de um automobilista apaixonado: tudo era muito simples, mas ao mesmo tempo muito complexo.

Chico Estrela sentia a falta de uma companhia feminina. Ele já havia esquecido Soninha, mas sentia muita falta de um afago, de um carinho feito por uma fêmea. Ele via crescer dentro de si uma energia, uma força que dava vontade de acariciar, apertar um corpo de mulher. Ele nem imaginava que a secretária Audi vivia a pensar nele. Depois que ele saiu de Alagados e passou a trabalhar na mesma empresa que ela, não havia por que ela não o namorar. Mas, Chico Estrela nem desconfiava que Audi estivesse apaixonada por ele. Aquele homem via a secretária apenas como uma amiga, como uma pessoa especial que lhe trouxe tudo de bom que havia conseguido naquela cidade até então.

Em um final de tarde de mais um domingo jogado ao tempo, estava ali Chico Estrela, sentado em um lugar encantador de uma terra cheia de encantos. Ele pairava reflexivo. A paisagem da Lagoa do Abaeté[4]entrava por seus olhos e refletia em sua mente como um maná dos deuses. A cor alva das dunas contrastava com o verde da vegetação. Os últimos raios de Sol refletiam nas águas escuras da lagoa, que se transformava em um grande espelho. No céu, nuvens cor de ouro estampavam o azul-celeste. Ao fundo, por trás das dunas, podia-se ver o mar, infinito aos olhos humanos. Na linha do horizonte do oceano, o Sol ainda mostrava àquela terra o seu corpo: uma bola gigante ouro-reluzente e perceptível aos olhos do mais insensível dos terrestres. Chico Estrela observava aquele cenário como que em um sentido de veneração, de adoração, de respeito. A natureza era a sua maior fonte de inspiração, de renovação das suas forças humanas. Ao longo daquele lugar, algumas pessoas comiam e bebiam em restaurantes. Em uma barraca que vendia coco verde, Chico Estrela avistou algo que lhe chamou muito atenção: uma morena, cabelos negros e olhos cor de mel, com rosto lindo, lábios carnudos e extremamente sensuais. A beleza simples e natural daquela mulher tinha tudo a ver com o encanto daquele local. Chico Estrela aproximou-se da barraca e pediu um coco. O vendedor, com a habilidade de um mágico, o abriu com três rápidos golpes de facão. O sertanejo, com um canudo, sugava a água deliciosa daquela fruta. Meio sem jeito, ele se aproximou da moça e perguntou:

— Você sempre vem aqui tomar água de coco?
— Às vezes. Salvador tem tantos lugares para a gente fazer isso! Não é? E você sempre vem aqui?

---

[4]Local turístico de Salvador onde há uma lagoa de águas escuras e dunas de areias alvas rodeadas de verde.

– Venho sim. Essa natureza, o encanto desse lugar, tudo me renova. E... honestamente, com a presença de pessoas bonitas como você, tudo fica mais lindo.

A moça, meio sem jeito, agradeceu. Chico Estrela e ela fizeram amizade, trocaram telefone e ficaram de se encontrar novamente. O nome dela era Dayane. Aquela mulher conseguiu encantar o sertanejo. Na mesma semana, ele telefonou para ela e acertaram um encontro. A paixão tomava conta do coração do homem do sertão. Crescia dentro dele uma vontade renovada de viver, de amar, de gritar para o mundo que ele estava apaixonado pela mulher mais linda do mundo – aos olhos dele, é claro!

Chico Estrela estava realmente contente. Ele sentia que Dayane também estava gostando dele. O encontro estava marcado para o próximo final de semana e os dias se tornaram mais longos para o sertanejo. Ele contou segunda, terça... sábado: enfim chegou o momento de sair com aquela beleza de mulher. Foram a um restaurante e comeram frutos do mar. Ouviram músicas populares e românticas. A noite passava como um sonho. Ao final da programação, ambos já sabiam que se queriam e não foi difícil para Chico Estrela convencer aquela mulher a ir ao seu apartamento. Os dois se amaram, seus corpos se cruzaram feito estrelas. Se o mundo se acabasse lá fora, de dentro daquele apartamento eles não veriam nada. Seus corpos rolavam na cama feita avalanche. Seus sexos ardiam em chamas como mil vulcões em erupção. Momentos extremos de ápice, de gozo, de prazer, faziam estremecer as carnes e os espíritos daqueles simples mortais. Os dois dormiram, leves e soltos como em um sonho bom que não acaba, apenas se interrompe para a noite seguinte. Pela manhã, com o Sol já invadindo o quarto através das vidraças da janela, Chico Estrela observava Dayane, que ainda dormia, nua, coberta apenas por uma ponta acanhada de lençol. O sertanejo pensou estar sonhando; teve vontade de se beliscar para ver se estava acordado.

O corpo de Dayane era lindo: seus seios pareciam duas setas indicativas, bem firmes; sua pele era mais gostosa do que a mais fina das sedas; sua boca carnuda e vermelha lembrava favos de mel produzidos por abelhas assanhadas do mundo; seus cabelos negros e escorridos pelo corpo contrastavam com sua pele morena e dourada pelo Sol da Bahia. O inconsciente de Chico Estrela parecia recitar algumas palavras que preenchiam o silêncio daquele momento e lhe diziam que ele havia encontrado um grande amor.

7   A vida dos viventes daquela terra passava junto com o raiar e o cair do Sol de cada dia. As coisas para Chico Estrela se encontravam, de certa forma, acomodadas: ele estava apaixonado e ainda vivia aquele período de encanto total. Na empresa, Audi, a secretária, andava meio triste. Vivia uma grande dor de cotovelo porque Chico Estrela havia se arranjado com a linda Dayane. O dono da empresa, Dr. Adolfo, ao contrário do sertanejo, passava dias tristes: a sua esposa de tantos anos de convivência havia falecido de repente por motivos cardíacos. Mas, se por um lado, a perda da companheira de

tantos anos lhe trazia tanta amargura, por outro seu subconsciente pulava de alegria. O fato é que o empresário vivia com a esposa, mas não gostava da vida conjugal. Dr. Adolfo era um senhor com mais setenta anos, mas que adorava o fogo de uma menina nova. Sempre que possível dava uma fugidinha com garotas que rondavam o seu dinheiro. Sempre que fazia isso, morria de medo que fosse descoberto pela esposa — ele a respeitava muito. Agora não! Agora ele estava livre para arranjar a menina nova que ele desejasse. Seus três filhos já eram casados e não lhe trariam mais problemas. Com a morte da esposa, o empresário estava sozinho naquela sua mansão de casa. Só os empregados agora lhe faziam companhia. Da janela, aquele homem sentia a brisa marítima que passava por seu rosto. Ele pensava em sua vida, no poderio que conquistou, na fortuna que acumulou. Queria, agora, mais do que nunca, viver, prosseguir juntando valores, poder, respeito. Esse era o seu destino, o seu prazer.

Do outro lado da cidade, Queno e sua família se amontoavam em um barraco de madeira fétido e flutuante. O retirante também estava a pensar. A brisa marítima também batia no seu rosto, só que fedia feito defunto de sete dias. Queno não pensava no poder, no prestígio, na acumulação de valores; sua preocupação terrena era unicamente a de manter a si e à sua família vivos nos dias que se seguiam àquele. O retirante pensava em um trabalho para o filho mais velho. O menino estava perdido, sumia de casa e não obedecia mais ao pai. O salário que Queno estava ganhando com o trabalho de ajudante de pedreiro não dava para nada. Sua esposa estava grávida. A barriga daquela mulher despontava para o mundo desafiando todas as desgraças que já se abatiam sobre ela. O feto de cinco meses já pagava a sua condenação: não recebia do corpo da mãe os nutrientes necessários por falta de alimentação dela. As atribulações e desesperos pelos quais a esposa de Queno passava já se refletiam naquele corpo em formação. Entretanto, ele desafiava a lei dos homens, a lei de cão. Ele crescia despontando para o universo feito estrela no céu.

Em uma tarde, naquele pedaço de terra entre os trópicos, Queno chegou em casa depois de mais um dia de trabalho. A sua esposa lhe informou:

— Queno, nosso filho vai ser mulher.
— Mulher?! Como é que você sabe?
— Uma tal de ultrassonografia que eles tiraram lá no posto médico, dá para ver o sexo. O médico disse que vai ser mulher.

Queno ensaiou um sorriso. Seu rosto violentado pelo tempo e pelo sofrimento mostrava perfis de satisfação. Mesmo já sendo pai de tantos filhos (sete ainda vivos), ele não tinha uma filha sequer. A única filha que sua esposa teve, morreu ainda recém-nascida. Esta era a chance de eles renovarem o sonho de tentar criar uma menina.

Apesar do contentamento, Queno pensava preocupadamente em como eles iriam criar mais uma criança. Os que já haviam nascido estavam jogados feitos bichos no mundo. — Pobre criança, viria para sofrer! Mas, quem sabe? — pensava ele. Quem sabe as coisas não mudam e nós consigamos dar a este novo ser uma vida digna?!

Na verdade, Queno e sua esposa não queriam ter mais filhos. Aliás, eles nunca desejaram ter a quantidade de filhos que tiveram. Porém, eram pessoas ignorantes, não obtiveram a oportunidade de aprender coisas simples e básicas da vida de um ser humano dito moderno. Não conheciam métodos anticoncepcionais.

O tempo seguia seu rumo na cidade de Salvador. O inverno chegara, mas o ritmo da terra santa não dava trégua para as águas que caiam. O Sol sempre aparecia e tudo ficava de repente com o aspecto de verão. Nos prédios altos e condomínios fechados da parte rica da cidade, tudo seguia igual, com a diferença de que se podia ver as águas da chuva escorrendo pelas vidraças das janelas. Todavia, na periferia da cidade, tudo era diferente: os barracos e casas pendurados nos morros de vez em quando desabavam ou eram engolidos por uma avalanche de lama que descia das encostas. O povo sofrido da periferia da cidade penava sempre, mas no inverno era pior; e sempre depois das chuvas fortes as notícias de mortes invadiam também os lares mais confortáveis e os enchiam de uma sensação de dor:

Ferida não tratada

Um filho
Paia de família
Pendurado em um barraco
Na ponta de um morro
Como estrela despencando do céu
E pedindo socorro.

Resignação à miséria
À tarefa da terra
De dar e tirar
Fazer sofrera calado e sonhar
Os filhos da incomplacência humana.

Barraco
Que feito mastro e balança
No vento da navegação
Que leva e naufraga em angústias
Pais, mães e crianças.

Uma estrela
Carregada de gente
Na ponta de um morro
Que brilha ofuscado no céu

E tem todo o avesso do mel.

Uma morada
Com medo de enxurrada
De chuva que vem e banaliza
E carrega a miséria esquecida
Como pedaços de infernos
Para mais perto dos nossos céus.

Às vezes dói a não tratada ferida.

Em um daqueles dias em que durante a manhã faz Sol e ao fim da tarde cai um vendaval, uma grande nuvem negra cobriu a cidade como que anunciando algo. O Sol brilhou até perto do fim da tarde, mas de repente tudo escureceu. A fumaça opaca deixada pelas descargas dos carros se confundia com a cor cinzenta daquele final de dia. O mar parecia revoltar-se com tudo, estava agitado. O vento soprava forte e os coqueiros na orla marítima pareciam querer fugir daquela fúria. Mais tarde, a água que caia do céu já encharcava toda a cidade. Nos prédios altos, protegidos por granitos gelados, famílias dignas apreciavam o conforto dos seus lares aquecidos. Na periferia, barracos umedecidos pela água, guardavam como podiam pessoas que rezavam para não terem suas vidas arrancadas deste mundo por um desabamento, um deslizamento de terra, uma desgraça qualquer. Em Alagados, a família de Queno vivia um terror. As águas da maré embaixo do barraco estavam agitadas com a chuva. Queno e mais oito pessoas se amontoavam naquele pedaço de mundo flutuante. As bases do barraco eram abaladas pela força das águas. Toda a casa tremia e as crianças menores começaram a chorar. No teto, vazava água por todos os lados. O medo se apossou de todos os que ali estavam. Mil demônios pareciam sacudir aquele barraco flutuante. Demônios do mar, acostumados a naufragar embarcações, pareciam querer naufragar aquilo que muitos tinham a coragem de chamar de casa. Os seres vivos que ali estavam estremeciam inertes, indefesos diante da força da natureza. E, embaixo dos seus pés, sob o barraco, eles sentiam o rancor assustador da água que passava. Raios cortavam o céu, iluminando vezes a cidade, vezes o alto mar. De repente, um estralo, um estrondo, uma "falta de sorte": Uma das madeiras que sustentava o barraco rompeu-se. A desgraça rangia os dentes diante daquelas nove vidas. Um manto negro cobria aqueles seres humanos parecendo querer selar os seus destinos. Queno gritou: "Corre todo mundo que a casa vai cair!" Pegou os três filhos menores pelos braços de uma só vez. Os maiores já haviam pulado fora daquele barco, daquele barraco furado, naufragado. A mulher de Queno permanecia no lugar. Corria para juntar algumas roupas, pegar uma sacola. Na verdade, ela parecia aceitar que as mãos frias da morte lhe abatessem impiedosamente ali mesmo. Seria o fim de uma vida de puro sofrimento, de pura desgraça. Queno gritou: "corre mulher!" Os filhos gritavam: "corre mãe!" As lágrimas de seus olhos se confundiam com as águas da chuva que barrufavam suas caras.

A mulher de Queno demorou muito. Mas a morte foi rápida e autorizou ao diabo que chutasse de uma vez por todas aquele maldito barraco para o fundo daquele mangue. Queno, desesperado, queria pular na água para salvar a sua esposa. Não adiantava mais!

E a sua filha?! A filhinha que ele queria ver nascer para poder criar, dar vida? Não adiantava, a morte já havia arrebatado àquelas duas criaturas.

Vizinhos, também desesperados, arrastaram Queno daquele berço de morte. As crianças choravam e gritavam com todas as suas forças. Pareciam querer que o mundo lhes ouvisse e lhes desse atenção. Mas não adiantava, os seus gritos eram ensurdecidos pelos estrondos dos raios no céu. Aquelas crianças, aquele homem, não tinham o direito de chorar, de gritar. Tinham que aguentar calados a ação impiedosa da morte; tinham que engolir quietos a ação da desgraça sobre suas vidas, sobre os seus destinos forjados por outros homens.

Uma dor tomava a garganta de Queno parecendo querer degolá-lo. Em seu peito, o seu coração doía como que golpeado por punhais. Desafiando os estrondos dos raios, um grito, um berro, roncou da goela daquele homem como o som de todas as trombetas do mundo tocadas ao mesmo tempo: "Meu Deus?! Por quê?! O que fizemos de errado?! Por que somos tratados como vermes que são pisados nos caminhos, nas ruas imundas desse mundo desigual?!"

O pobre retirante desmaiou e foi levado para um hospital pelos vizinhos.

Depois do vendaval, o dia amanheceu com Sol. Nas ruas nobres da cidade, tudo parecia normal. As praias estavam movimentadas como em um dia de verão. Na periferia, as marcas da destruição eram vistas em muitas esquinas. Pessoas buscavam recuperar o que havia sobrado da enxurrada d'água. Muitos dos que perderam as suas casas estavam jogados em alojamentos improvisados. Outros, recuperavam os seus espíritos pelos danos causados pela perda de entes queridos. Queno e seus filhos foram parar em um daqueles alojamentos. Estavam ali, jogados, sem bem materiais. Só possuíam os seus restos de corpos e um caminhão de tristeza e amargura.

Chico Estrela ficou sabendo da tragédia que se abateu sobre a família de Queno. Ele ficou bastante abalado com tudo e achou que tinha uma parcela de culpa com aquilo que aconteceu. Conversando com Dayane, sua namorada, ele desabafou:

— Essa vida é uma droga! Tudo acontece ao nosso redor e a gente fica sem fazer nada. Não nos mobilizamos, não exigimos das autoridades, dos órgãos competentes que tomem as devidas providências. O nosso país é rico, tem muita potencialidade; o problema é que poucos detém as nossas riquezas e a máquina de todo o sistema funciona em prol dessa minoria.

Com os olhos para o chão, Dayane completou:

– Você tem razão. Mas eu acho que o nosso povo também é culpado, em parte, pelo que passa. Esse tal de Queno, por exemplo, tem sete filhos e a mulher já estava grávida de outro. Por que eles não controlam a quantidade de filhos?

– Eu não vou discutir, mas parece que você não percebe que esse povo não controla o número de filhos porque não teve instrução suficiente para isso. São pessoas ignorantes!

Chico Estrela e Dayane seguiram completando os seus argumentos. Contudo, de uma forma ou de outra, a desgraça já havia se abatido sobre Queno e família.

8   No Centro Histórico da cidade, os tambores prosseguiam ativos. No Pelourinho, com seus sobrados coloridos, tudo seguia como sempre. Observado de longe, o Pelourinho parecia um grande presépio. Encantava qualquer olho humano. Ali havia comércio, ateliês, restaurantes, museus, igrejas, residências e muita festa. Em uma daquelas casas, ocupadas quase sempre por negros, morava Di Santos. Um homem que participava de um grupo em defesa dos direitos dos negros. Di Santos possuía uma obstinação, uma determinação em liderar movimentos como aquele. Era um homem que buscava a valorização do negro. Ele sabia, tinha consciência que mesmo na Bahia, onde a maioria da população tem pele escura, a discriminação é gritante. As oportunidades para o negro são diferenciadas no mercado de trabalho e na vida cotidiana.

Em outro lado da cidade, a secretária Audi prosseguia pensando em Chico Estrela. Ela estava realmente apaixonada. Precisava arranjar uma forma de conquistar aquele homem. O problema é que ele estava com Dayane e se sentia feliz com ela. Audi tinha a necessidade de fazer com que aquele romance terminasse. A forma mais prática que tinha para conseguir isso seria se aproximando de Dayane. Se elas se tornassem amigas, Audi poderia influenciar a nova colega. – Como ela conseguiria essa aproximação? Essa era a preocupação da secretária. Pensou em uma festa. Uma festa, em sua casa, só para os amigos e colegas do trabalho. A festa seria em comemoração ao seu aniversário, que estava próximo, e ela começou a preparar tudo.

No Pelourinho, Di Santos participava de discussões com seus companheiros de luta. Pregavam o resgate da cultura negra. O negro precisava resgatar os seus costumes, a sua dignidade. Di Santos tinha os cabelos trançados – era um rastafari. Vestia roupas folgadas de cores neutras ou totalmente coloridas. No pé, trazia sempre uma sandália de couro artesanal. Essa era a figura de Di Santos. Um homem que buscava a liberdade, que não queria se submeter às imposições do sistema, aos costumes impostos pela cultura branca e racista.

Os dias passaram e Chico Estrela ajudou Queno a levantar as paredes de uma pequena casa construída em um terreno invadido. Queno participou com outras dezenas de pessoas de quatro invasões de terras na periferia da cidade. Chegou a solicitar um conselho de Chico Estrela:

— Uns amigos meus me chamaram para participarem de umas invasões de terras na periferia. Eles garantiram que é terra de ninguém. O povo tem direito. Você acha que eu devo participar de um negócio desse? Você sabe que eu nunca quis ter problema com a lei!

Com a mão no ombro do amigo retirante, o sertanejo argumentou:

— As leis são as regras do jogo feitas por quem está no poder. E quem está no poder não quer ceder nunca.

— Então, quer dizer que quem não participa do poder deve esquecer que existe lei?

— Não! É claro que nós temos que seguir as leis! Todavia, às vezes é necessário infringi-la. O caso é que nem tudo que é legítimo é legal. Se essas terras da periferia estão abandonadas e tem tanta família sem ter onde construir uma casa, é justo que essas famílias tentem conquistar essas terras. Afinal, no fim das contas, toda terra pertence ao mundo. E, como todos os homens também são partes do mundo, a terra a todos pertence. Quando os que aqui estão chegaram, todas as terras já existiam e não havia donos. Nós chegamos e partimos, mas a terra continuará aí para sempre.

Queno insistiu nas invasões e foi chutado para fora de três delas. Porém, a última da qual participou parecia ter dado certo. O caso foi parar na justiça e ficou provado que as terras eram na verdade sem dono, devolutas, pertenciam ao mundo, a quem ali se alojasse primeiro e a fizesse utilizável. Queno teve sorte e principalmente coragem para lutar. Com a ajuda de Chico Estrela construiu um lar, uma casinha de quarto e sala; mas era sua, o seu sonho, sua vida. Agora as coisas seriam menos difíceis para aquele homem.

Chico Estrela vinha levando uma vida tranquila. Estava apaixonado pela moça Dayane. Os afagos daquela mulher, seu corpo, seu fogo de felina, deixavam o sertanejo louco. O corpo dourado daquela criatura envolvia Chico Estrela. Nas suas noites de prazer, seus corpos se misturavam nos lençóis brancos. O vai e vem dos seus quadris lembravam as danças baianas, o bailar dos foliões atrás dos trios elétricos, dos blocos afros. Nessas danças noturnas a dois, o sertanejo e Dayane terminavam em uma explosão de delírio. Do fundo de seus ventres estouravam ondas de energia que faziam com que os seus corpos estremecessem em cima da cama, do tapete, do sofá... da mesa da cozinha. No êxtase do seu delírio, Chico Estrela apertava aquela mulher contra si feito um espírito vagante que queria reencarnar de qualquer forma naquela fêmea. De suas goelas fluíam sons em forma de cantos, de poesias, de gemidos que entoam desabafos existenciais.

As coisas prosseguiam. Chico Estrela a cada dia adquiria mais prestígio dentro da empresa em que trabalhava. O pessoal da diretoria já estava pensando em promovê-lo. A sua capacidade de liderança deveria ser mais bem aproveitada naquela firma. E assim aconteceu: o sertanejo foi promovido a gerente geral de um sistema de depósitos.

Em uma tarde de trabalho, uma mulher chegou no escritório de Chico Estrela procurando-lhe. Era a esposa de Zéu das Contas, o seu ex-colega de serviço na barraca de praia na qual ele foi garçom logo quando chegou em Salvador. Zéu das Contas estava passando por maus pedaços. Ele queria conversar com Chico Estrela – disse a mulher. O homem estava enfermo, jogado em um leito hospitalar. Chico Estrela pensou em tudo o que Zéu das Contas havia feito por ele, na força que tinha lhe dado sem sequer lhe conhecer direito. O sertanejo dirigiu-se ao hospital e lá se deparou com o amigo doente. Aquele homem estava pálido, seus olhos vermelhos e fundos pareciam querer se esconder do mundo. Estava magro, uma criatura desfigurada por alguma peste de doença. Chico Estrela indagou:

– O que é que você tem Zéu das Contas?

– Eu ainda não sei. Os médicos me mandaram fazer um bocado de exames para poderem descobrir. O problema é que aquele trabalho da barraca, você sabe, não tem garantia nenhuma. Os dias que eu não trabalho eu não recebo. O dinheiro que minha esposa ganha não está dando nem para comprar os remédios. Meus filhos estão passando fome. Sinceramente, se não fosse aquelas pobres crianças, eu preferiria que a morte me levasse logo de uma vez.

– O que é isso homem?! Você tem que ter fé na vida! Você tem muito que viver ainda! Não se preocupe que eu vou conseguir um dinheiro para a sua família.

Em um momento de silêncio, com a esposa de Zéu das Contas encostada em um canto do quarto com um ar de desespero, Chico Estrela pensava na situação daquela família. Se Zéu das Contas morresse, como ficariam seus filhos? Sem casa própria e com a mãe ganhando um salário de miséria? Que futuro teriam aquelas crianças?

Só em pensar que milhões de pessoas no país estavam na mesma situação de Zéu das Contas, e até pior do que aquela, Chico Estrela se arrepiava, indignava-se por não estar nada fazendo para que aquilo mudasse. Ele se decepcionava com sigo mesmo. Ele sempre sonhou em tentar mudar o mundo. Era uma necessidade sua, mesmo que tudo parecesse impossível, ele sempre desejou agir como um justiceiro, um super-herói, um Deus que desce do céu para apaziguar todas as desigualdades na terra. Naquele momento, ele percebeu que não estava fazendo nada do que sempre sonhou, do que sempre acreditou ser verdadeiro. Percebeu que estava sendo simplesmente um homem que tinha prestígio no trabalho, possuía a mulher que amava, recebia um bom salário, gozava de uma boa saúde e aproveitava as delícias de uma terra de encantos. Aquele momento serviu para que ele caísse no real e percebesse que estava sendo apenas mais um na multidão. Logo ele que saiu do sertão para a cidade grande com um sonho, uma determinação, com um ideal que inibiria a maioria dos homens, com uma vontade assustadora de ter em mãos o poder, a justiça. Contudo, por enquanto ele estava sendo apenas mais um, mais um homem engolido pela metrópole.

Na cama, Zéu das Contas virou os olhos para a parede e falou: "A minha mulher não quer me dizer, mas parece que eu estou com um mal sem cura."

Chico Estrela conhecia Zéu das Contas e, também da sua história. Zéu das Contas era um homem de família nobre. Envolveu-se quando ainda adolescente com drogas e com furtos de carros. Não tinha necessidade de roubar, mas o fazia para satisfazer um prazer rebelde e o próprio vício. Foi desprezado pela família e amigos. O tempo passou e ele conseguiu se livrar da dependência dos entorpecentes. Abandonou também a vida de roubos, mas continuou em uma situação quase que marginal. Sua mãe, seu pai, seus amigos, lhe procuraram para dar novamente a mão. Por várias vezes a sua família tentou resgatá-lo da vida infeliz que levava. Porém, um sentimento de orgulho, uma falta de humildade tomou o espírito daquele homem e não lhe permitiu aceitar o perdão da família, nem tão pouco a ela perdoar. Zéu das Contas escondeu-se dentro de si mesmo, criou todo um cenário que pensava poder atuar como ator principal, como figura que domina a situação e não se curva a ninguém. Conheceu a sua esposa, amou-a muito e pensou ter encontrado um motivo para apagar toda o seu passado e recomeçar a vida trabalhando humildemente como garçom. Passaram-se sete anos e a sua mulher já havia dado a luz a três filhos. As coisas apertaram. A situação financeira ficava mais difícil com a chegada de cada criança. Um homem que teve a sorte de nascer rico, depois de maduro chegou a morar até em Alagados. Agora estava ali, doente, jogado, quase esquecido.

9 Em um canto qualquer da periferia, Queno levava a sua vida. A lembrança da esposa cortava-lhe o coração e um arrepio, como um frio esquisito e dolorido, tomava-lhe todo o corpo. Ele estava levando a vida assim mesmo. Os filhos menores ficavam sozinhos em casa enquanto ele ia trabalhar. Uma vizinha dava uma olhada de vez em quando nos moleques. O mais velho não ficava mais em casa. O menino estava perdido. Juntou-se com uma turma e não tinha conselho que o tirasse dela. Queno recebeu até reclamações de que o seu filho estava roubando na vizinhança. Para aquela criança, parecia que não havia mais jeito. Quem iria fazer alguma coisa para salvá-la?! O pai fazia o que era possível, mas não conseguia nada. Amarrar, prender o garoto ele não podia. Até um pequeno serviço que Queno conseguiu para o menino no centro da cidade, não deu certo: ele foi no primeiro dia e no segundo não apareceu mais lá. Escola não queria nem passar por perto. Era uma criança que fora criada na miséria, no sofrimento. Não teve educação nem escola. Quase tudo o que sabia sobre a vida aprendera nas terras secas do sertão e nas esquinas das avenidas engarrafadas. O menino já era um adolescente, vivia uma fase difícil e delicada na formação da personalidade humana. Tirá-lo do buraco profundo da marginalidade requereria um tratamento especial. Um tratamento que para Queno era impossível oferecer. Não só porque não possuía dinheiro, mas também porque era outro ignorante, outro leigo formado na universidade do submundo.

Se o retirante tivesse continuado no sofrimento do sertão, quase com certeza o seu filho seria mais um simples sofredor. Seria uma criança que herdaria a desgraça do pai e seguiria tranquilamente e ao mesmo tempo desesperado pelas terras rachadas daquela região castigada pela falta de chuvas e de apoio. Provavelmente aquele menino seria um honesto e pacato trabalhador rural. Mas não foi isso o que aconteceu. Queno decidiu ir para a cidade grande e ali conheceu sofrimento maior do que o do sertão. Perdeu a esposa e o sonho de ter uma filha. E agora o seu filho mais velho estava sendo abocanhado pelo submundo do crime. A marginalidade havia lhe abraçado com os seus braços horrendos. A selva construída de pedras e aço transformou, com a cumplicidade da miséria e dos próprios "homens de bem", o filho do retirante em uma fera, em um bicho valente e com sede de sangue. O garoto agora era um ladrão, um assaltante do mundo. Era um marginal que desrespeitava a instituição mais sagrada do nosso sistema: a propriedade privada. E desrespeitar a propriedade privada é ser excomungado, é mexer com a alma do diabo. Se aquele moleque ainda fosse alguém, tivesse algum bem para poder ser ladrão; mas não era nada. Era um "João-ninguém", um miserável que veio para o mundo só atrapalhar a vida dos homens de negócios. Aquela criatura sem sentido, sem dinheiro, não poderia roubar porque a liberdade não conseguiria nunca comprar, mas insistiu e foi friamente condenado pelo forjado destino.

O filho de Queno já era um bandido perigoso. Na turma que andava, dividia o poder da liderança com outro valentão igual a ele. A turma de sete moleques só possuía uma arma. Um revólver que eles arrancaram de um bêbado na calçada. Em uma briga pela liderança da quadrilha, o filho do retirante resolveu dar fim no problema. Durante uma luta que teve corpo a corpo com o outro que queria ser o líder, tomou muitos murros e bateu pouco. Percebeu que no braço não conseguiria ser o melhor nunca. Pegou então o revólver e deu um tiro na testa do seu colega valentão. Com isso, ganhou fama e respeito entre os demais bandidos e assumiu a liderança da gangue.

10 A secretária Audi seguia entusiasmada em direção à consecução do seu plano de separar Chico Estrela de Dayane. Andava preparando terreno para isso. Fazia todo o possível para que o sertanejo a percebesse, aumentasse a admiração por ela. A festa que planejou seria no dia do seu aniversário e já estava se aproximando. Convidou Chico Estrela com bastante antecedência para que não houvesse desculpas. Afinal, o único objetivo da festa era ele. A meta era se aproximar intimamente dele e de Dayane para aí poder separá-los.

O dia do aniversário chegou. Audi conseguiu se aproximar da namorada de Chico Estrela e as duas ficaram amigas. E o triunfo da secretária não foi só esse. Ela conseguiu uma arma que, se utilizada com sabedoria, poderia ser fatal para o relacionamento de Chico Estrela com a namorada: o dono da empresa, Dr. Adolfo, fugindo do costume de não presenciar as festas dadas por funcionários, resolveu aparecer. Foi uma surpresa para Audi. Apesar de ela o ter convidado – é claro! –, não esperava que ele fosse, como de costume. Durante a festa, entre um bate papo e outro, Audi percebeu que o velho empresário estava observando a namorada de Chico Estrela. Dayane era uma mulher muito especial e todos os homens presentes naquela festa com certeza olharam para ela com caras de meninos pidões. Mas, com o empresário foi diferente: Audi percebeu que ele estava fissurado, encantado pela moça. Esse fato deixou Audi duplamente contente: em primeiro, o velho estava viúvo, descomprometido; e, em segundo, pelas conversas que ela teve com a namorada de Chico Estrela, deu para perceber que se tratava de uma mulher muito ambiciosa. Uma mulher que seria capaz de deixar o homem que amava para ficar com o velho – que não chegava a assustar, mas que também não possuía nada de galã.

Tudo o que aconteceu na festa caiu como uma luva nas mãos de Audi. Naquela mesma semana, Dr. Adolfo fez um comentário em forma de indagação à secretária:

– Gostei muito da sua festa dona Audi. Tinha muita gente bonita. Até aquele funcionário nosso chefe dos almoxarifados, que eu só conhecia de nome, eu pude conhecer pessoalmente.

– O Chico Estrela?
– É sim! Por sinal, a sua esposa... esposa ou namorada?
– É apenas namorada.
– Pois é! A namorada de Chico Estrela é muito bonita. Linda!

Audi confirmou que Dr. Adolfo estava gostando da namorada de Chico Estrela e percebeu que deveria agir rápido, porém cautelosamente. Usar o patrão como uma arma para separar aquele casal era muito arriscado. Além disso, ela não pretendia que a coisa fosse feita de maneira abrupta. Ela não desejava ferir Chico Estrela e, mais do que isso, não queria que ele, depois de terminado o relacionamento com Dayane, continuasse gostando dela, apaixonado. Tudo deveria transcorrer como se fosse de forma natural.

I I   Em algum condomínio luxuoso da cidade, estava o filho mais velho de Dr. Adolfo. Era um economista que se tornou gerente de uma grande agência bancária. Era um homem introvertido, zelador dos valores morais dos mais tradicionais. O pai era muito mais liberal, mais moderno que o próprio filho. Augusto César era um ser diferente. Daqueles que guardam sobre si uma capa que você não sabe se embaixo dela se esconde um jardim de flores silvestres ou alguma carniça em alta decomposição. Um ser humano que não se abre para ninguém, altamente metódico e às vezes calculista. Talvez fosse um homem triste, doente do espírito. Mas não era isso que ele dizia. Para ele, o seu trabalho, o seu cargo no banco, era tudo, ou quase tudo em sua vida. Tinha ainda a família que era o seu segundo amor. Possuía dois filhos que apreciavam a boa vida de Salvador e amavam o pai, mas detestavam o seu jeito tão introvertido. Augusto César era tão estranho que o tempo passava junto com os verões, com as primaveras, com as festas da Bahia, com a alegria das pessoas e ele era do trabalho para casa e de casa para o trabalho. Um homem cheio de gente e alegria ao seu redor, mas ao mesmo tempo muito só e triste.

Sua esposa, Lavínia, andava cansada da vida de casada. Seu marido era uma pessoa ainda nova, mas tinha um espírito de um velho e caduco. Ela amava a cidade em que morava. Salvador, com suas praias, seu carnaval, seus *points*, tudo era muito excitante e encantador. Entretanto, o marido era um paradão, um homem que supervalorizava o trabalho e esquecia de viver. Para o pai, Dr. Adolfo, o filho era apenas um fracassado. É claro que ele não dizia isso abertamente, mas era isso o que achava. Dr. Adolfo queria que o filho se engajasse em seu grupo, fosse o seu sucessor nos negócios da empresa, mas ele não demonstrou ter essa ambição. Meteu-se naquele banco e daquele trabalho parecia não mais abrir mão. Parecia querer morrer ali.

Augusto César detestava ter que andar pelas ruas da cidade e cruzar com aqueles miseráveis mendigos, daqueles vagabundos de rua. Sabia que Salvador não era uma cidade tão violenta quanto outras capitais do país, mas temia aquele povo marginal, olhava-os como bichos ferozes que a qualquer momento poderia atacar, pular em sua garganta. Achava que alguma coisa deveria ser feita para acabar com a violência, com a marginalidade. Defendia a pena de morte. Se as leis no Brasil fossem mais rígidas não haveria tanto vagabundo!

Em uma noite de inverno, Augusto César estava ali, em seu apartamento. Seus filhos haviam saído para mais uma noite de agitação. A esposa, meio angustiada, terminava de ler um livro deitada na poltrona da sala. O filho de Dr. Adolfo estava, como sempre, meio calado. Mas, naquela noite, ele sentia algo diferente. Era como se olhasse para trás e tentasse enxergar os caminhos que ele havia passado até então na sua vida. Aquele homem estava reflexivo. A noite de inverno trazia uma sensação diferente. Uma brisa leve cruzava por entre os prédios encravados naquele pedaço de mundo. Uma chuva fina caía quase em forma de neve. Nas ruas, o silêncio, às vezes, era quebrado pelo rasgar de um motor mais barulhento. Junto à janela, Augusto César estava estático, como um monumento em homenagem a algum herói ou político corrupto do passado. O som do vento que passava pela janela era como se cantasse em versos o pensamento daquele homem. Um homem com medo da vida, preso dentro de si mesmo e do seu apartamento:

Sigo-me

Do outro lado da vidraça
A vida passa
O sonho fica
A lembrança entoa
E o som longínquo de um grito
Assusta-me.

Do outro lado da vidraça
A vida é cega
Entre selvas de pedra
O sangue

A canção
Amor?

Do outro lado da vidraça
Vejo
Beijo
Sinto-me inteiro
Muitas vezes destruído
Fujo.

Do outro lado da vidraça
Meu sentimento é menor
O cheiro de fumaça
A calçada fria e molhada
Um sentimento atoa.

Do outro lado da vidraça
Vejo lágrimas
E aqui passo as páginas
Do meu eu
Da minha canção
Sigo-me.

12 Em outro canto da cidade, a garoa fina não impedia que pessoas se divertissem ao som das músicas baianas. Naquele fim de semana, tudo na Bahia era festa e magia. Pelos bares da orla marítima, cruzavam carros que levavam e traziam pessoas para bares, boates e restaurantes. Pela periferia e nas partes mais altas dos morros da cidade, podia-se ouvir o eco dos tambores, dos atabaques nos terreiros de candomblé. Naquelas Casas de Santo, negros, descendentes indígenas, mulatos e brancos cultuavam a religião trazida do outro lado do oceano, da África, e aprimorada com os rituais dos espíritos caboclos, que são originalmente índios. Corpos mortais rodavam pelos terreiros possuídos por deuses. Em noites de festas, naqueles centros de magia, comia-se, bebia-se e recebia-se santos, orixás. Salvador é uma cidade negra. Uma cidade que herdou e cultivou a cultura dos negros vindos da África. Os segredos da cidade, suas magias, seus encantos, residiam justamente na mistura excêntrica resultante da junção de culturas e raças diferentes com o aspecto natural da terra. Aquelas colinas em forma de ondas, agora forradas por casas, prédios, barracos e asfalto, um dia foram verdes. Um dia aquele mundo de concreto armado deu lugar a florestas, a rios que cruzavam em direção ao oceano. Índios ali caçavam e se amavam com as bundas de fora. Porém, hoje quase tudo é diferente. As colinas verdes são agora cinzas. A maioria dos rios viraram grandes esgotos e os índios que tentaram resistir ao domínio branco foram mortos e estavam enterrados ali mesmo, sob o concreto duro dos alicerces dos prédios e casas.

Em algum lugar do Pelourinho, estava Di Santos. Naquela noite, ele não saiu para aproveitar a vida festiva. Estava trabalhando com o seu grupo. Eles estavam preparando um encontro para discutir a questão negra no Brasil. Viriam organizações de todo o país. Tudo teria que sair perfeito. Naquele dia, Di Santos estava inquieto. Uma revolta tomava conta de seu peito, da sua alma. Um homem que não queria se submeter ao que ele chamava de aculturamento branco. Um homem que ainda sentia nas costas os acoites dos chicotes. Um homem que tinha um desejo de igualdade dentro de si. Desejo que, ao mesmo tempo em que lhe animava, lhe dava autodeterminação, também lhe encurralava, deixava-lhe com um sentimento de impotência. Di Santos se vestia daquele jeito diferente do qual a sociedade achava certo. Era um rastafari e se orgulhava daquilo. Sabia que muita gente o admirava, o apoiava naquela forma de resistir às imposições do sistema branco e racista. Contudo, esse seu mesmo perfil que o valorizava também o humilhava. Di Santos sabia que em muitos lugares da cidade ele era discriminado. Já estava até "acostumado", não ligava. Mas, às vezes, os olhares de repúdio das pessoas nos ônibus, nas ruas, nos shoppings... Aquelas risadinhas de discriminação, de ridicularização, caiam em seu espírito como as chicotadas que os seus ancestrais tomaram sobre as costas. Salvador é uma cidade na qual a maioria da população é negra, mas a discriminação existe, e muitas vezes é aberta, descarada como bruxa malvada que fere sem dó nem piedade.

Naquela noite, Di Santos realmente estava muito triste, intranquilo. Seus colegas indagaram o que havia acontecido e ele esclareceu o fato: "A minha irmã, uma negra que rompeu com as barreiras da pobreza e do preconceito para conseguir uma formação superior em Ciências Contábeis, está há dois anos desempregada."

Um dos colegas de Di Santos exclamou dizendo:

— Mas Di Santos, não é apenas a sua irmã que está há tanto tempo sem conseguir emprego. Muita gente está na mesma situação!

— Eu sei disso. Mas o caso é outro. Minha irmã tem duas colegas bastante íntimas. Elas se formaram na mesma época e fazem muitas coisas juntas. As três começaram a procurar emprego ao mesmo tempo e onde uma deixou currículo as outras deixaram também. Eu posso lhe garantir que a minha irmã tem um currículo melhor do que o das outras duas. Ela tomou mais cursos e teve experiências profissionais mais importantes. Pois é! Das três, a única que ainda está desempregada é a minha irmã, porque é negra, porque não tem no rosto os traços que esses miseráveis acham que todo mundo tem que ter. Minha irmã está muito abatida, teve um trabalhão para se formar e agora está tendo que se empregar em um cargo de segunda categoria que nem os secundaristas estão querendo. Eu sei que nem todo mundo pensa assim, mas parece que muitas pessoas acham que os negros têm que continuar como escravos, como empregados domésticos que limpam as suas escórias e lambem os seus pés feito cachorros. Para muitas dessas pessoas, negro quando não é ladrão, é agente de segurança; quando não é um desempregado vagabundo, é ocupante de um desses empregos que eles não desejam para os seus filhos. Mesmo aqui na Bahia, negro só tem valor quando é artista, quando faz sucesso e tem dinheiro. Minha irmã está sofrendo pelos efeitos de sua própria cor.

Di Santos sentia-se como um soldado sozinho no território do inimigo. E o inimigo daquele homem era a própria sociedade. Sociedade guiada por preconceitos e valores irracionais, egoístas e malvados. Naquele momento, Di Santos parecia sentir o banzo, a doença que tomava os negros que eram arrancados da África para trabalharem na América como escravos. Essa doença era uma espécie de saudade, de depressão que deixavam os negros abatidos, moribundos feito cachorros doentes que penam até a morte. Na garganta daquele negro, formou-se um bolo que lhe tapava a voz e parecia querer impedir que palavras de revolta, mas também de esperança, escapassem:

Banzo

A estupidez nos fez presos em um porão nojento de navio.

Não nos deixaram ver a luz do Sol
Nos arrancaram do nosso continente lindo
Negro.

Aproveitaram da nossa paz
Para fazerem jaz as nossas vidas.

Gritem! gritem!
Agonizem sem o couro das costas
Esta mágoa é eterna!

Mas não se esqueçam
Foram-se os porões e ficaram os morros
Os guetos, as favelas
Frutos da discriminação.

Nos deram a "liberdade"
De sermos presos onde os nossos pés alcançam.

Ainda hoje eu sinto o banzo
Do pai
Da mãe ancestral.

Ainda hoje eu choro a dor
Ainda hoje eu vejo corpos
No mar
No porão
No canavial.

Ainda hoje eu sinto o açoite
Os grilhões, a arrogância, a ganância

13 O mundo seguia o seu caminho. Em seus quatro cantos, guerras étnicas e territoriais devoravam ossos e carnes humanos. Dentro de cada homem embaixo do céu e acima da terra, uma batalha era travada. Na Bahia, Chico Estrela tinha a sua própria guerrilha, a sua luta realizada consigo mesmo, com seu ego, com sua personalidade, com sua vontade de ser e fazer tudo o que sempre sonhara. Entretanto, os dias passavam e ele estava ali, sendo só um, só mais um homem no meio de tantos outros milhões. Chico Estrela se sentia como um grão de areia na praia. E para ele não servia. Ele queria ser a própria praia, se possível o mar e, quem sabe, até o mundo, o universo.

Chico Estrela recordou de quando estava em Alagados: tudo o que ele queria era sair daquele lugar, ser alguém diferente. Agora ele já era alguém diferente, mas se sentia como se não fosse. Ser o que ele já era significava muito pouco. Chico Estrela já sabia quais eram os seus fins, mas lhe faltavam os meios, os instrumentos para alcançar os seus planos ambiciosos. Passou então a trabalhar dentro da sua consciência isso — o como ele iria conquistar tudo o que almejava.

A secretária Audi dava prosseguimento ao seu plano de separar Chico Estrela de Dayane. Com a frieza de um pistoleiro e o talento de um artista, ela iniciou uma grande amizade com a namorada do sertanejo. Já havia conquistado a confiança de Dayane e percebeu que era hora de agir, de dar mais uma cartada. Tentava despertar na amiga um desejo de grandiosidade, de amor pelo dinheiro e pelo poder. Grandiosidade essa que Chico Estrela na mera função de funcionário daquela empresa não poderia oferecer. Em uma de suas conversas, Audi mostrou a Dayane uma grande saída, uma grande opção para que os seus sonhos de rainha fossem realizados:

— Sabe Dayane, existe uma coisa que eu sempre quis lhe dizer, mas fico receosa. Não é nada importante, mas eu acho que é algo que você tem que saber. Eu nunca lhe falei porque eu não quero prejudicar o seu relacionamento com Chico Estrela. Mas... imagine! Com certeza essa bobagem não vai ter nenhuma influência no relacionamento de vocês dois!

— Diga logo o que é! Eu já estou curiosa!

— É o seguinte: desde o dia da festa do meu aniversário, Dr. Adolfo vem agindo de maneira diferente. Ele é um homem viúvo e vive atualmente sozinho, parecendo até aceitar esse fato. Mas, depois da festa, parece que ele viu algo em alguma mulher que lhe despertou novamente o interesse de ter uma nova companheira, uma nova esposa.

Confusa, Dayane tentou ouvir da amiga uma explicação mais clara:

— Eu entendi uma parte do que você disse, mas a outra não. Como é que esse despertar de Dr. Adolfo por um novo amor pode influenciar o meu relacionamento com Chico?

— O caso é que parece que a mulher da qual Dr. Adolfo está gostando é você.

Em um ar de grande surpresa, Dayane exclamou:

— Eu?! Não pode ser! Eu nem conheci Dr. Adolfo pessoalmente na festa!

— Eu sei disso, mas com certeza é você a mulher de quem ele está gostando. Eu conheço quando Dr. Adolfo está interessado por algo. Ele tenta demonstrar que não está dando nenhuma importância, mas ao mesmo tempo fica fazendo perguntas, querendo saber detalhes.

— E ele tem feito perguntas sobre mim?

— Tem sim. Em dias diferentes, ele já me perguntou como era o seu relacionamento com Chico Estrela, se vocês eram casados. Você acha que ele iria fazer essas perguntas se não tivesse nenhum interesse?

Fingindo querer dar um rumo diferente à conversa, a secretária Audi prosseguiu dizendo:

— Mas, deixe para lá! É coisa de homem! Com certeza em pouco tempo ele esquecerá você.

Os dias passavam e Audi prosseguia em seu plano, lento, mas indispensável para arrancar Chico Estrela daquela mulher. Em um bate papo descontraído, ela moveu mais uma vez as peças do seu jogo de xadrez. Não era ainda um xeque-mate, mas era uma jogada de mestre que acaba por enfraquecer as bases de defesa do adversário. Em um encontro com Dayane, ela comentou: "Eu adoro o meu trabalho. Sinto-me feliz com ele. Mas o meu grande sonho é encontrar um homem poderoso, um homem que possa me dar uma vida de rainha. É claro que eu iria continuar trabalhando; todavia, não como secretária.! Tem tanto homem nesse mundo que poderia me oferecer tudo isso. Dr. Adolfo, por exemplo. Eu não tenho nenhum interesse nele, mas é o tipo do homem que poderia me fazer muito feliz. Rico, poderoso, desimpedido e dono de um império que poderia ser dividido comigo também."

A conversa de Audi despertou o interesse de Dayane. Ela não falou nada na hora, mas alguns dias depois perguntou a Audi:

— E o seu patrão, já encontrou a mulher da vida dele?

— Não. Por sinal, ele me indagou algumas coisas sobre você essa semana. Coisinhas sem importância! Eu nem me lembro direito o que foi.

Dayane ficou contente por saber que o velho ainda estava interessado por ela. Audi percebeu isso imediatamente. Precisaria, agora, fazer com que Dr. Adolfo soubesse disso e corresse atrás da sua presa, da sua fêmea.

14 O subir e o descer de cada Sol indicava o passar dos dias. As estrelas brilhando no céu guardavam os amores, os gozos, os gemidos escondidos por trás de paredes duras de concreto, ou até frágeis como as de madeira, zinco, papelão ou qualquer outro lixo recolhido em cantos sujos da cidade. Um louco que passava pela madrugada pensava no que seria daquele silêncio se todos os sussurros, se todos os gemidos produzidos pelos amores guardados nos apartamentos daqueles edifícios altos fossem amplificados na potência de um trio elétrico. Aí sim a Bahia viveria um eterno carnaval!

Fora do pensamento do louco mendigo, tudo seguia "normal." No leito do hospital, Zéu das Contas rangia os dentes por causa da doença que o dominava. Nos passeios, em favelas, vidas miseráveis rangiam os dentes de fome e desespero. Nos arranha-céus, mansões e condomínios fechados, muitos viventes rangiam os dentes por outros problemas diferentes da falta de bens materiais. Esse era o caso da esposa do filho de Dr. Adolfo, Lavínia. Uma mulher que vivia a ranger os dentes diante da vida que levava. Sua insatisfação com o jeito de vida do marido a deixava infeliz. Lavínia possuía uma butique. Gostava do trabalho que fazia, mas era uma mulher carente. Uma mulher que não tinha mais o amor pelo marido, não possuía carinho nem satisfação na vida sexual. Era uma mulher desagradada, cansada do sexo convencional do esposo. Uma mulher que vivia sonhando com aventuras, com o sabor de carnes diferentes da do seu esposo. Ela achava que aqueles seus pensamentos pecaminosos nunca iriam se transformar em realidade. Ela não iria trair o marido nunca! Prezava pela fidelidade e respeitava muito o homem que escolheu para viver ao lado. O que já se passava em sua cabeça como algo quase certo, era uma separação. Um divórcio poderia pôr fim ao seu sofrimento. Mas, e os filhos? E as famílias? – Tudo era muito difícil! Ainda mais que eles eram um casal que nunca mostrou para ninguém que vivia em crise. Tudo entre eles parecia transcorrer normal. E na verdade transcorria: para o marido, estava tudo bem, tudo dentro dos eixos. Eles não brigavam, não discutiam e Augusto César parecia lhe amar. Porém, ela estava cheia, não suportava mais.

15 Os ponteiros dos relógios seguiam como pingos d'água formando de segundo em segundo os minutos; e estes formavam as horas, que por sua vez formavam os dias, que juntos completavam semanas, meses, anos, vidas. E as vidas dos filhos de Lavínia já estavam bem adiantadas. Eles já eram adultos. Ela era uma "quarentona" e, se desejasse ainda aproveitar a beleza do mundo separada do marido, deveria fazê-lo logo, de imediato.

A decisão de se separar de Augusto César foi, como acontece com um feto, tomando forma. No início ela achava que era apenas uma tolice, uma ideia de quem estava passando por uma crise conjugal transitória. Mas, a decisão, assim como um feto, tomou forma completa e mostrou-se bem definida. Lavínia estava mesmo decidida a se separar do esposo. A decisão já estava tomada, mas pô-la em prática requereria tempo. Para Augusto César, estava tudo bem e ela precisava mostrar a ele que não estava. Começou então a exigir dele coisas que ele não se sentia bem fazendo. Iniciou-se uma batalha contra a natureza daquele homem que, aos poucos, foi lhe levando a perceber que a mulher não era mais feliz ao seu lado. Em uma daquelas madrugadas, à meia-luz do quarto, após momentos de amor sem amor, de sexo sem nexo, Lavínia estava ali, observando o marido jogado na cama, dormindo após ter satisfeito os desejos vindos do fundo do seu ventre. Ela pensava que o amor entre eles havia acabado, mas eles estavam ainda ali, juntos na mesma cama. O foco da luz na parede, deixado escapar pelo abajur, parecia uma tela de cinema. E naquela tela Lavínia via cenas de um filme no qual ela era uma mocinha que queria se livrar de um amor iludido. E as palavras da mocinha passavam na tela como um sussurro, como um apelo em forma de decisão:

O nosso tempo

Além das nossas vontades
Faz-se presente a força do não entender.

Nós andamos, falamos, amamos...
E na hora "H" desistimos ou fugimos de nós mesmos,
Para aí nos encontrar.

Eu queria amar
Eu queria guiar-me a partir de você
Não foi possível.

Agora eu quero gritar
Quero pensar que o mundo está além de mim
E de te.

Eu me perdi
Eu me senti triste
Eu vi as folhas caindo e as flores murchando.

O meu Sol se pôs
A minha estrela guia sumiu
O meu amor acabou
Eu te perdi
E me encontrei para mim mesmo.

16   O vento soprava as folhas dos coqueiros à beira das praias. Na areia branca, meninos disputavam partidas de futebol; corriam atrás da bola feito

cão de guarda atrás de ladrão. Do outro lado, corpos dourados permaneciam esticados na areia a fim de se bronzearem. Adolescentes menos discretos passavam observando boquiabertos as bundas de mulheres que enfeitavam o cenário feito sereias. Ali, naquele contraste de cores e vidas, passavam Chico Estrela e Dayane. Estavam apreciando uma manhã de sábado. Mais uma a se somar às tantas manhãs já guardadas dentro das caixas secretas de suas existências.

Chico Estrela prosseguia amadurecendo o seu plano de igualdade e ambição. Dayane, dava alimento à ideia de se tornar rainha do império pertencente a Dr. Adolfo. Ela estava diferente, fria com Chico Estrela. Nos seus momentos de amor, ela não tinha mais aquele entusiasmo, aquele fogo que queimava a pele do sertanejo, feito um vulcão. A ideia de ser herdeira de um império a deixou de cabeça virada.

O plano da secretária Audi estava dando certo. O amor que Dayane sentia por Chico Estrela não foi suficientemente forte para suportar a disputa com a ganância feroz daquela mulher. O amor que até ela mesma acreditava ser tão verdadeiro, foi esmagado, achatado feito um inseto nojento sob pés furiosos. Chico Estrela sentiu a diferença de Dayane. E ela queria mesmo que ele sentisse. Ela precisava terminar, acabar tudo com Chico Estrela bem rápido para poder correr atrás do seu velho, da sua fortuna, do seu poder. Naquele dia, naquela praia, os dois tiveram uma discussão por um suposto ciúme que Dayane sentiu de Chico Estrela – Muito estranho! Dayane não costumava fazer aquele alarde por bobagens como aquela. Só porque Chico Estrela olhou disfarçadamente uma mulher que passou requebrando feito dançarina do Caribe. "Muito estranho!" – Desconfiou o sertanejo, que começou a achar que Dayane não queria mais nada com ele.

O tempo prosseguia em seu caminho incerto. As constantes brigas com Dayane deixavam Chico Estrela abalado. Ele a amava. Ele não queria perdê-la. Contudo, aquelas desavenças, aqueles desentendimentos, atrapalhavam os seus pensamentos, atrapalhavam os seus planos de vida. E os seus planos de vida eram mais importantes do que o amor de Dayane. Os seus sonhos eram a sua própria vida.

17 Em alguma outra parte da cidade, estava o filho do retirante Queno. Aquele menino, aquela criança que se considerava homem, era um ladrão. Há meses que não aparecia mais em casa. Queno já havia até se acostumado com a ausência do filho, mas temia pelo pior. Temia que um dia tivesse que assistir o enterro daquela criança encravada de balas cuspidas por qualquer arma matante, assassina. Aquele menino que saiu do sertão para a cidade grande, foi por ela devorado, caiu nas armadilhas armadas por trás de cada viaduto, de cada sinaleira. O garoto que era vítima, agora era visto como vilão. Não importava para as pessoas que ele tivesse sofrido o que sofreu, que tivesse chegado ali do jeito que chegou, que tivessem arrancado dele os seus sonhos de crianças, que tivesse perdido a mãe na desgraça de um mangue revolto. Para ninguém importava que aquele menino, como criança que era, precisava de

amor, de orientação, de educação, de escola. Não importava para ninguém que aquela "carniça" teve os olhos tapados pela própria vida. Não interessava a ninguém que aquela miséria nunca desejou ser ladrão, mas simplesmente teve o azar de fraquejar diante das miseráveis esquinas daquela cidade, daquela selva de pedras cheia vermes e de outros bichos homens.

A única coisa que interessava agora para as pessoas é que aquele garoto, aquela criança, era um vilão, um ladrão de arma em punho. Um assaltante que deveria ser pego, castigado, torturado, morto. Um miserável vulto de criança. "Criança que nada! Se rouba é porque já é homem!"

A criança, o vilão vagabundo, seguia pelas noites com o seu bando. Eles não tinham medo da morte. Na verdade, nem pensavam nela. O que queriam é o que quase todo mundo quer: viver. Agora roubavam carros e os passavam para um outro comprador que "esquentava" os documentos e os revendia tranquilamente no mercado, em concessionárias pertencentes a homens de bem, espalhadas pela cidade. Em uma daquelas noites que eles saíram para tentar alguma "boca", algum roubo, o filho de Queno passava pelas ruas como um vulto, como uma sombra no escuro que assombra a todos. O respeito que adquirira junto aos comparsas servia para ele como uma fonte de energia que lhe enchia de coragem e de determinação. Aquela criança se achava um homem. Mais do que isso, ele pensava ser um super-homem, um ser à prova de bala, à prova de garra de polícia. Sua gangue agora não possuía apenas um revólver, possuía armas suficientes para todos. Armas pesadas conseguidas com o dinheiro da venda de carros roubados.

O Filho de Queno era um todo poderoso. Um ladrão-criança, um homem-ladrão que não temia nada: nem a polícia, nem os outros ladrões, nem a morte.

A noite fria tinha um aspecto assombroso, arrepiante. Em um canto escuro da cidade, um casal de adolescentes imprudentes estacionou o carro para poderem se amar. O vapor dos seus fôlegos quentes embaçava os vidros do automóvel como em um dia de chuva. Do outro lado de fora não se via os corpos entrelaçados nas poltronas inclinadas daquele veículo. De uma meia distância, observava-se apenas que o carro balançava em uma cadência, em um ritmo quase constante. O Filho de Queno e sua gangue estavam por ali por perto. Procuravam por um alvo fácil, um idiota, um pateta imprudente que estacionasse o veículo em um local mais escuro e menos movimentado da cidade. Aqueles dois jovens estavam ali, naquele nicho de amor improvisado. Não sabiam que vultos do mau sondavam por perto e a qualquer momento poderiam atacá-los, roubar-lhes a sorte, os seus bens e, quem sabe, as suas vidas.

A gangue percebeu o carro parado naquele local deserto. Uma presa fácil que eles não deixariam escapar. Aproximaram-se com armas em punho e imobilizaram os dois garotos. Os corações daqueles adolescentes gelaram quando viram aquelas figuras armadas invadirem o carro. Seus corpos nus tremiam como em um terremoto de pavor. A garota, querendo se esconder dentro de si mesma, tentava tapar os seios e o sexo com apenas duas mãos.

Uma fresta de luz vinda de uma luminária distante clareava timidamente o rosto do garoto aflito, impotente, inerte. O Filho de Queno gritou: "vistam a roupa e pulem fora do carro!" Um dos componentes da gangue interrompeu e falou que antes das vítimas vestirem a roupa eles iriam fazer um servicinho, uma "brincadeirinha" com a garota. O Filho de Queno, "Fi de Queno", como os seus colegas o chamavam, não concordou com a ideia e disse que eles não iriam estuprar aquela menina, iriam apenas levar o automóvel. Se alguém desejasse os apertos de uma fêmea, que fosse para os bordéis da Ladeira da Montanha, como eles sempre faziam. O integrante da gangue insistiu. Os dois discutiram, entraram em atrito, falaram como dois líderes, como dois chefões que decidem quem morre e quem vive. O "Fi de Queno" sabia que não poderia haver dois líderes naquele grupo. Sabia que se ele permitisse que a garota fosse estuprada, ele estaria dividindo o comando da gangue com aquele seu outro colega. O adversário do "Fi de Queno" insistia. A sua arma estava na cintura, estava à mostra, à vista por fora da camisa branca estampada com desenhos de coqueiros verdes. Naquele momento, a tensão entre aqueles dois bandidos cresceu. O "Fi de Queno" percebeu que o seu adversário iria sacar a arma. A criança, o garoto, o filho do retirante sertanejo, o "Fi de Queno", deveria decidir naqueles segundos se matava os se morria, se prosseguia no seu caminho de ladrão ou se enceraria ali mesmo após receber um, dois... dez tiros disparados por seu comandado que havia se rebelado. Naqueles segundos, milhões de coisas se passaram por sua cabeça. Ele não desejava matar ninguém. Ainda estava se recuperando da última morte que cometeu. O menino não havia ainda se acostumado com a vida de assassino. O tiro que ele havia dado na testa do seu último adversário, na disputa pela liderança da gangue, o havia deixado abalado; ficou dias sem dormir direito. A lembrança do seu colega morto arrepiava-lhe dos pés à cabeça. Sua consciência pesava como uma mina de chumbo. Ele não via nada demais em roubar, em trocar tiros com a polícia, com os exércitos do mundo, mas aquela sua primeira morte o deixou apavorado. Durante as suas insônias, os cochilos que tirava vinham acompanhados de sonhos horríveis. Ele via o defunto levantando-se e caminhando em sua direção. A experiência que ele teve em tirar uma vida foi apavorante e ele não queria passar por tudo novamente. Mas, naquele lapso de segundo, ele teria que escolher: ou ele ou o seu comparsa; ou a vida ou a morte; ou a liderança do grupo ou balas espalhadas por todo o corpo. O adversário do "Fi de Queno" decidiu puxar a arma e levou a mão em sua direção na velocidade de um cometa. Mas, o "Fi de Queno" foi rápido como a própria luz e acertou um tiro no meio da boca daquela outra criança, que teve a garganta espatifada como uma manga madura que cai de mangueira alta. O sangue que descia da sua boca encharcava a camisa branca e tapava com vermelho as estampas verdes dos coqueiros. O verde daqueles coqueiros, daquelas cores de esperança, era encoberto com o sangue de um ladrão-inocente, de uma criança-adulta, de um homem-menino, de um bandido-vítima. Uma vítima, assim como o "Fi de Queno", de um mundo malvado e desigual, tentador e ao mesmo tempo repugnante, rico e simultaneamente pobre.

O mundo havia transformado aquele grupo de meninos em uma gangue de perigosos marginais. Seus sonhos de crianças foram substituídos por automóveis furtados; seus revólveres de água foram trocados por metralhadoras fabricadas por norte-americanos; suas aulas nas escolas deram lugar a dias e dias nas sinaleiras, nos cantos sujos da cidade; suas indecisões de adolescentes foram arrancadas de suas mentes e em seus lugares ficou um buraco sombrio, sem fundo, sem fim. Naquelas mentes de crianças formou-se um vazio que na verdade indicava a falta de qualquer expectativa, de qualquer sonho para aqueles meninos. A única coisa em que eles pensavam era roubar para comer, beber, para se divertir e irem comprar momentos com fêmeas nos bordéis da Ladeira da Montanha.

Tudo prosseguia na vida daquela gangue. O estupro não houve, o carro foi roubado, as vítimas libertadas, o defunto ficou no chão esticado e o "Fi de Queno" prosseguiu como líder, como chefe, como a cabeça mais poderoso do que nunca.

18 A secretária Audi dava prosseguimento ao seu plano para conquistar Chico Estrela. Ela cuidava agora de alimentar o amor repentino de Dr. Adolfo por Dayane. Em seus diálogos com o patrão, ela sempre que podia insinuava que Dayane não ia bem com Chico Estrela e que o relacionamento dos dois não iria resistir muito tempo. Mas, Audi precisava, também, aproximar Dr. Adolfo de Dayane. Era necessário colocar os dois cara a cara, testar os seus sentimentos. Aproveitou que a empresa iria contratar moças para alguns cargos e armou a armadilha. Uma armadilha que na verdade não possuía mais o sentido de armadilha. Isto porque as presas pretendidas desejavam, queriam ser pegas. Tanto Dayane quanto Dr. Adolfo pretendiam se encontrar para aí acertarem os ponteiros. O velho desejava ser capturado pela armadilha do amor e Dayane pela arapuca da riqueza.

Dayane já estava empregada, mesmo assim aceitou o convite de Audi para ser entrevistada na empresa e, quem sabe, ser contratada por um salário bem maior. Na verdade, Dayane aceitou o convite não por causa de um novo emprego, mas só para tentar se aproximar de Dr. Adolfo. A secretária Audi, antes de Dayane ter ido realizar a entrevista, conversou tudo com Dr. Adolfo. Comentou com ele que, pelo fato de Dayane ser uma pessoa já conhecida, namorada de um funcionário querido na firma, ela poderia ser entrevistada pessoalmente por ele e não pela funcionária do setor de Recursos Humanos. Dr. Adolfo entendeu que a secretária Audi estava interessada que ele se encontrasse com Dayane, mas não comentou nada, era tudo o que ele queria também. No dia da entrevista, Dayane estava impecável. Ela ficou sabendo com antecedência, através de Audi, que o seu entrevistador seria o velho em pessoa e caprichou em embelezar ainda mais a sua natural beleza. A roupa vestida por aquela mulher não poderia ser utilizada por nenhuma candidata que estivesse interessada em um emprego, mas sim por qualquer fêmea que estivesse disposta a conquistar, pela própria beleza e encanto do corpo, um macho arredio. Um vestido vermelho pouco acima dos joelhos que, apesar de não ser justo, mostrava os contornos daquele corpo delírio. Seus seios deixavam-se mostrar em parte, ficando o restante escondido como tesouro em histórias de piratas. Seus cabelos, seus lábios, sua pele morena e dourada, pareciam serem feitos sob medida por encomenda da própria natureza para embelezar o mundo e enlouquecer cabeça dos homens.

Dr. Adolfo era um ser extrovertido, brincalhão, descontraído. Facilmente encantava as pessoas com o seu jeito aberto de diálogo. Gostava de introduzir uma piadinha no meio de uma conversa séria. Na verdade, grande parte do seu apogeu foi conquistada a partir daquela sua qualidade. Aquele empresário era totalmente diferente do seu filho Augusto César, que era absolutamente fechado, contraído para o mundo e para as pessoas que viviam ao seu redor. Dr. Adolfo construiu a sua fortuna com base no seu jeito de ser. É certo que ele já nascera rico, tendo tudo do bom e do melhor, e, principalmente, capital para tocar a sua vida de milionário. Na posição de homem influente que ele era, influência que herdara da própria família, tudo ficava mais fácil. Sua empresa muitas vezes ganhava concorrências públicas para a construção de grandes obras do governo não porque era a melhor e sim porque Dr. Adolfo sabia se entender com os homens do poder; sabia negociar, fazer os conchavos, oferecer "aquela recompensa" por fora aos ocupantes dos órgãos decisórios. Era um homem que sempre estava ao lado do poder. E essa condição o retirou da situação de um simples homem rico para a posição de um super milionário poderoso e influente.

Naquela manhã, naquela empresa, em seu gabinete, Dr. Adolfo esperava ansioso o momento de conversar com a bela desejada. Dayane, por sua vez, seguia em direção à empresa. Ela se apressava para não se atrasar nem um minuto. Chegando, Dayane foi recebida pela secretária Audi. Esta não perdeu tempo para reforçar a sua atuação em tentar convencer Dayane de que Dr. Adolfo gostava dela e que ele era tudo de bom que poderia aparecer na vida de uma mulher ambiciosa. A secretária dirigiu-se a Dayane dizendo que Dr. Adolfo estava ansioso para entrevistá-la e que já havia mandado desmarcar todos os compromissos do resto da manhã. Entusiasmada, Dayane perguntou se tudo aquilo era apenas porque ela iria ser entrevistada. A secretária respondeu que sim.

Já no gabinete, Dayane e Dr. Adolfo se cumprimentaram com entusiasmo. Levaram alguns instantes trocando alguns elogios daqueles que as pessoas só falam quando estão interessadas em alguma coisa, ou simplesmente quando querem guardar a confiança de uma amizade para uma possível futura necessidade, alguma precisão ou socorro. Sentando-se, aquelas duas figuras humanas ainda deixavam sobre si uma capa, uma máscara que tapava as suas verdadeiras faces e intenções. O fato é que Dr. Adolfo nem imaginava que Dayane já estava decidida a deixar Chico Estrela para prosseguir lado-a-lado com ele, com sua fortuna e o seu poder. É claro que essa máscara que cobria a face de Dayane jamais poderia ser retirada. Por enquanto, ela não poderia fazer isso. Ela sabia que, evidentemente, Dr. Adolfo não seria nenhum idiota de acreditar cegamente que ela iria ficar com ele simplesmente por amor. Esse é o tipo de coisa na vida dos seres humanos na qual todo mundo sabe dos verdadeiros motivos, mas fingem não saber, camuflam a realidade mesmo reconhecendo que qualquer imbecil esclerosado perceberia toda a verdade, toda a farsa.

Se, por um lado, a máscara podre que cobria a verdadeira face de Dayane deveria ali permanecer, por outro lado, a falsa capa que cobria o empresário deveria ser logo retirada. Ele sabia que para conquistar aquela doçura de mulher o seu dinheiro poderia fazer todo o papel de galanteador sozinho. Só que ele nem imaginava que Dayane já estava acabando tudo com Chico Estrela para ficar com ele. Por isso, Dr. Adolfo pensava que teria que mostrar para ela o seu amor, o seu verdadeiro interesse. Aquele homem achava que deveria retirar a máscara de empresário interessado em contratar uma funcionária competente e mostrar a sua verdadeira face de homem cheio de amor, cheio de desejos. – Não foi difícil! Dr. Adolfo conseguiu quebrar com facilidade o gelo do início daquela conversa. Dentro de poucos minutos os dois já dialogavam como velhos amigos. Sobre as qualidades profissionais da pretendida funcionária quase nada se comentou. A conversa girava em torno de suas vidas domésticas, de seus amores. Dr. Adolfo falou sobre os seus filhos, sobre a sua esposa que morreu de repente lhe deixando sozinho. Dayane declarou que entre ela e Chico Estrela tudo estava acabando, era uma questão de dias. Ela encenou um perfil de mulher insatisfeita, desgostosa com o homem com o qual se relacionava. Tentou se mostrar para Dr. Adolfo como uma pessoa carente, como uma mulher que precisava de apoio, de carinho. A máscara que cobria a cara daquela mulher estava mais firme do que nunca. As palavras que saiam de sua boca soavam como frases de um melodrama, de uma peça teatral que faz com a plateia chore, esperneie, grite, se emocione... Aquele rosto lindo, aquela face bonita como uma tarde de primavera, na verdade guardava atrás de si uma cova funda e cheia de cadáveres podres, cheia de carniças, cheia de mentiras e ambição desmedida.

Dr. Adolfo, a plateia do melodrama, acreditou naquele rostinho lindo. Acreditou nas palavras deixadas escapar de propósito por aqueles lábios sensuais, carnudos. Aquela encenação de Dayane havia atingido em cheio o seu alvo, o seu destino. Mas, na verdade, Dayane ainda relutava em seu coração contra o amor que sentia por Chico Estrela. Ela já havia decidido deixar o sertanejo, mas gostava dele, queria ficar com ele, amá-lo. Se fosse possível, se ele aceitasse, ela seria capaz de continuar com ele e tentar, paralelamente, herdar uma parte da fortuna de Dr. Adolfo. Aquela mulher linda, aquele rosto de anjo, seria capaz de se casar com o empresário e continuar amando escondido o sertanejo.

A parte que cabia a Dayane naquela farsa que aqueles dois tramavam entre si já estava encenada. Faltava agora Dr. Adolfo mostrar a sua cara, o seu objetivo. Ele pensava que deveria ser cauteloso. Não queria que Dayane entendesse o seu galanteio simplesmente como mais um de um velho milionário que não aguenta ver um "rabo de saia" e dá logo uma "cantada". Ele teria que primeiro ganhar a confiança daquela mulher, a sua amizade, para aí então conquistar o seu coração. Em um momento de silêncio, após Dayane ter terminado a sua voz, Dr. Adolfo falou:

– Olha Dayane... eu sinto muito por sua angústia. Porém, uma menina nova, bonita como você é, cheia de vida, de saúde, tem tudo para dar a volta por cima dessa situação. É claro que essas coisas machucam a gente, criam feridas em nossos corações. Todavia, essas feridas são cicatrizáveis. E eu posso garantir a você que o único remédio eficaz para sarar essas enfermidades dos espíritos é a própria vida. Esse tipo de dor só passa quando você procura enxergar o colorido, arranjar novas amizades, viver as pessoas que estão ao seu lado. Olha... de certa forma, nós dois somos, neste momento, um pouco parecidos: você está perdendo o namorado e é uma pessoa quase só; eu, já perdi para sempre a minha esposa e já sou uma pessoa sozinha.

Deixando as palavras verdadeiras de lado e usando novamente argumentos falsos, Dr. Adolfo prosseguiu:

– Eu sou uma pessoa só sim. Eu tenho muitos amigos, mas depois que a minha esposa morreu, eu não me sinto bem frequentando os mesmos lugares, as mesmas rodas de colegas. Quando eu olho para o lado e não a vejo ali, dá-me um vazio e uma tristeza tremenda! Eu também estou como você, necessitando de novos contatos.

Enquanto Dr. Adolfo falava, Dayane não dizia nada, mas ela correspondia com feições faciais aos estímulos que as palavras daquele homem lhe passavam.

Dr. Adolfo percebeu que havia chegado o seu momento de ir mais fundo, de ser mais direto, ser mais objetivo com aquela fêmea:

– Eu acho que nós dois podemos nos ajudar. Já que estamos com problemas semelhantes, então vamos tentar resolver juntos. Aqui no escritório não dá para nós conversarmos direito, descontraidamente. Façamos o seguinte: aceite o meu convite para passar um final de semana em minha casa de praia. Lá é um lugar lindo, tranquilo, cheio de verde. Para mim, aquele cenário serve como terapia; e eu tenho certeza de que vai servir para você também.

Dayane, em um momento de surpresa e ao mesmo tempo de contentamento, ainda disfarçou sentir um pouco de receio, de timidez em aceitar um convite daquele homem que ela havia acabado de conhecer. Deixou então transparecer um ar de dúvida; fez um instante de silêncio para que desse tempo para ele insistir no convite. – E ele insistiu! Estava então marcado o encontro e finalizada a primeira parte de uma grande encenação, de uma grande farsa.

Dr. Adolfo concluiu a "entrevista" dizendo que a vaga na empresa pretendida por Dayane já era dela e a encaminhou para o setor de recursos humanos.

19 As marés altas e baixas mudavam em sintonia com a Lua. À tarde, o Sol descia do céu dando lugar às estrelas, que reinavam brilhando toda a noite. Por fim, na aurora de cada dia, elas eram mais uma vez ocultadas com o despertar do rei Sol. Aquele astro presenciava o passar das vidas sob sua luz.

O seu brilho, o seu poder, seguia permitindo a sobrevivência do mais insignificante dos vermes até o homem dito como mais poderoso. Embaixo daquela luz solar, e ainda entre os trópicos, onde o brilho é mais forte, estava Chico Estrela. Um homem como milhões de outros. Um homem que saiu de um pedaço de terra seco para a cidade grande e ali já havia conquistado uma vida digna. Todavia, aquele tipo de vida, aquela privilegiada posição social conquistada, estava longe de ser a realização pessoal de Chico Estrela. Um homem de sonhos audaciosos, ambiciosos, porém verdadeiros. Aquele ser vivente trazia dentro de si uma determinação, um sonho, uma meta de vida que não fora esquecida e jamais seria. Para aquele homem não bastava contemplar a beleza do brilho solar, ele queria ser o próprio Sol. Em seus pensamentos diários, ele trabalhava os caminhos, os obstáculos que teria que ultrapassar para alcançar os seus sonhos. Mas, como? Como aquele homem comum em meio a tantos outros milhões de viventes poderia chegar ao topo do mundo? Como aquela criatura poderia deixar de ficar embaixo do Sol para ser o próprio Astro Rei? As metas de vida de Chico Estrela pareciam ser impossíveis. Sem os seus sonhos conquistados ele não chegava a ser um homem infeliz, mas era como se a sua própria vida não existisse, desaparecesse no vácuo do universo.

O pedestal no qual Chico Estrela desejava subir era muito alto, estava além das possibilidades de um homem comum. Porém, ser uma pessoa comum não era o seu caso. O sertanejo sabia que possuía um espírito, um sentimento interior que estava além da maioria dos seres humanos. Mas, alcançar a altura máxima do pedestal, ser venerado feito um anjo, feito uma imagem divina, requereria mais do que uma simples vontade, mais do que um simples querer de um ser humano que deseja a grandiosidade. E essa grandiosidade para Chico Estrela não estava simplesmente no acúmulo de riquezas, de bens materiais. O seu desejo era como o de um arquiteto que quer dar um novo panorama ao mundo. Chico Estrela desejava dar uma nova cara à sociedade, uma nova feição à relação entre os homens, entre os subordinados e os subordinadores, entre os opressores e os oprimidos. Desejava varrer da face da terra os Alagados da vida, a situação de famílias como a de Queno e de tantas outras com realidades ainda piores.

A relação entre Chico Estrela e Dayane se complicava a cada dia. Ela já estava determinada a acabar tudo. Esse seria o primeiro passo em direção à fortuna de Dr. Adolfo.

Chico Estrela não encarava Dayane simplesmente como mais uma mulher em sua vida. Ele havia passado maus pedaços naquela cidade; viveu momentos de angústia e de solidão. Aquela mulher surgiu em sua vida feito imagens belas aos olhos de um ex-cego. Aquela fêmea havia conquistado, enfeitiçado, encantado o coração do sertanejo. Perder aquela mulher, o seu amor, o seu afeto de deusa da beleza, deixava Chico Estrela arrasado. Dayane foi quem havia lhe dado um novo ânimo, uma nova determinação para prosseguir seu caminho. Mas, a relação daqueles dois seres humanos fora atingida pelo míssil da ambição; fora destroçada impiedosamente pelas armas da ganância. O sertanejo percebeu que aquele relacionamento atribulado estava perturbando o seu espírito, estava atrapalhando o prosseguimento dos seus planos de super-homem, de deus. O amor era forte, Chico Estrela amava aquela mulher, mas sabia que precisava livrar-se daquele impasse, daquele sofrimento que o desconcentrava dos seus planos, das suas metas de vida. Ele então decidiu que seria melhor acabar com tudo. Resolveu pôr fim ao relacionamento entre ele e Dayane. Sem maiores discussões, ele iria pôr um ponto final naquele caso de amor.

Chico Estrela, sempre que podia, ia visitar o seu colega Zéu das Contas naquele leito hospitalar. Ali, eles conversavam e confessavam entre si os seus sentimentos, os seus desejos, as suas angústias. O sertanejo havia declarado ao amigo enfermo que iria terminar com Dayane. Zéu das Contas se sentiu surpreso com a decisão do colega, ele sabia que Chico Estrela a amava:

— Por que você vai acabar o relacionamento com ela?! Eu sei que você a ama tanto... por um acaso ela lhe traiu?

— Não, não foi isso. O problema é que Dayane ultimamente vem implicando com coisinhas, criando situações que antes não havia entre nós. Eu já tentei de tudo. Faço o que posso para evitar, contornar essas situações que geram desentendimentos, mas não adiante nada. O caso é que parece que ela não quer ficar mais comigo.

Zéu das Contas, ajeitando o corpo na cama com um aspecto de dor, aconselhou Chico Estrela a lutar pelo seu amor, a tentar reconquistá-la. Ele disse que não havia aprendido muitas coisas na vida, mas uma coisa que ele aprendeu e poderia ensinar como um doutor seria sobre mulheres: "Essas criaturas são maravilhosas, mostram-se tão frágeis, mas são fortes como rocha maciça. Apesar disso, elas têm um ponto muito fraco: são fascinadas por um galanteio, por declarações de amor acompanhadas de flores. Elas não resistem a um homem que as façam se sentirem como uma rainha, como uma deusa. E, para isso não é necessário muito dinheiro, basta ter talento e vontade."

O incentivo de Zéu das Contas não alterou a decisão de Chico Estrela. Ele estava decidido a acabar com aquele amor, com aquela relação que estava sendo uma pedra no caminho em direção ao seu sonho de criança, ao seu desejo de menino que queria conquistar o mundo. Menino que viu aquele sentimento de poder, de liderança, pousar em seu coração feito uma ave bela e grandiosa e ali permanecer feito uma montanha firme e imóvel. A falta de Dayane doeria muito em Chico Estrela, mas ficar sem tentar conquistar os seus sonhos arrancar-lhe-ia o corpo da própria alma.

No meio da semana, antes de se encontrar com Dr. Adolfo, Dayane procurou Chico Estrela e os dois já sabiam o que queriam. Dayane não esperava que o sertanejo estivesse decidido em terminar com ela. Aquela mulher pensava estar tomando uma decisão que seria por demais pesada para o seu amado. Ela imaginava que Chico Estrela não iria aceitar o término tão repentino daquele amor que despertou em sua vida como uma linda manhã de primavera cheia de pássaros, borboletas, cores... Para Dayane, nada estava sendo fácil. Ela teria que ferir sem piedade o coração do homem que a amava.

Mas, pior do que isso, ela estava castigando a si própria com o golpe da perda de um grande amor.

Naquele encontro, naquele crepúsculo de fim de tarde, o Sol se punha para todas as vidas que habitavam aquela ponta de mundo, aquele pedaço de terra e mar encantados. Mas, aquele pôr de Sol seguido de uma escuridão que surgia gradativa, pausada como partes de uma canção, parecia selar o fim de um amor, de uma paixão que não deixou de existir, mas que foi sufocada pelas ambições de desejos audaciosos daquelas criaturas.

A conversa dos dois foi breve como o próprio crepúsculo. Porém, para Chico Estrela que pensava perder aquele amor porque não era mais correspondido, a dor foi maior, teve efeitos mais duros sobre o seu peito tão acostumado com as pancadas da vida, com as pancadas dadas pelos homens e pelo mundo. Naquele instante em que uma luz tímida de estrela já começava a brilhar no céu, feixes de luz dourada além do mar pareciam páginas de livros abertos que retratavam todo o sentimento do coração daquele homem que acabara de perder um grande amor:

Entardecer

Como brisa vieste
E como brisa foste.

Trouxeste o orvalho que irrigou o meu espírito
Chegaste até a abusar da tua paz.

Trouxeste também o vento forte... o vendaval
Arrancaste as minhas árvores
Derrubaste meus pilares... destruíste-me.

Gostei de te... te amei
Sonhei com você... cuidei do teu jardim
Das tuas acácias.

Vivi com você
E como todo grande amor
Por ciúmes, baboseiras, besteiras... te odiei por momentos.

Mas, o que faz essa combinação que é o amor?

Não importa que sejam combinações químicas
Magnéticas, psicológicas ou espirituais
Importa é que ele existe.

No entanto, melhor seria que fossemos como aves
Que voam de um continente a outro
E no momento certo param

Para que o dia e a noite assistam em festa o coito
Em meio de plumas brancas, pretas
Coloridas.

Melhor que fossemos como répteis
Como cobras venenosas
Que em meio a folhagens, pedras, buracos escondidos...
Mostram ao universo o enrolar dos seus corpos cilíndricos
Lisos, escamosos
Tenros de prazer.

Mas, somos só nós mesmos
E com esse nosso jeito de ser
Ser objeto
De querer se dá, sentir sem entender, flutuar em sentimentos... amar
É que ficamos assim, sem ter mais o que dizer
Só esperando que seja lá como for ou com quem for
Tudo comece outra vez.

20   Pelas ruas, becos e esquinas, as pessoas caminhavam sobre suas estradas. Católicos, espíritas, adeptos do candomblé, ateus... todos seguiam acreditando na vida. Vidas diversas, diferentes, desconexas, mas vividas naquela cidade de encantos e decepções, de amor e ódio, de descanso e cansaço. Só poderia ser assim. Naquela borda de Oceano Atlântico existia um paraíso rodeado por pedaços de inferno, rodeado por aglomerados de sofrimento, de mágoa.

Mas, a vida festiva da cidade seguia. A agitação dos dias, o vai-e-vem de pessoas nos dias e noites de festa, ressuscitava o espírito da maioria dos homens recatados, fechados dentro de si mesmos. Para a maioria, porque uma parte das pessoas não se abria nem se agitava com a alegria das outras, com o brilho do Sol, das festas realizadas aos olhos do mar. Nesse grupo de pessoas indiferentes àquela cidade-palco de música e dança, estava o filho de Dr. Adolfo, esposo de Lavínia. Esta, uma mulher de espírito aberto, facilmente envolvida pelos sons dos atabaques, das guitarras baianas. O Sol, o mar, as pessoas daquela terra, tudo para Lavínia era tão comum e ao mesmo tempo tão exótico, tão diferente, tão estimulante. Mas, o seu marido, totalmente diverso, absolutamente afastado do que ela mais gostava, criava um clima que não poderia ser mais suportado, que não poderia ser mais vivido.

Lavínia prosseguia seu intuito de fazer com que Augusto César passasse a entender que aquele casamento não dava mais certo. Ele, por sua vez, já havia percebido que a esposa andava diferente, mas não chegou a pensar em separação – ele a amava!

Lavínia, em seu trabalho, na convivência com clientes e amigas, recebia conselhos, influências que lhe indicavam a separação como o único caminho para a felicidade. Uma de suas amigas, por sinal a mais próxima, a mais confiável, era quem mais incentivava Lavínia a se separa do marido. A amiga de Lavínia, Acácia, era uma mulher que já havia passado por tudo o que Lavínia vivia, e sabia que não se pode ser feliz assim, não se pode querer saborear as delícias da vida se não se tem ao lado uma pessoa que nos satisfaça, que nos faça sentir como pássaros soltos, livres para o mundo. O marido de Lavínia era um pássaro preso e sem canto, sem música. Um homem que acabava prendendo também a esposa em sua gaiola de vida.

Em mais uma jornada de trabalho em sua butique, Lavínia recebeu a visita de sua colega Acácia, que a convidou para irem a um encontro de entidades negras. Lavínia recebeu o convite com um ar de incompreensão. Por que participar de um encontro de entidades negras?! A amiga, Acácia, nunca havia se envolvido com esse tipo de coisa, com esse tipo de movimento. Além disso, ela não era negra e sim uma loira de olhos verdes. Lavínia procurou então saber de Acácia o que haveria de interessante para elas naquele encontro, e Acácia respondeu:

— Eu ainda não te disse nada, mas é que conheci uma pessoa há algum tempo e ela vai participar desse encontro; ele faz parte de uma dessas organizações em defesa do negro.

— Então ele é negro?!

— É sim. Uma pessoa maravilhosa, demasiadamente sensual. É um homem totalmente diferente de tudo que eu já conheci até hoje. Aquela cor, aquele cabelo trançado, aquele jeito diferente de se vestir. Além disso, é artista! Toca em uma banda e compõe músicas. Eu não resisti. Você sabe que há um tempão eu não namoro ninguém, mas aquele "negão" conseguiu me conquistar, conseguiu me arrastar para baixo de suas tranças.

Lavínia, afastando-se um pouco da colega e encostando a mão em uma das faces, exclamou:

— Meu Deus! Eu nunca pensei que você tivesse coragem de namorar um negro, um rastafari!

— Você tem alguma coisa contra?!

— Não! Eu não tenho nada contra, mas não teria essa coragem! Além disso, eu sei muito bem que, queira ou não, muitas pessoas discriminam os negros e quem está junto com eles acabam sendo discriminados também. E se esse seu namorado fosse um negro comum até que poderia ser. Mas, um rastafari, com aqueles cabelos, aquelas tranças. Eu sei que cada um faz o que quer e gosta. Por isso, eu acho que se você está a fim dele, continue namorando. Mas eu não teria coragem!

Lavínia ficou de dar uma resposta depois a Acácia, decidindo se iria ou não ao tal encontro de negros.

21 Mais um fim de semana se aproximava. Um fim de semana comum como tantos outros. Comum sim, mas muito importante para duas pessoas em especial: Dayane e Dr. Adolfo, que aguardavam aqueles dias de descanso semanal com ansiedade. Ambos desejavam definir logo os seus destinos. Dr.

Adolfo estava encantado, apaixonado por aquela mulher que, com beleza, renovava-lhe os ânimos para prosseguir acumulando fortunas e poder.

Já Dayane, iria para aquele encontro encantado contando pontos de vantagem. Sabia que iria ser galanteada pelo empresário e, com certeza, não iria deixar de cair nas armadilhas daquele velho garanhão. Esse seria o primeiro passo para seguir em direção do seu sonho de rainha, de mulher rica e poderosa. Mas, em seu peito de mulher, espinhos selvagens machucavam o seu coração apaixonado. Ela não havia esquecido Chico Estrela. Depois que se separou dele para seguir à caça do velho milionário, passou a ter certeza de que o amava, que o desejava como nunca. Dentro do seu coração, Chico Estrela era o homem de sua vida. Mas, por detrás daquele sentimento de beleza, estavam as fortalezas da ganância, o desejo exacerbado de conquistar com facilidade dinheiro e poder. Aquela mulher, como a maioria dos seres viventes do mundo do consumo, tinha como principal móvel de sua vida o dinheiro, as moedas de papel ou níquel que compram quase tudo, quase todos os caminhos que levam à felicidade – Quase todos! Porque nem com todo o dinheiro do mundo ela conseguiria comprar a cura da dor que o seu coração esfacelado sentia. Mas, esse foi o caminho que ela mesmo escolheu. Foi uma opção sua e deveria ser levada em frente. Até que o coração daquela mulher relutava, tentava vencer os exércitos do seu espírito de ganância, mas era impiedosamente esmagado e dava lugar aos seus desejos de grandiosidade, de ambição. Ela não iria deixar de ficar com um respeitado e poderoso milionário para seguir sua vida com mais um sertanejo que deixou sua terra e conseguiu alguma coisa na cidade grande. Um sertanejo que não era exatamente um miserável, mas que, porém, não possuía o dinheiro e poder que o ego dela exigia.

22 Chico Estrela estava realmente descartado da vida de Dayane. Isso era tudo o que a secretária Audi precisava. Ela havia realizado tudo perfeito e conseguiu separá-los. Agora, restava executar a segunda parte do seu plano que seria conquistar Chico Estrela, entrar em sua vida feito uma brisa inquieta que invade portas e janelas sem pedir licença. Ela precisava invadir o coração daquele homem, prendê-lo feito presa impotente, amarrá-lo com seu laço forte de amor.

A secretária sabia que precisava agir rápido. O sertanejo deveria estar frágil e sensível com tudo o que aconteceu entre ele e Dayane. Se alguma outra mulher aparecesse querendo protegê-lo, tirá-lo daquela dor de amor, talvez ela ficasse para trás. Não perdeu tempo: procurou Chico Estrela em seu apartamento e agiu.

O sertanejo estava em casa, pensava em tudo o que já havia acontecido em sua vida. Pensou na família, em Soninha que o amou como ninguém; lembrou da sua chegada em Salvador, da sua vida em Alagados. Tudo passava na mente daquele homem feito uma trilha de cinema. Quando em seu pensamento fez um grande silêncio, como em um momento de pausa na execução de uma sinfonia, o som da campainha o despertou daquele momento. Quem seria?! – pensou. Abrindo a porta, ficou surpreso em ver a secretária Audi, que foi logo se explicando em forma de desculpa.

– Olá! Eu não avisei nada, mas, como estava passando aqui perto, resolvi lhe fazer uma visitinha.

– Ora, sua presença é uma alegria para mim!

Sentando-se, os dois conversaram sobre coisas da empresa, como em um pretexto para chegarem a assuntos de suas vidas particulares. Como quase sempre, Audi vestia uma saia que ficava pouco acima dos joelhos. A secretária era uma mulher bonita, sensual, que com facilidade desperta a cobiça de qualquer macho. As suas pernas torneadas refletiam um brilho fosco, como diamantes brutos sem o completo polimento. O seu perfume entrou pelas narinas de Chico Estrela chegando ao seu íntimo como uma dose de porção afrodisíaca. O seu corpo, seus músculos, seu sangue de macho, ficaram inquietos. O próprio Chico Estrela se surpreendeu com o que sentiu naquele momento; há pouco ele estava pensando em Dayane, sofrendo com a saudade do amor perdido e, naquele instante, o seu sangue já fervia junto à secretária. E não seria para menos! Aquela mulher, sentada junto ao sertanejo, era como uma fonte de energia vibrante. Os fluidos que dela eram liberados envolviam aquele homem feito camisa de força. Em certo momento, Audi conversava e Chico Estrela observava sem ouvir o que ela dizia. Percebendo a reação do homem pretendido, a secretária perguntou:

– Você está sentindo alguma coisa?

– Não! Não! Está tudo bem.

– Eu sei. Você está ainda abalado por ter terminado com Dayane.

– Eu não vou dizer que não sinto mais nada por ter acabado tudo com Dayane, mas eu já estou muito bem, já estou superando essa situação...

Afastando-se um pouco e fugindo daquele assunto, Chico Estrela propôs:

– É melhor a gente conversar sobre outras coisas; sobre você, por exemplo. Como é que você vai em sua vida amorosa? Você já está namorando alguém?!

– Não! Eu estou sozinha, absolutamente desimpedida!

A forma como Audi respondeu à pergunta de Chico Estrela deixou claramente transparecer que ela estava com certo interesse nele. O sertanejo ainda ficou receoso. Ele sempre viu naquela mulher a figura de uma pessoa que lhe deu a mão e o tirou de um grande buraco negro. Foi ela quem conseguiu o seu emprego. Sem aquele trabalho, tudo para ele seria mais difícil, talvez ele ainda estivesse naquele barraco flutuante, ou até morrido no lugar da esposa de Queno que foi engolida por aquele mangue fétido. No entanto, ela estava ali não como uma simples amiga, mas como uma mulher que se insinuava, como uma mulher que trazia nos olhos o brilho de quem desejava ali mesmo ser amada. Os contornos da face de Audi, o seu sorriso, o seu corpo inquieto, diziam a Chico Estrela o que as palavras dela ainda não havia expressado. Todo o seu jeito parecia pedir ao sertanejo que a amasse ali mesmo naquela poltrona, naquele tapete, naquela sala de apartamento.

Chico Estrela, ainda meio sem jeito, evitava olhar dentro dos olhos de Audi, mas percebeu que já estava totalmente envolvido por ela e começou a encarar diretamente para as suas íris que teimavam em brilhar. Naqueles olhos, naquele rosto, ele percebeu que aquela mulher realmente o desejava, queria ser para ele como o céu é para as estrelas, queria dançar ali mesmo a dança do amor, o bailar do vai-e-vem de quadris, de corpos, de gemidos desgarrados de goelas de macho e fêmea. Após alguns segundos sem nenhuma palavra, um sorriu levemente para o outro como que selando um acordo, um contrato de amor que foi aceito, firmado sem ser escrita ou proferida uma palavra sequer. Aqueles dois haviam se aceitado apenas com a troca de energias, apenas com a troca de expressões dos seus corpos carentes e desejosos.

Chico Estrela ofereceu uma bebida a Audi, que aceitou. Os dois dançaram sobre o tapete da sala. Os seus corpos ainda tímidos foram aos poucos se juntando e em pouco tempo já pareciam um único corpo. O abraço daquela mulher, naquele tapete de sala, arrepiava o corpo do sertanejo de cima a baixo. Em certo instante, uma energia explodiu do íntimo de Chico Estrela e ele teve vontade de naquele momento mesmo rasgar as roupas daquela fêmea e tê-la ali como um leão no cio. Naquele instante, ele se sentiu como um homem pré-histórico e teve vontade de pegar aquela mulher pelos cabelos e possuí-la até ver todas as suas energias se esgotarem. Porém, isso foi só uma vontade repentina; o sertanejo suportou, aguardou o momento certo e em pouco tempo os dois já estavam rolando naquele tapete confeccionado com a pele de algum animal. Animal que um dia teve os seus momentos de cio, de desejo, de gozo irracional, de prazer animal e selvagem. Aquele pedaço de animal, aquele tapete de sala, presenciou sobre si o amor daqueles dois seres, presenciou os seus sussurros, os seus gemidos de amor com prazer.

Já com seus espíritos saciados e seus corpos jogados naquela sala de apartamento, Audi pensava contente no sucesso do seu plano. Tudo o que planejou foi executado com absoluto rigor e determinação. E o seu prêmio maior estava ali, ao seu lado, já conquistado e devidamente domado com uma dose de amor ardente e selvagem.

A secretária Audi havia vencido a sua batalha. Aquele território, aquele corpo, aquele ser humano havia sido por ela invadido e dominado. Restava a ela agora fortificar ainda mais as suas fortalezas, usar com perfeição as suas potentes armas de mulher para manter sob o seu absoluto domínio aquele homem, aquele sertanejo deixado, solto naquele centro de sala. O rosto de Audi sorria sem querer. Os seus corpos nus ainda estavam sobre aquele tapete que um dia foi vida, que um dia correu, pulou, comeu, amou, procriou e foi impiedosamente abatido para se tornar matéria-prima de uma indústria poluente. Sobre aquele tapete Audi vivia um momento de felicidade, seu instante de glória, de vitória. Aproximando ainda mais o seu corpo nu do de Chico Estrela, ela encostou o seu ouvido no peito daquele homem. No silêncio da sala, ela ouvia apenas o ritmo daquele coração de sertanejo. O som produzido por aquele órgão vital era como se tocasse para a secretária tambores, atabaques de índios livres, de índios soltos que pintam as caras e dançam com alegria para festejar a vida, o amor. O som daquele instrumento

de música, daquele coração, invadia o ouvido de Audi dizendo-lhe palavras
que selavam aquele instante de felicidade:

Dança do Amor

Corpos heróis de verdade
Engolem-se
Invadem-se em danças de vento, de tempo
Do ventre.

Carnes ardidas, amassadas
Temperadas sem sal
Devoradas pela fome de amor.

Quadris, umbigos, bocas, línguas
Sexos
Misturam-se.

E o começo de tudo é um buquê de flores
Uma troca de olhares na escada, na praça, no cinema...

Um apelo, um suplico
Uma afirmação, um sim
Vidas levadas a se encontrarem, a se convergirem
A se entrelaçarem como uma só vida
E dançarem feito índios bestas, patetas
Que só se importam com o simples
Com as cantigas
Com a felicidade do amor e da própria alma.

23   Naquela noite, ao mesmo tempo em que Chico Estrela estava ali com
a secretária Audi, Dayane se encontrava pensativa em sua casa.
Refletia sobre tudo o que poderia acontecer entre ela e Dr. Adolfo. Ela estava
receosa, mas ao mesmo tempo segura em relação ao sucesso do seu plano.
Naquele fim de semana, ela iria se encontrar com o empresário. Seria para ela
o grande dia, o dia que marcaria o começo de uma nova vida. Vida que seria
levada ao lado do poder e do dinheiro. Aquele homem, aquele empresário
bem-sucedido e poderoso poderia oferecer quase tudo o que aquela mulher
desejava. — Quase tudo, porque a verdadeira felicidade do seu coração ele não
poderia de forma alguma dar! Mesmo sufocado pela ganância, o amor de
Dayane por Chico Estrela ainda ressoava em seu espírito em forma de
saudade, em forma de vontade de estar com o sertanejo, rodar pela cidade
iluminada ao lado dele, dançar com ele, amar, dormir e sonhar ao seu lado. As
coisas consideradas mais simples, mais comuns na vida de um casal, eram as
que mais vinham à mente de Dayane em forma de lembrança doce, lembrança
que torna a vida atroz, amarga feito fel.

24   Acácia não ficou zangada com o que a sua amiga Lavínia havia falado na última vez que se encontraram. Ela achava que era tudo verdade. Ela mesma já havia muitas vezes discriminado rastafaris, aqueles negros vestidos de forma diferente da comum.

Contudo, ela conheceu aquele homem de maneira tão natural, de forma tão igual, sem discriminação, que acabou esquecendo, apagando de sua mente o modelo, o tipo, o protótipo de homem que a sociedade, que o mundo ocidental grava em nossas mentes. Ela, dentro de pouco tempo, conseguiu superar aquele medo, aquele pavor, aquela vergonha de namorar um negro. Vergonha essa que havia se formado dentro de sua mente ao longo de toda a sua vida, através dos meios de comunicação, das cartilhas de sua escola primária onde nas gravuras os brancos eram médicos, engenheiros, doutores... E os negros eram serviçais, os empregados domésticos, os ladrões... É claro que Acácia não havia superado por completo o drama de ter que enfrentar a sociedade patética e racista. Ela sabia que não seria fácil frequentar locais que antes costumava ir. Mas, o fato de a Bahia ser a Bahia, onde a cultura negra predomina, onde a alegria é dada quase sempre por pessoas de cor através das músicas, das danças, dos costumes, da magia, tudo era mais fácil, menos traumático. A maioria absoluta dos *points* de Salvador era frequentada por negros e brancos de forma igual, sem separação aparente. Além disso, encontrar casais de pessoas com cores diferentes era super comum naquela cidade, e a sociedade parecia não mais se importar com isso.

Acácia tentava convencer a amiga a ir ao encontro de entidades negras. Ela sabia que Lavínia estava precisando ir a locais diferentes, conhecer pessoas, divertir-se. Era disso que ela gostava, mas vivia impedida de fazer devido ao marido. Aquele encontro seria ideal. Após as palestras e discussões, haveria a confraternização entre todos, com muita música e dança. Acácia, na verdade, desejava que a colega conhecesse alguém interessante, um homem que fizesse com que Lavínia se separasse de uma vez por todas do esposo – seria o melhor para ela!

Lavínia, no início, resistiu, disse ser difícil ir a algum lugar sem o esposo Augusto César. E com certeza ele não iria acompanhá-la a um encontro de negros. No entanto, ela sabia que desejava ir. Precisava começar a se soltar, a se desprender das garras conjugal. Decidiu então que iria acompanhar a amiga ao encontro.

25   Dolentes eram os dias de Zéu das Contas. Jogado naquele leito de hospital ele esperava que o destino lhe impusesse de uma vez por todas o fim de uma história, de uma caminhada, de uma vida. A doença aos poucos matava as células daquele corpo humano. E a morte dessas células iam enfraquecendo aquele ser e enchendo-lhe de dor e sofrimento. O que seria de Zéu das Contas se não fosse Chico Estrela, que estava sustentando a sua família e ainda comprando os remédios que adiavam a sua morte? A mente de Zéu das Contas, já entorpecida pelas drogas aplicadas pelos médicos, não

receava mais o fim, não tinha medo do destino trágico que lhe foi reservado pelo acaso. A sua preocupação era com os filhos, com a esposa, com aquela família que ele amava, que ele constituiu com tanta dificuldade rompendo todas as barreiras, todos os obstáculos criados por outras pessoas e por ele mesmo que rejeitava o perdão dos seus pais, os quais teriam condições de lhe oferecer uma vida material mais confortável.

Por quanto tempo seus filhos e esposa ficariam na dependência de Chico Estrela? – pensava Zéu das Contas. Seus filhos ainda pequenos, sua esposa sem nenhuma condição. Qual seria o destino daquelas criaturas que na verdade estavam sofrendo em consequência de um sentimento mesquinho do qual Zéu das Contas não teve condições de se livrar?

A falta de humildade, o orgulho imbecil cultivado no espírito daquele ser em via de morte não havia permitido que ele aceitasse o perdão dos pais e a eles perdoasse. Mas, e agora?! Quem iria socorrer os frutos, os filhos que ele colocou no mundo? Eles seriam como tantas outras crianças jogadas nos lixos da cidade?!

A saída mais fácil, mais prática, mais plausível para Zéu das Contas, seria perdoar aos seus parentes e entregar a eles os seus filhos para criarem, darem educação, dignidade. Essa saída, essa solução, poderia ser fácil para outras pessoas, mas não para Zéu das Contas. Ele cultivou aquele seu orgulho, aquela sua falta de perdão por toda a sua vida e ter que se "humilhar" na hora da morte perdoando à família, prolongaria o sofrimento.

Cada minuto, cada hora, cada dia que passava mostrava a Zéu das Contas que a sua vida terrena não se prolongaria por muito tempo. O seu corpo estava prestes a perder o calor da vida, estava prestes a voltar para terra onde viraria húmus, adubo, nutrientes que alimentariam as flores, que por sua vez serviriam de alimentos para as borboletas, para os pássaros coloridos que voam em direção ao céu enfeitando festivamente o mundo, a vida dos que ainda seguem vivos.

Um impasse formou-se na mente de Zéu das Contas: se ele preservasse o seu sentimento de orgulho, os seu filhos provavelmente seriam ou continuariam sendo uns miseráveis como tantos outros naquela terra; se, por outro lado, ele deixasse, cuspisse fora aquela podridão, aquele sentimento irracional de orgulho e perdoasse a seus parentes, provavelmente estes acolheriam as crianças e dariam a elas tudo o que ele nunca pode dar. Aqueles meninos iriam ter educação, saúde, dignidade para viverem em um mundo onde os pobres, os mais fracos têm que ser muito fortes, muito ricos em espírito e força para poderem sobrepujar, romper as barreiras da miséria e do sofrimento.

Um arrepio tomava conta do corpo doente de Zéu das Contas. Sua mente em via de morte recordava como em uma retrospectiva tudo o que lhe acontecera na vida. Cada momento lhe vinha à mente com a claridade de um Sol. Um aperto tomava-lhe o peito e sua voz parecia querer urrar como bramido de bicho selvagem. Seus olhos, feitos para enxergar o mundo, fechavam-se para dar passagem às lágrimas. As lágrimas, as águas deixadas pelos olhos daquele homem, eram cristalinas como cachoeira límpida que possui o poder de lavar e embelezar os cantos sujos do mundo. Aquele pranto terminal serviu para lavar a escória do coração de Zéu das Contas, serviu para limpar de dentro dele o orgulho, serviu para lhe mostrar que perdoar não significa dar o braço a torcer e sim ter outros braços para enfrentar as tantas lutas da vida. Zéu das Contas pediu à sua esposa que chamasse todos os parentes dele. Ele queria pedir perdão. Queria, em uma atitude de grandeza, dizer que ele errou e entendia que sofreu o que sofreu porque super valorizou um sentimento que só naquele leito de morte ele pode perceber que era o menor de todos, o mais insignificante para alguém que só quer amar para ser amado; perdoar para ter perdão; e dar sentido à vida dos outros para poder entender e harmonizar a própria caminhada, a própria vida.

A esposa de Zéu das Contas trouxe os parentes e ele pode assim jogar para fora todo o seu ressentimento, toda a sua mágoa. Seu espírito agora estava tranquilo, estava pronto para chegar à última página, ao último parágrafo, à última linha, ao ponto final do seu livro-vida. Seus filhos provavelmente não seriam miseráveis sem educação e saúde; teriam as bases mínimas para se tornarem pessoas com vidas dignas.

26 A esposa de Zéu das Contas contou a Chico Estrela que o seu marido havia se reconciliado com a família. Chico Estrela ficou contente, ele sempre desejou isso, seria o melhor para a própria consciência de Zéu das Contas e para a vida dos seus filhos e esposa. O sertanejo agora poderia ficar menos preocupado com esse problema de um amigo. O seu grande desafio continuava sendo o desejo de se tornar um homem poderoso e transformador de realidades. Mas, Chico Estrela tinha consciência de que não iria alcançar os seus objetivos se não conseguisse algum dispositivo prático. Dinheiro não possuía o suficiente para se promover como um político; popularidade ainda não tinha para tentar encabeçar alguma organização social que servisse como escada, como passagem para um estágio maior de reconhecimento, de poderio. Chico Estrela sabia que era um líder, um homem que conquistava os seus liderados com o seu carisma, com o seu jeito de resolver as questões que envolvia o seu grupo. Faltava-lhe agora se engajar em alguma dessas organizações políticas para aí poder fazer carreira, traçar o seu destino de homem do povo.

Porém, o único obstáculo de Chico Estrela não era ser líder por ser. Ele queria o poder de transformar, de modificar a realidade das pessoas ao seu redor. Ele sabia que não era um Deus para modificar sozinho as coisas, mas o desejo encravado em seu peito era do tamanho do mundo e a única coisa que importava para ele era tentar, ir atrás dos seus objetivos, correr em busca dos seus sonhos como estrela cadente corre no céu em busca do infinito. Não importavam as dificuldades que encontraria, as montanhas que teria que escalar, os vales assombrosos pelos quais deveria passar. O que importava, o que dava sentido à sua vida era pelo menos saber que estava tentando, que estava buscando transformar o seu sonho em realidade, o seu desejo abstrato em algo concreto, palpável.

Se dinheiro não possuía para se auto promover, restava-lhe começar por baixo, conquistando popularidade junto ao povo, junto aos grupos organizados, às tantas entidades que já serviram para promover muitos homens do poder no país. Um país pseudodemocrático onde na verdade o que ainda predomina são as corporações e o poderio econômico. O sertanejo não achava que passaria a ser mais um demagogo buscando a autopromoção. Ele tinha consciência de que planejava usar as organizações populares, as entidades de classe, o que fosse possível para lhe promover; todavia, sabia que não desejava simplesmente o poder: queria de verdade ser um homem transformador, modificador do sistema social injusto, ingrato. Amar o poder ele amava, mas desejava do fundo de sua alma lutar com todas as suas forças para trazer mais justiça social, mais igualdade de condições entre as pessoas. Esse era o seu sonho. Sonho que passou em seu peito quando ele ainda era feto, era pequeno como grão de árvore centenária, mas que jogado ao vento cai na terra, brota, cresce e fica robusto, produzindo outros tantos milhares de frutas, de sementes, de grãos que também serão jogados ao vento, ao tempo, ao destino que transforma, modifica o mundo sem aviso e sem licença para tanto.

Chico Estrela deveria começar a pôr o seu plano em prática o quanto antes possível. Ele ficou sabendo do encontro de entidades negras que iria ocorrer. Ele não era negro, mas defender essa raça oprimida rende muitos frutos políticos. Poderia participar do encontro e lá conheceria outros líderes, trocaria ideias, divulgaria a sua posição, o seu discurso envolvente. Seria um começo, um passo em direção a um sonho.

Chico Estrela estava decidido a começar a sua escalada em direção ao poder. Se iria conseguir alcançar o topo da sua montanha não sabia, mas tinha convicção de que queria e acreditava muito na sua realização. O sertanejo estava determinado, decidido a prosseguir o seu caminho do jeito que traçara. O seu espírito de homem vivia momentos de decisão, de definição de rumos. Sua vida naquele momento mostrava-se como água barrenta que aos poucos vai passando por um processo de assentamento e torna-se cristalina, límpida. Depois de dois anos morando em Salvador, Chico Estrela conseguiu estabelecer-se. Passou fome, morou em Alagados, viu a desgraça em sua frente, mas com sorte e competência superou tudo. Agora que as coisas se tornaram claras, era hora dele levar adiante os seus planos de vida, os seus sonhos de criança, os seus desejos de homem. Chegara o momento dele se engajar de uma vez por todas nos caminhos que levam ao poder, ao topo do seu céu.

Se, por um lado, Chico Estrela estava determinado em prosseguir na busca das suas metas, por outro o seu espírito chorava como orvalho matinal. No trabalho, em casa, nas ruas, em todos os lugares o sertanejo lembrava sem querer da ex-namorada Dayane. Ele já estava com a secretária Audi, uma mulher bonita, sensual, mas a saudade de Dayane era grande e lhe sangrava o coração. Às vezes ele tinha a impressão de sentir o perfume de seu ex-amor invadir as suas narinas. Seu rosto, seu corpo, sentiam-se envolvidos pelos cabelos, pelos abraços apertados daquela criatura linda.

Chico Estrela estava apaixonado, estava sofrendo com a falta de Dayane. Mas não adiantava querer sofrer. Ela não lhe queria e ele não poderia parar de viver por causa de um grande amor. – Sim! Um grande amor: verdadeiro, sincero, mas menor do que o desejo de Chico Estrela pelo sonho de ser rei, poderoso. Se ela não lhe queria mais, ele não poderia ficar padecendo para o resto da vida. Teria que tentar esquecê-la. E era o que estava fazendo, era o que vinha buscando há algum tempo, mas não conseguia. Ele sabia que não se pode matar uma paixão como se mata uma caça ou até mesmo um miserável qualquer na esquina de um país do terceiro mundo. Não seria simples destruir aquele sentimento que se mostrou tão frágil, tão vulnerável diante do desejo de poder, mas que agora estava ali, vivo, pronto para florescer lindo como flores de primavera, forte como Alpes de picos gelados, mas perigoso como tigre selvagem. O sentimento, o amor, a grande paixão de Chico Estrela estava vivíssima em seu coração. Estava mais do que nunca presente em seus momentos, em seus passos do dia-a-dia. Aquele amor, a saudade daquele amor, a falta daquele amor castigava aquele adulto que, em noites no escuro, chorava como criança. Chorava e deixava escapar da boca os ais de sofrimento, os ais pela falta de quem ele queria, de quem ele aprendera a amar, a ficar junto, a cheirar como se cheira uma flor, a apertar contra si sentindo o seu corpo, os seus seios espetosos.

O homem que queria ser o todo poderoso era o todo fraco, o todo vulnerável diante da falta do amor. Aquela ausência fazia dos seus dias uma só amargura. Mas, Chico Estrela estava determinado a prosseguir o seu caminho e esquecer Dayane. Estava tentando aprender a amar a secretária Audi. Ela era uma mulher sensacional e seria uma companheira ideal para apoiá-lo em uma possível carreira política. Uma secretária executiva de alto nível, determinada, conhecedora do mundo dos negócios, de pessoas influentes. Ela tinha um perfil ideal para ser a sua secretária e em um futuro a sua esposa, pois político solteiro não é bem visto. Era o que ele queria, era o que o seu raciocínio de homem ambicioso lhe indicava como melhor. Entretanto, esse caminho racional era contrário ao que o seu coração desejava. Nas noites de sofrimento, o emocional de Chico Estrela pedia que ele saísse correndo atrás de Dayane e se ajoelhasse aos seus pés implorando para que ela voltasse, retornasse ao seu homem desejoso. Em uma daquelas noites em que estava sozinho em seu apartamento, um caminhar entre a sala e o quarto lhe trouxe recordações:

Lençol branco

Olho para a minha cama
E um lençol branco denuncia a tua ausência.

Eu reviro os olhos
E desejo não mais pensar
Para me agarrar neutro de saudade.

Eu pego um livro
Um objeto esquecido

E passo o tempo fugindo do meu pensamento
Cheio de te.

Eu rodo a casa
Faço e refaço o mesmo caminho
Busco um espaço fora de lembranças.

Cometo o erro de olhar as páginas em branco
Da agenda do ano passado
Eu sei que naqueles dias eu nada escrevi
Nem compromisso marquei
Porque eu era só teu.

Eu volto para o quarto
E um lençol branco sente o meu corpo tentado
Cair de saudade desabado.

27   Se naquelas noites Chico Estrela vivia a angústia da falta do seu amor, ao contrário, Dr. Adolfo seguia contente o seu rumo à grande conquista. Na noite da véspera do encontro com Dayane, o empresário sonhou com ela. Há muitos anos ele não sentia o que estava sentindo. Fora casado com a esposa durante quarenta anos e só foi separado dela pela morte. Ela havia sido a sua paixão. Casou-se com ela porque a amava. Mas, o tempo passou, passou e acabou levando junto com a poeira dos dias todo o amor. O que restou foi apenas um contrato de casamento arquivado em algum cartório da cidade. O convívio que passou a manter com a esposa era apenas aparente, um faz de conta. Na verdade, eram pessoas separadas que viviam na mesma casa e cuidavam da mesma família. Ela sofreu muito, tinha que se contentar em viver sem o amor de um homem — nunca teve coragem de procurar um novo amante. Para acabar com aquela vida há décadas sem sal, sem o tempero de uma paixão, a morte entrou em cena e pôs um fim em tudo. Foi o melhor para Dr. Adolfo. Agora ele poderia fazer o que ele sempre fez, só que sem se preocupar, sem se esconder dos olhos da sociedade e da esposa, a quem ele temia consideração. Entretanto, mesmo com todas as mulheres que Dr. Adolfo arranjou durante o seu casamento, nenhuma havia mexido com o seu coração maduro. Ele nunca se apaixonou por nenhuma das garotinhas que ele teve sob os seus braços enrugados pelo tempo. No entanto, agora tudo surgia de forma diferente: aquela mulher havia trazido de volta para o coração do empresário um sentimento que ele só teve há mais de quarenta anos atrás. Dayane havia encantado o velho, enfeitiçado o seu coração como em um passe de mágica e encanto.

Naquela noite que antecedia o seu encontro decisivo, ele dormiu, sonhou e acordou leve feito anjo no céu. Na manhã, ele estava sorridente feito lírios dos campos. Um manto de felicidade cobria o seu rosto de traços velhos. Sentado à mesa, teve o café servido por um antigo empregado de sua casa, com o qual ele desabafou o seu ar de contentamento. Dr. Adolfo sentia-se como criança. Lembrava da época de menino, quando ele corria pelos quatro cantos da fazenda do seu pai, subia nas árvores, nadava nos lagos, escalava os montes, caia, chorava, sorria, gritava, cantava... era feliz. O empresário lembrava do seu prazer pela vida de menino, pela vida de moleque que foi deixada para trás em troca dos estudos na cidade grande. Recordou as transformações que o seu peito sofreu, da metamorfose pela qual ele passou, deixando de ser uma "criança besta", despreocupada, indiferente à riqueza para ser um "adulto sábio", preocupado com a vida, com o acúmulo de dinheiro e poder.

Naquele momento de saudade da sua vida de criança na fazenda, Dr. Adolfo falou ao empregado:

- Hoje eu acordei e me senti feito criança, sem me preocupar com o futuro, com a fortuna que deveria acumular... Tudo parecia ser só momentos. Naquele instante, ainda na cama, o que eu queria era levantar, espreguiçar-me feito gato manhoso e aí então tomar o café da manhã. Sem me preocupar de onde aquele alimento veio, de como chegou a ficar disponível para mim, eu o devoraria. Depois do café tomado sem pressa, um brinquedo, uma picula com outros colegas, um esconde-esconde... Com certeza logo eu cansaria da primeira brincadeira, enjoaria. E aí eu iria partir para outra, e depois outra, e outra... até não querer mais brincar e ficar parado em um canto qualquer da casa. Ali eu ficaria parecendo esperar atento que a compreensão do mundo fosse tomando conta do meu eu, da minha personalidade. Ali eu parecia esperar feito réu condenado ao fuzilamento. Ali, parado, eu esperava pelas balas da ideologia do mundo, dos valores dos homens. Ali, naquele momento transitório de menino, eu esperaria que as vontades de homens tomassem o meu peito. Aí eu não seria mais criança, seria um adulto que pensa no futuro, na família, no trabalho, na quantidade de ouro que eu teria que amontoar para mim mesmo. Aí eu seria um preocupado, seria alguém que não iria querer ficar brincando de picula com os amigos. Brincaria apenas de pega-pega... dinheiro. Enfim eu acordaria do meu acordar.

Após contar entusiasmadamente ao empregado sobre o seu estado de espírito, Dr. Adolfo foi buscar Dayane para os dois irem juntos à sua casa de praia passar o fim de semana. O empresário havia aguardado com ânsia aqueles dias. Tudo o que ele mais desejava era conquistar de uma vez aquela menina que o havia encantado, virado a sua cabeça e o seu coração de homem vivido, amadurecido pelo tempo. A diferença de idade não era para ele nenhum empecilho. Idade para ser até avô da mulher pretendida ele possuía, mas não se intimidava com isso. O que importava era conquistá-la, trazê-la para a sua vida, torná-la a sua companheira do dia-a-dia, das horas de folga, dos momentos de prazer, de deleite milionário.

Conforme o combinado, os dois foram para a mansão de praia. A viagem feita de helicóptero durou apenas alguns minutos de Salvador para uma praia na região norte da metrópole. Uma casa espetacular, localizada em um local pouco habitado. Aquela maravilha, aquele cenário em meio ao verde das florestas e dos coqueiros com o mar à frente sugeria um clima de tranquilidade, de paz junto à natureza. Dayane, vestida com uma roupa leve e colorida, parecia fazer parte natural daquele habitat. Sua cor, seus cabelos, seu corpo de sereia, combinavam perfeitamente com aquele mar cercado pela areia branca, pelo verde e pelo colorido das flores de primavera.

Os funcionários da mansão trataram de acomodar Dayane em quarto da parte superior da casa. Dr. Adolfo já havia dito a Dayane que os dois iriam, à tarde, passear de iate. Conheceriam algumas localidades daquele pedaço de costa oceânica.

Ver o Sol se pôr do alto mar também é divino. Dr. Adolfo gostava deste momento e queria apreciá-lo juntamente com Dayane. O descer do Astro Rei no além do horizonte marca um instante de paz, de romance. Um espetáculo da natureza que oferecia uma cena ideal para uma conquista amorosa, para o galanteio de um coração apaixonado.

Após descansar alguns instantes da viagem, Dayane colocou um biquíni e foi experimentar a água da praia. Aquela peça de roupa cobria acanhada aquele corpo esculpido por mãos divinas. Mais do que uma mulher, uma extravagância da natureza. Dr. Adolfo ainda não tinha o prazer de ter visto Dayane com um traje de banho. Quando aqueles dois olhos que já miaram imagens maravilhosas pelos quatro cantos do mundo se depararam em cima do corpo de Dayane, um arrepio tomou a barriga avantajada daquele velho como há muitos anos não havia acontecido. O empresário sentiu-se como um adolescente desejoso de amor. Aquela mulher — pensava ele — era linda! E de biquíni era mais do que isso: Era uma tentação! Tentação da natureza que ressuscitaria qualquer macho morto pela idade, pela falta de desejo pelos prazeres da carne. Esse não era o caso de Dr. Adolfo, mas, se fosse, com certeza Dayane iria curá-lo.

Passaram o resto da manhã conversando descontraidamente sobre coisas daquele local. Ambos preparavam caminhos para se conquistarem. Dr. Adolfo pretendia atacar o seu amor desejado no final da tarde, no pôr do Sol, após um passeio encantado de iate. O fato de Dayane estar ali com ele, de ter aceitado o seu convite para passar um fim de semana naquele paraíso, o deixou convicto de que não seria difícil conquistá-la. Mas, queria ir devagar, aos poucos, sem correr o risco de obter uma negativa.

Por outro lado, Dayane esperava de fato que Dr. Adolfo agisse. Não seria ela quem iria tomar a iniciativa. Porém, ela sabia que teria que mostrar para ele, de uma forma que não transparecesse a imagem de uma mulher fácil, que tinha interesse, que também queria amá-lo. — Como iria fazer isso? Essa era a questão!

Dayane começou a elogiar o velho sem deixar passar uma ideia de bajulação. Ela queria fazê-lo se sentir seguro. Queria que ele se olhasse como um homem que poderia dar a ela tudo, inclusive amor. Esse era o caminho, era a forma através da qual Dayane pretendia atrair Dr. Adolfo. Voltando da praia, Dayane era observada pelo empresário que estava sentado na varanda da casa. O homem suspirava fundo. O desejo do seu coração criava estímulos por todo o seu corpo já enrugado pelos anos. A sua paixão por aquela mulher brotara em seu peito e ali estava, permanecia plantada, crescendo, florescendo a cada momento.

28　A noite passava sobre todos. Enquanto a maioria dormia ou rolava sobre as suas camas de sonhos, o "Fi de Queno" e sua gangue prosseguiam pelas noites frias em busca de roubo. O menino-homem era o líder, era o todo-poderoso daquele grupo de poderosos, de crianças, de adolescentes que enfrentam o mundo de arma em punho.

O campo de batalha era extenso, o inimigo não era só o inimigo: eram os inimigos, constituídos pelo mundo e por eles mesmos. O mundo, porque lhes desejava mortos ou no mínimo trancafiados atrás de grades; eles mesmos, porque com seus próprios pés caminhavam para o precipício do destino trágico. Era como se suas mentes estivessem dopadas para a realidade.

Aquelas crianças agora ditas homens seguiam em suas noites de nada, em suas estradas de mentiras, em seus destinos de faz-de-conta, em seus sonhos de meninos-homens. Naquela noite, o "Fi de Queno" parou com sua gangue em uma praia deserta. Ali acenderam fogueira, comeram e beberam feito bestas. Olhando para o céu, sobre o capô do carro roubado, o menino de Queno observava estrelas que pareciam vidas perdidas. Um momento de lucidez pareceu tomar a sua mente dopada pelo álcool. Uma estrela cadente cortou o céu escuro no além do horizonte do mar. O "Fi de Queno" pensava consigo: "Aquela estrela, aquele pequenino ponto de luz que cortou este céu gigante, infinito, parece estar menos perdida do que eu e meu bando. O céu escuro e desabitado parece ser mais claro e mais povoado do que esta terra de indiferenças, de pessoas estranhas, de 'pessoas de bem' e de ladrões como eu. Se eu fosse uma estrela, eu seria mais feliz. Se o meu coração fosse o Sol, eu deixaria de roubar e passaria apenas a brilhar para o sorriso das pessoas e da vida. Mas, eu sou apenas o 'Fi de Queno', o vagabundo, o ladrão, o líder poderoso de uma gangue de nada, que me leva a nada".

O ladrão sentia em seu coração pancadas de ausências, de faltas. Ele só possuía de amigos aqueles seus comparsas ladrões. Ele sentia falta do afeto de pessoas, de uma família, de uma mulher que ele pudesse amar. O seu mundo de crime lhe roubava as palavras e os gestos, e ele se tornava um ser vegetativo sem voz nem expressão. Tudo o que aquele espírito de ladrão queria era afeto, só afeto e mais nada:

Meu Eu

Tem pessoas que são chão
Não voam nos passos.

Outras são ave
Estão sempre perto do céu

Eu queria te dizer uma palavra
E receber de te um afeto

Eu sou só, não sou Sol
Eu vivo mendigando um abraço...
Mas, como sou mudo
Ninguém me entende.

Eu gostaria de me saber
Andar dentro dos meus bosques
Descobrir os segredos guardados
Dentro das brisas coloridas do meu eu.

Eu ando
Mas não me encontro
Tenho o norte nas mãos
Mas sempre descubro que não tenho para onde ir.

Eu paro e vejo chover
Eu choro.

Eu mendigo o teu abraço
Mas, como sou mudo
Tu não me entendes.

Eu sigo, solto...
Perdido no meu bosque
Que apesar de ser meu
Eu desconheço.

A brisa fria do mar batia sobre os corpos à beira da praia. O "Fi de Queno" adormeceu sobre o capô daquele veículo roubado. Ao raiar do dia, o álcool já havia se dissipado de sua mente e ele estava novamente lúcido – Chegou até a esquecer que na noite anterior ele lembrou que poderia deixar de ser ladrão! Prosseguiu então com o seu bando naquele carro furtado, continuou cego em sua vida de crime.

29 A sorte estava lançada. Dr. Adolfo e Dayane, em conquista mútua, trabalhavam as palavras a cada momento com o cuidado devido. Ao meio dia, almoçaram juntos à mesa. Aquela refeição serviu para criar um clima de intimidade, de descontração entre os dois. Era o que faltava para selar a convicção de Dr. Adolfo que Dayane não iria recusá-lo.

À tarde, como combinado, passearam de iate pela região. Conheceram lugares, beberam, divertiram-se, viveram os instantes. Ainda em alto mar, mas já retornando para casa e com o Sol já perto da linha do horizonte, Dr. Adolfo percebera que era hora. Chegara o momento de tomar uma atitude mais precisa, mais direta para conquistar Dayane. – Como? Essa era a dificuldade do velho que já havia esquecido os argumentos descarados do tempo de adolescente. Os dois, em um ritmo mais lento de palavras, sentiam que aquele instante era especial. Dr. Adolfo, apaixonado, pensava feliz que estava prestes a ter o seu amor. Dayane, também feliz, mas não apaixonada, sonhava com a vida de milionária que passaria a ter.

Elogiando o espetáculo da natureza, Dr. Adolfo falou:

— Sabe Dayane, esse pôr de Sol, essa brisa leve soprada pelo mar, deixa-me em um estado de espírito maravilhoso. Só em pensar que isso aqui é totalmente diferente da vida agitada que a gente leva na cidade, já é uma grande terapia.

Tirando o cabelo soprado pelo vento, do rosto, Dayane falou olhando nos olhos do empresário:

— Sua vida, então, deve ser muito agitada. Muito mais do que a minha, por exemplo! Você deve estar sempre viajando, participando de reuniões, deve ser duro! Ainda mais que agora você não tem uma esposa, não tem o afeto aconchegante de alguém que lhe está esperando em casa quando você retorna de uma viagem ou de mais um dia de trabalho. Sinceramente, uma pessoa tão maravilhosa, tão sincera como você, merece encontrar novamente uma mulher que lhe faça feliz.

Afastando-se um pouco e olhando para o alto do mar, Dayane concluiu:

— Eu falo isso, mas sei que não é fácil para um homem como você encontrar uma mulher à sua altura. Mulher você acha, é claro! Mas uma companheira de verdade, definitiva, isso é dificílimo.

Esse era o momento ideal para Dr. Adolfo agir. Ele poderia naquele instante conquistar aquela mulher passando a ideia de que ele a desejava de forma séria e não como mais um caso. Aproximando-se um pouco mais de Dayane, ele falou:

— Você tem toda a razão quando diz que não é fácil para eu encontrar uma mulher à minha altura. Mas, você vê toda essa fortuna que eu tenho? Ela é o resultado de três fatores importantíssimos: o primeiro é histórico: eu já nasci rico e isso facilitou muito para que eu acumulasse muito mais dinheiro; o segundo fator é o trabalho, o esforço e a competência com os quais eu sempre convivi no mundo dos negócios. Mas, tem um último fator que, honestamente, para mim é o mais importante: sorte! Pois é! Eu sou um homem acima de tudo com muita sorte. Em minha vida eu não posso me queixar, ela esteve sempre presente. E, agora, nesse momento em que eu não tenho mais esposa e me encontro sozinho, a sorte bate novamente em minha porta.

— Como assim? O que é que está acontecendo de especial com você que lhe traz tanta sorte?

Deixando transparecer uma feição mais séria e colocando uma das mãos no ombro de Dayane, Dr. Adolfo falou:

— Escute bem o que eu vou lhe dizer: eu perdi uma mulher que viveu comigo dezenas de anos e, como você mesma disse, eu pensei que fosse difícil encontrar outra companheira que me fizesse feliz. Mas, a velha sorte está do meu lado e eu percebo que já existe uma mulher à altura para me fazer feliz. E, sinceramente, eu desejo muito fazer desta mulher a mulher mais feliz do mundo.

Ensaiando um leve sorriso desconfiado, Dayane perguntou:

— E quem é essa que conseguiu lhe encantar?
— Quem você acha que poderia ser?
— Não sei!

Sorrindo levemente, Dr. Adolfo deu a sua cartada:

— Você é uma pessoa maravilhosa, simples, verdadeira e conseguiu fazer com que eu me sentisse novamente renovado para a vida a dois.

Aproveitando que Dayane não disse nada — o que indicava um sim —, Dr. Adolfo aproximou o seu rosto no dela, olhou no fundo dos seus olhos, foi encostando, encostando... até que a beijou.

As ondas balançavam o barco, que sacudia solto no mar. Observado de longe o iate até parecia estar a vagar sem destino pelo oceano gigante. No chão da embarcação, o encontro de duas gerações, de dois seres nascidos a décadas de distância um do outro. Mas, o amor não tem tempo nem idade, ele simplesmente acontece. Dr. Adolfo se virava como podia para satisfazer aquela fêmea atiçada pelo encanto de tudo o que acontecera durante o dia. Dia findado com aquele encerrar de tarde, com aquele pôr de Sol que oferecia os últimos pingos de luz que iluminavam aquele barco parado, deixado, solto, livre, carregado apenas de amor naquele momento alto, naquele alto mar. Os dois voltaram para casa e Dr. Adolfo teve que ter força e disposição para amar novamente durante a noite a sua amada.

Estava marcado o início de um romance, de uma convivência a dois com dois sentidos especiais: Para Dr. Adolfo, um sentimento verdadeiro de amor, de paixão desvairada, era o que dava sentido àquela iniciada relação. Mas, para Dayane, era diferente: só o dinheiro e o poder do empresário eram o que importavam. Naquela noite de amor com o velho, ela pensou em Chico Estrela, sonhou com ele, com os momentos de felicidade. Momentos presenteados, franqueados sem a necessidade de retribuição financeira. A única coisa que ela recebia em troca na relação com Chico Estrela tinha valor, muito valor, mas não tinha dinheiro no mundo que pudesse comprá-lo. E por isso mesmo não interessava a Dayane. Pois, se comprado não poderia ser, vendido também não seria. Não poderia ser negociado no mercado, na bolsa de valores; não poderia servir para financiar os gastos do estilo de vida daquela mulher que queria ser milionária, solta no mundo para viajar, consumir, exibir-se nas colunas sociais, ter prestígio.

Essa era a contradição que tornava aquela mulher indecisa, feliz com o que conseguiu, mas infeliz por não ter Chico Estrela.

30   Naquele final de semana, estava acontecendo o encontro de entidades negras. Lavínia, a esposa do filho de Dr. Adolfo, foi participar do encontro juntamente com a sua amiga Acácia. Na verdade, as duas participavam do encontro não por se preocuparem com a questão do negro, com o que seria ali discutido. Acácia participava por causa do namorado e Lavínia porque precisava se desgarrar do marido, fugir da prisão de vida conjugal. Aquele encontro era ideal: no final dos trabalhos eram realizados coquetéis seguidos de muita música para dançar. Lavínia até que poderia curtir tudo isso em outro local, mas a amiga Acácia era quem lhe dava força para procurar a felicidade perdida com o casamento e, além disso, Acácia era a única pessoa com a qual Lavínia tinha intimidade suficiente para saírem juntas, falarem as verdades umas com as outras, desabafarem...

No primeiro dia do encontro, que duraria três, Lavínia conheceu o namorado de Acácia, que as apresentou a outras pessoas. Lavínia sentiu-se como um peixe fora d'água. Todo aquele pessoal era diferente das pessoas com as quais ela estava acostumada a conviver. Alguns usavam roupas que ela não colocaria nem para ir a um baile de carnaval. Cabelos trançados, roupas folgadas e coloridas, sandálias de couro. Tudo para Lavínia era no mínimo exótico. Mas, aos poucos, ela foi se adaptando. Em pouco tempo Lavínia já estava enturmada, conversava com todos sem indiferenças, sem preconceito. Agora ela não ficava mais observando de lado os negros vestidos de forma diferente do que para ela era comum. Não ficava mais pensando coisinhas ridículas que às vezes servia para ela mesma como piadinhas. Ao ouvir, ao conversar com aquelas pessoas, ao saber das suas ideias, dos seus valores, tudo para Lavínia ficava mais fácil, mais comum.

Entre uma conversa e outra, Lavínia conheceu Di Santos – o negro que organizou aquele encontro. Pela primeira vez na vida, Lavínia fizera amizade com um rastafari, com um negro de cabelos trançados e compridos. Lavínia estava entusiasmada com tudo. Tomou até interesse pelos assuntos discutidos, pelas questões que eram colocadas. Ela passou a entender o porquê daquelas pessoas ali presentes serem diferentes, buscarem aquelas formas distintas de se apresentarem à sociedade convencional e preconceituosa. Na verdade, tratava-se de uma forma de resistência, de enfrentar as imposições e os preconceitos da sociedade ocidental – que é espiritualmente branca.

Di Santos era artesão. Ganhava a vida fazendo esculturas e pinturas de figuras e paisagens da Bahia, as quais eram vendidas em um ateliê que ele possuía no Pelourinho. Um artista, isso sim que Di Santos era.

Conversando com Lavínia, Di Santos falava sobre a sua vida, sobre sua arte. A esposa de Augusto César ficou entusiasmada com o diálogo que manteve com Di Santos. Sentiu nas palavras dele uma mostra de pureza, de verdade, de sinceridade. Durante o baile, foi com ele que ela dançou quase todo o tempo.

Voltando para casa, Acácia dizia a Lavínia:

– Você estava entusiasmada com Di Santos. Parece que você gostou do "negão"!

– O que é isso Acácia?! Eu apenas conversei e dancei com ele. Ou você acha que eu deveria ficar parada no canto? Afinal de contas, você não me convidou para vir ao encontro justamente para nós nos divertimos um pouco?

– É claro que sim! Eu estou achando ótimo isso e acho que você deveria investir em Di Santos, ele é um homem e tanto!

– Pelo amor de Deus! Você acha que eu vou trair o meu marido com um negro?!

Acácia, em um ar de ironia, indagou:

– Quer dizer que se fosse com um branco você trairia?

– É claro que não é isso! Eu sou uma mulher casada e, apesar da crise que vivo no casamento, eu não irei trair o meu marido.

Acácia, fazendo um ar mais sério, com o carro parado à espera de um sinal verde de uma sinaleira, virou-se para a amiga e disse:

– Agora, falando francamente: você sabe que eu tenho uma opinião muito sincera quanto a esta questão: Os homens – a maioria – quando passam por crise no casamento e deixam de gostar da esposa, procuram outra mulher, independente de ainda estarem vivendo com ela. Nós mulheres não podemos, temos que viver à míngua de um amor acabado, que não dá mais prazer. Você sabe muito bem que eu, antes de me separar do meu marido, dei umas saidinhas com aquele carioca que nós conhecemos lá na sua butique. E eu posso lhe dizer que foi ótimo, sem peso na consciência.

As duas prosseguiram cortando a noite em direção às suas casas. Lavínia, pensativa, refletia sobre a sua vida mal vivida, sobre os sonhos que tinha, os desejos de aventura, de luxúria fora dos laços conjugais. Aquele foi o primeiro dia do encontro de negros. Ainda restavam dois; dois dias que prometiam muito.

31 Chico Estrela também estava participando do encontro. Ouviu os palestrantes, buscou colocar-se no lugar de um negro, de um homem discriminado, julgado pejorativamente apenas por ter a cútis escura como o infinito do céu sem estrelas e sem Lua. Chico Estrela compreendia que ser negro significava ter uma dificuldade a mais para viver em um mundo desigual, onde o perfil de um homem de bem não tem nenhum traço de pessoas que um dia foram arrancadas da África feito bichos e trazidos para o outro lado do mundo amarrados com elos de correntes pesadas, enferrujadas com o salitre do mar.

No encontro estava sendo discutido a condição do negro, o resgate da cultura, os projetos de educação para as crianças carentes, para os candidatos a cidadãos. Candidatos, porque ter nascido não significa ter adquirido o direito a ser um cidadão. Muitos nascem e passam a viver feito vermes doentios, despojados de qualquer direito, de qualquer seguridade.

Das verdades sobre as questões do negro, Chico Estrela sabia e com aquelas discussões passou a conhecer muito mais. No entanto, ele tinha uma linha de raciocínio que se desencontrava de muitas das colocações ali proferidas. Ele não compreendia o sentido do resgate da cultura, dos costumes cultivados na África e trazidos para as Américas. Muitos negros enfatizavam a necessidade desse resgate, dessa busca do passado, dos costumes já esmagados pelo aculturamento branco. Esse era o ponto com o qual Chico Estrela não concordava completamente. Ele achava que a cultura negra deveria ser preservada sim, mas sentia que havia um excesso nas colocações de alguns dos palestrantes que encaravam a questão de maneira quase que dogmática, cega. Muitos falavam como se o mundo não mudasse, não passasse por metamorfoses que transformam os costumes, as culturas, o estado de vida de todos os homens. Estilo de vida com o qual muitos negros, devido à própria discriminação da sociedade, não procurava encarar.

Chico Estrela entendia que o negro deveria, antes de tudo, ser um homem moderno, preparado para enfrentar a concorrência do dia-a-dia. Se ele já saia perdendo devido à própria cor, então deveria buscar ser o melhor, o mais competente. E para isso seria necessário a educação, a formação profissional.

Para Chico Estrela, era importante ensinar os meninos negros a tocarem tambores, dançarem capoeira, mas isso deveria ser ensinado somente como uma forma de lazer e não de profissão. Chico Estrela percebia que muitos dos programas oficiais criados para grupos negros e até mesmo as letras das músicas baianas em protesto contra a discriminação não se preocupavam, em sua maioria, em passar para as pessoas, para a juventude, para as crianças, que no mundo capitalista é necessário ser profissional, um homem com preparação para enfrentar outros homens no mercado de trabalho. Afinal, quem vive sem trabalho?

O negro, para Chico Estrela, deveria buscar o apogeu não somente através da música, da arte e do futebol, mas também através dos tantos outros campos do conhecimento humano. E essa ideia, esse sentido de vida seria necessário dar não só às crianças negras, mas também a todas as crianças carentes, sedentas de apoio material e moral. Chico Estrela já havia observado que muitos dos programas de apoio à criança carente buscavam dar a elas uma profissão, um ofício. É claro que essas profissões ensinadas a estas crianças poderiam evitar que elas voltassem ou fossem para as ruas. Mas, e os seus futuros filhos? E os filhos dos seus filhos? Toda profissão, por mais simples que seja, é digna, honrosa e importante para toda a sociedade. Mas, o caso é que as profissões ensinadas e incentivadas naqueles órgãos de assistência eram aquelas que nenhum cidadão esclarecido deseja para os seus rebentos. Naqueles órgãos de assistência, não era dado estímulo e apoio às crianças para que elas abraçassem o desejo de serem um profissional de nível mais elevado, um médico, um engenheiro, um cientista. Parece ser mais fácil ensinar àquelas miseráveis vidas aprenderem a ser um empregado doméstico, um carpinteiro, um pedreiro para despencar das alturas dos prédios em construção.

Chico Estrela achava importante a iniciativa das instituições de apoio à criança. Elas funcionam como um necessário paliativo em um país onde as desigualdades sociais são grandes e, por isso mesmo, o número de crianças desamparadas é magna. Mas, o que o sertanejo queria era que fosse dada uma educação direcionada para algo maior, para um caminho mais iluminado, de prestígio elevado. Ele percebeu que, se no futuro parte das crianças carentes de hoje fossem cidadão prestigiados, com influência mais ativa na sociedade, com certeza elas teriam mais inclinação, mais preocupação em acabar com as bases da desigualdade, da injustiça social, da miséria provocada. Chico Estrela sabia que o problema atual da injustiça social advinha justamente da consciência dos homens de influência do país. Aliviar o sofrimento dos miseráveis atuais é necessário, mas não é suficiente para acabar definitivamente com as desigualdades gritantes. Antes de tudo é preciso criar uma consciência, um desejo de mudança e de maior igualdade no coração de cada homem. E aquelas crianças, aqueles meninos carentes de hoje, poderiam ser, se assim fossem ensinados, representantes do futuro de uma classe que seria defensora dessa modificação, desse caminho em direção a um melhor equilíbrio material entre as pessoas, entre os indivíduos de todas as cores, de todos os sexos, de todas as classes.

Nos momentos de debates, Chico Estrela fez essas colocações e ganhou a atenção dos líderes de associações ali presentes. Seu nome aos poucos se tornava conhecido naquele meio. E esse era o seu objetivo, o seu caminho a ser traçado, trilhado em direção ao poder.

À noite, o sertanejo dormia em seu quarto de segredos, de desejos, de sonhos escondidos em seus pensamentos. Sobre o travesseiro, ele deixava a sua cabeça de homem. Cabeça carregada de muitas coisas, inclusive lembranças, saudades de um amor que lhe vinha à mente e lhe chocava todo o peito, todo o espírito em pranto, em agonia, em falta de um amor ausente.

Era naquele quarto de segredos que Chico Estrela vivia a sua dor. Deitado, ele olhava o teto como quem observa o céu, como quem mira cenas de uma noite estrelada, enfeitada por estrelas cadentes assanhadas que pulam no espaço de um canto para outro como que levando mensagens de amores infinitos, eternos como o próprio caminho dos astros, como o próprio céu.

O que aquele homem desejava era que Dayane voltasse para ele, entrasse pela porta de seu apartamento dizendo que lhe amava, que lhe queria de verdade, sem crises. Se assim fosse, ele poderia seguir mais tranquilamente o seu andar em busca do poder, em busca dos seus sonhos de criança agora homem.

Mas, as coisas eram diferentes. Dayane parecia não mais amá-lo e, por isso mesmo, tudo terminou entre eles. Agora, aquela dor, aquela saudade, aquela falta de Dayane invadia as suas noites e o seu coração como espinhos selvagens que ferem pés inocentes. Tudo isso era um dilema para Chico Estrela. Ele não queria prejudicar os seus planos de vida por causa de uma paixão, por causa de uma mulher que apareceu em seu viver feito cometa que surge e desaparece no infinito sem avisar nada a ninguém. Chico Estrela desejava esquecer Dayane, apagá-la para sempre de sua memória. Ele não queria que aquela paixão atrapalhasse os seus planos, as suas metas traçadas há tanto tempo, há tantos anos, há quase toda sua vida.

32   O mundo prosseguia. E o seu seguir era trágico e seguro, triste e alegre, cômico e sério, doce e amargo. E amargo era o viver de Queno, o pai do menino delinquente. Perdeu a esposa para a morte, o filho para o mundo da marginalidade e o sentido de sua vida para si próprio. Sua rotina sangrava-lhe o coração. Acordava às quatro horas da manhã para dar tempo chegar no trabalho às sete. Quando retornava do serviço, a noite já havia encoberto o dia há pelo menos umas três horas. Dormia sem sonhos, sem planos, sem expectativa de vida. O único lazer que tinha era a conversa dos peões na hora do almoço e a cachaça tomada nos dias de folga em um boteco perto de sua casa. Essa era vida de Queno. Esse era o viver de um homem que deixou a seca do sertão para viver no terreno molhado da cidade, encharcado de injustiça, de dissabores vivenciais.

Seu filho prosseguia odiando e amando, comprando e roubando, matando e fazendo-se sobreviver. Essa era a vida, esse era o lema, essas eram as contradições de uma cidade coberta de asfalto e concreto, de verde e de mar, de homens e mulheres, de pretos e de brancos, de poesias e de palavras secas e objetivas como o próprio mundo do consumo.

Porém, os amargores da vida não advêm somente da falta de bens materiais ou da perda de um ente querido para a morte ou para o próprio mundo. Os dissabores tomam as vidas de forma tão inesperada, tão fugaz, que eles não têm tempo de escolher a classe social, nem o sexo, nem a cor, nem o credo. Qualquer um pode ser vítima do atroz da vida. E esse era o caso do esposo de Lavínia, Augusto César. Um homem que pensava viver bem com a esposa e de repente viu tudo desabar sobre os seus pés. Em um abrir e piscar de olhos a sua esposa mudou completamente: mostrava-se uma mulher descontente, infeliz, disposta a acabar com a vida que eles dois construíram juntos.

A paz de Augusto César havia terminado. Em seu lugar instalou-se um sentimento que misturava ódio e amor. Isso porque ele amava Lavínia, mas repugnava a forma como ela vinha levando a vida conjugal. Por último, para completar os problemas, ela inventou de participar de um tal encontro de negros com a amiga Acácia e iria chegar em casa durante três dias após ele já ter ido dormir. Em tantos anos de casamento isso nunca aconteceu e agora surgia de maneira tão simples e tão cruel. As conversas de Augusto César com Lavínia não eram mais de marido e mulher: eram de duas pessoas que estavam encerrando um contrato na qual as duas partes diziam que a outra havia infringido as suas cláusulas. Lavínia achava que Augusto César era um homem frio, morto para as alegrias do mundo e por isso não conseguiu manter a paixão do namoro que terminou em casamento. Ele a amava, mais não suportava mais a sua indiferença, o seu desprezo nas noites vazias, antes preenchidas de amor. Esse era o martírio de Augusto César; essa era a cor do seu sofrimento, do seu descontentamento que feria o seu peito de homem, de executivo dedicado ao trabalho.

33 Aquele fim de semana acontecia com muitas coisas para muitas vidas: Dayane e Dr. Adolfo aproveitaram o início de um amor planejado, arrumado, verdadeiro, mas também dissimulado; Lavínia via crescer dentro de si um desejo de liberdade, de fascínio por uma aventura extraconjugal. Já Chico Estrela vivenciava o encetar, o anunciar de sua refrega, de sua batalha para conquistar os seus sonhos tão aspirados.

O encontro de entidades de negros prosseguia. As discussões eram muitas, mas as soluções poucas. Na verdade, aquele encontro servia para dizer a todos que a discriminação existe, há *apartheid* em nosso país, só que disfarçado de democracia, de igualdade entre todo o povo, entre a multidão colorida.

Havia, naquele encontro, entidades de todo o país. Quase todos os pontos discutidos se convergiam para uma mesma opinião, para uma mesma ideia. Todos concordavam que a condição do negro no Brasil era o resultado não só da discriminação, mas principalmente de todo um processo histórico.

E Chico Estrela prosseguia discursando: "A própria Lei Áurea que nas escolas do país é ensinada pura e simplesmente como a lei que libertou os negros da escravatura, na verdade foi uma sentença de morte fria e impiedosa. Além da libertação, seria necessário a criação de uma política de inserção do negro na sociedade livre, o que não foi feito. O modelo escravista de produção não interessava mais para o crescente mundo capitalista. O sistema precisava expandir os seus mercados consumidores. Capitalismo é sinônimo de consumo e escravo não ganhava salário para gastar com as compras de natal, ou do dia das mães, ou dos namorados, ou de tantos outros dias criados para esvaziar as prateleiras das lojas. Os negros, que antes eram escravos, mas podiam plantar na terra do senhor as hortas que lhes davam o alimento, foram chutados, foram mandados embora sem o direito de olhar para trás. Em seus lugares, foram colocados posseiros e empregados assalariados vindos principalmente de países da Europa. Esses imigrantes brancos conseguiram terras, apoio do governo, empregos nas fazendas dos senhores. Eles conheciam as novas técnicas, os novos instrumentos de trabalhos recém-chegados ao Brasil, os escravos não. Aos negros, quase sempre, restavam as estradas, os caminhos desertos e estreitos de uma vida sem futuro, sem perspectiva, sem sonhos. Da África foram arrancados para aqui serem eternos presos, relegados à marginalidade, à miséria. Tudo isso aliado ainda ao preconceito que acaba por aprofundar a condição de miséria, que gera a marginalidade, que por sua vez também gera mais preconceito. Tudo se mostra como um círculo vicioso onde a saída começa pela criação de uma consciência, pela tomada do respeito ao ser humano independentemente da cor — afinal nenhuma criança nasce racista, ela aprende a ser".

Os debates se aprofundavam, Chico Estrela usava o seu dom de discursar bem e parecia ganhar notoriedade e respeito por suas opiniões.

Mais um dia do encontro de entidades se passava. Lavínia seguia entusiasmada com Di Santos. A certeza que ela tinha de que nunca iria trair o marido ia dando lugar à imprecisão, à dúvida, que por sua vez, dentro de pouco tempo, deu lugar a outro tipo de certeza oposta à primeira. Lavínia já possuía convicção de que poderia trair o esposo sim. Mais do que convicção, ela tinha vontade, possuía o desejo de se aventurar nos braços de outro homem. Era o que ela queria. E teria que ser com Di Santos, o homem que conseguiu mexer com os seus desejos íntimos de mulher, de fêmea desencantada com a vida de casada.

As coisas iam de acordo com o planejado por Chico Estrela. Para começo de uma escalada que seria longa, ele estava caminhando muito bem. Apesar de ser um espectador e não um palestrante, nos momentos oportunos ele ia mostrando toda a sua capacidade, toda a sua aparente coerência no discurso. Sem dúvida, as atenções foram se voltando para aquele homem que, apesar de não ser negro, parecia ter conhecimentos e argumentos suficientes para discutir a questão em debate.

Em um certo momento, Chico Estrela trocou ideias com Di Santos e os dois ficaram amigos. Di Santos, que já havia formado amizade com Lavínia, apresentou Chico Estrela a ela. O sertanejo não sabia que Lavínia era esposa do filho do seu patrão. Por outro lado, ela não tinha conhecimento de que Chico Estrela era funcionário da empresa de Dr. Adolfo.

Chico Estrela, como bom observador que era, percebeu que aquela mulher estava louca por Di Santos. Ele percebia na entonação de sua voz, no comportar daquele corpo feminino, que ela queria agarrar, enrolar-se naquelas tranças quase métricas.

Mas não foi só Chico Estrela que percebeu. Di Santos era a pessoa que estava sendo galanteada e, portanto – é claro! –, iria atentar também para os desejos de Lavínia.

No último dia do encontro, Di Santos prometeu levar Lavínia para conhecer as instalações do seu ateliê de arte no qual ele também vendia as suas pinturas e esculturas. Os olhares trocados entre os dois denunciavam um desejo latente, uma vontade escondida que agora se mostrava por inteira, sem restrições, sem preconceito aparente. No intervalo dos debates, Lavínia aproveitou para fisgar de uma vez por todas o seu homem, o seu negro solto, liberto, amarrado apenas por laços de amor-desejo. Em uma conversa de canto, ela falou para Di Santos:

– Eu tive uma ideia ótima! Vamos aproveitar o intervalo para eu conhecer o seu ateliê?! Eu estou morrendo de curiosidade para 'conhecer os seus trabalhos'.

Di Santos sentiu um frio envolver o seu íntimo. Ele também já estava atiçado por Lavínia e sabia que naquele ateliê, entre quatro paredes, tudo poderia acontecer. Sorrindo para ela, ele respondeu:

– Tudo bem! Por sorte eu estou com as chaves aqui comigo. Aliás... eu só ando com elas. Eu sempre estou indo naquele meu canto. Mesmo à noite, quando volto de algum trabalho ou festa, às vezes eu prefiro ir para lá a ir para a minha casa. Aquele ateliê é como um retiro espiritual para mim. É ali que eu passo a maior parte do meu tempo. É ali que eu sofro o meu sofrer e saboreio a doçura da vida. Meus quadros, minhas esculturas, são tudo para mim.

Os dois seguiram então. Foram a pé mesmo. O ateliê ficava ali pertinho de onde estava acontecendo o encontro. No caminho, Di Santos fez questão de dizer a Lavínia que os seus trabalhos eram simples, sem a técnica dos grandes artistas, mas eram trabalhos bonitos que mostravam com cores a cara da cidade, das pessoas, das figuras que ilustram a Bahia. A sua arte era como a de tantos outros artistas: inspirada pela vida, pelo observar do mundo, sem o aprimoramento da técnica acadêmica.

Chegando ao ateliê, Lavínia ficou encantada. Na verdade, aquelas obras de arte, aquelas pinturas e esculturas, eram iguais a tantas outras que ela já havia visto em outras oportunidades, em tantos outros locais da cidade. Mas, naquele momento, era outra coisa. Os seus olhos observavam aqueles quadros de casas, paisagens e pessoas coloridas, de forma diferente. Aquelas pinturas e esculturas haviam sido feitas pelas mãos que ela desejava que a pegasse, que a amassasse como artista amassa o barro, a argila do trabalho. Ela desejava ser esculpida por aquelas mãos. Desejava se transformar no seu objeto de arte, no seu sonho, na sua pintura perfeita em cores vivas, marcadas na tela quieta, inerte, atenta somente aos tantos caminhos da imaginação humana.

Lavínia queria ser a tela de Di Santos, desejava que ele a pintasse em aquarela, em tintas cor-de-amor.

No ateliê fechado, uma tela ainda em branco permanecia em um canto, esquecida, jogada. Lavínia pediu que Di Santos pintasse ali alguma coisa. Ele disse que precisava de inspiração para fazer, mas iria tentar assim mesmo. Após retocar alguns traços que insinuavam o mar, ele teve a ideia de fazer com que Lavínia terminasse a pintura. Ela, entusiasmada, respondeu:

– Eu não sei pintar nem as minhas unhas! Eu sou horrível nisso!
– Tente! Eu sei que você consegue! É só uma questão de tentar.

Rindo por alguns instantes, Di Santos começou a ensiná-la. O perfume que saía dos poros daquela mulher embebedava o rastafari que já estava tonto de desejo. Seu nariz, perto daquele pescoço delicado, não resistiu em dar um cheiro. Sua mão, que segurava a de Lavínia, puxou o pincel e o jogou em uma vasilha melada de tinta e cheia d'água.

Uma carranca, uma cara feia esculpida em um pedaço de madeira, observava calada. Alguns quadros coloridos tiveram as suas paisagens cobertas pelas roupas tiradas e jogadas afoitamente. Os corpos. Só os corpos, os quadros e as esculturas enchiam aquela sala de arte, de sonho inanimado e vivo, de pele preta e branca.

Cabelos crespos e trançados se entrelaçavam aos lisos e escorregadios. Só amor, só o saciar de desejo terminava de colorir o resto da tela anteriormente branca, sem vida e sem cor. Ao alto, uma pintura de casas retratava a cidade antiga. Ruas longas e casarões coloridos que tanto já esconderam amores, paixões proibidas, camufladas por paredes às vezes certas e tantas outras vezes tortas, agora enfeitava aquele ateliê de vontades.

Uma onda de energia parecia explodir dos corpos daqueles dois seres jogados em uma esteira de palha agora forrada de amor. Suas cordas vocais entoavam a mesma nota, o mesmo tom de prazer. Seus corpos, antes frenéticos, foram parando aos poucos feito locomotiva ao chegar em estação. Suados e abraçados, os dois, quietos, suspiravam calados. Aos seus redores só arte, só paisagens, pinturas e carrancas feias que agora pareciam sorrir.

O silêncio tomou conta do ateliê. Ouvia-se apenas os corações daqueles dois parados e retratados na calçada de um quadro pintado em uma tela dantes branca, sem envolvimento... sem vida.

O encontro de entidades negras chegou ao fim. Chico Estrela conseguiu o seu objetivo de ganhar espaço e criar nome na base de algumas organizações. É claro que ele não iria se filiar a nenhuma entidade de negros para depois tentar ser o seu líder. Mesmo porque ele não era negro e com certeza ele não seria aceito. Não teria cabimento se escolher uma pessoa não negra para presidir uma entidade de negros! Isso seria visto no mínimo com desconfiança. Se até mesmo a sua participação no encontro e os seus discursos foram vistos com suspeita por alguns dos participantes negros, imagine a sua participação efetiva em uma entidade?!

De qualquer forma, tudo o que aconteceu serviu e muito para o sertanejo. Agora ele conhecia várias pessoas que coordenavam movimentos e entidades com os mais diversos fins sociais; poderia, através dessas pessoas, ganhar a sua oportunidade. Disposição e vontade para isso ele possuía. Restava-lhe correr atrás do seu objetivo. Esse seria o caminho para ele alcançar o seu sonho.

Mas, além de tudo o que acontecera no encontro e das oportunidades que começavam a surgir, uma coisa ficou sem resposta na mente de Chico Estrela. Ele sabia que não era negro, mas branco também não. Qual seria a sua etnia, a sua raça gravada na cor da pele e nas membranas das partes do seu corpo? Quais seriam as raças que contribuíram para a sua formação enquanto ser humano? Ele não conhecia a história de seus antepassados. A única certeza que possuía era a de que o seu ser único resultava da mistura de tantos outros seres, de raças diversas. Era como se ele fosse um pouco negro, um pouco branco, um pouco índio, um pouco colorido. E quanto à origem de sua terra primeira? De que parte do mundo os seus ancestrais vieram? Nesse sentido ele também era um pouco Américas, um pouco África, um pouco Europa, um pouco Índia, um pouco o mundo. Ele era um ser único resultante de tantos outros seres diversos.

Essa mestiçagem não incomodava Chico Estrela, ele se sentia bem do jeito que era, da forma que fora colocado no mundo. O que interessava agora era buscar o que há quase toda a sua vida vinha procurando: o seu desejo de deus, de rei poderoso que governa, que manda, que modifica as coisas ao seu redor.

34   Tudo prosseguia. Os rumores prosseguiam, as vidas prosseguiam. Prosseguia também o caminhar final de Zéu das Contas, o amigo de Chico Estrela enfermo em um hospital. A cada instante o seu estado se agravava. Os médicos já haviam dito aos familiares que só restava àquele homem a morte. Ficou um bom tempo desacordado, dopado, jogado para fora da realidade naquele leito hospitalar. Parecia já estar findando, indo embora para outro lugar desconhecido, distante do mundo da matéria. Sua esposa chorava, os filhos choravam, a família chorava. Quando parecia que nunca mais iria acordar, uma recuperação repentina tomou conta de Zéu das Contas. Ele voltou a falar e a se movimentar, coisa que já não fazia há alguns dias. Talvez fosse um milagre, uma oportunidade dada por Deus, pela vida. Porém, talvez também fosse apenas uma trégua da morte, uma última chance para ele se despedir dos seus entes queridos.

O rosto daquele homem doente se modificou repentinamente. O ar de sofrimento foi substituído por um sorriso. Os ais de dor foram trocados por palavras de conforto à família e a ele mesmo.

A esposa de Zéu das Contas ficou contente, parecia que o seu marido não iria mais morrer. Os filhos voltaram a sorrir, a brincar de picula pelos cantos da casa, do terreiro do bairro de classe média onde agora estavam morando levados pelos parentes do enfermo.

Todos voltaram a ficar contentes, a acreditar que Zéu das Contas estava se recuperando, voltando a encontrar a vida, a respirar por vontade, por amor ao viver. Ele aproveitou aquela sua melhora repentina e mandou chamar os familiares e o amigo Chico Estrela. Queria vê-los, conversar com todos, chamar pelos seus nomes, contemplara as suas faces ainda gravadas em algum canto dos seus neurônios.

Todos foram, atenderam ao convite do doente. Ali viram um homem aparentemente recuperado, novamente vivo, de rosto feliz, de palavras certas, confortantes. Naquela manhã de domingo o mundo parecia mais mundo para Zéu das Contas. Todos os seus estavam ali: sua família, seus filhos, sua esposa, seu amigo Chico Estrela. Uma luz parecia brilhar sobre aquele homem. Mesmo deitado sobre aquela cama de doença, ele parecia viver o momento mais feliz de sua vida. E ele queria alegria: pediu para abrirem a cortina que cobria uma janela de vidros que dava para uma área verde do hospital. Há tantos dias ali no nosocômio, pela primeira vez ele pode contemplar aquele jardim, aquelas flores abertas para o mundo, para os olhos dos que pudessem enxergá-las, contemplar as suas belezas. Borboletas coloridas brincavam por entre as folhas e flores; o Sol dava o seu tom de beleza de Astro Rei. Sua luz entrava por aquela janela de vidro e iluminava o rosto do enfermo. Aquela luz era tudo: era aquele momento de confraternização, era a força que movia cada um daqueles viventes ali presentes, era a vontade de cada um, era tudo o que acontecia naquele jardim ali fora.

Junto com os raios solares que iluminavam o quarto, parece ter entrado um fluido, uma energia que tomou conta do corpo de Zéu das

Contas. Ele arrepiou-se todo. Um frio transcendente possuiu todo o seu espírito. Sorrindo e ao mesmo tempo deixando-se chorar, ele virou-se para todos e agradeceu a cada um por tudo. Pediu mais uma vez perdão a quem ele tinha que pedir, abraçou e beijou cada um dos seus filhos, virou-se para a esposa e disse que ela deveria tentar ser feliz – mesmo que não fosse com ele. A mulher não parecia entender ou não aceitar que o marido estava se despedindo. Chorando, ela disse que eles iriam continuar juntos, que iriam prosseguir criando os filhos, vivendo a vida.

Ao final da manhã alegre, todos foram para casa. A família acreditava em uma cura, em uma melhora definitiva para Zéu das Contas. Chico Estrela também desejava isso, mas retornou para casa triste, pensativo, preparando-se para o pior. Chico Estrela sabia que Zéu das Contas havia se recuperado apenas para se despedir, para falar pela última vez com as pessoas que ele amava.

À tarde daquele domingo, uma nuvem repentina cobriu o céu escondendo a luz do Sol. O jardim, dantes alegre, perdeu o colorido das borboletas e as flores pareciam chorar. A janela de vidro na parede deixou de ser transparente e agora parecia um quadro cinzento, tomado de incertezas. O quarto iluminado escureceu. O rosto de Zéu das Contas perdia aos poucos o sorriso. As palavras e as risadas da manhã foram substituídas por um silêncio mortal.

Os médicos perceberam que Zéu das Contas estava chegando ao fim. Mandaram chamar a família. A esposa avisou a Chico Estrela. Todos que estiveram ali na manhã de alegria, retornaram na tarde de tristezas. Os médicos e enfermeiras entravam e saíam do quarto de silêncio. Toda a família e Chico Estrela esperavam de fora, inquietos. Depois de algum tempo sem entrar ou sair alguém por aquela porta que guardava Zéu das Contas, um médico em passos lentos saiu, retirou as luvas e chamou todos em uma sala reservada. Avisou que infelizmente Zéu das Contas havia falecido.

A esposa foi quem mais sentiu. O mundo naquele momento parecia cair sobre a sua cabeça. A notícia veio como uma forca para o seu pescoço de mulher. Seu corpo parecia sentir-se atingido por balas ingratas, disparadas pelo revólver do acaso, da morte que havia dado a sua trégua, mas agora se mostrava toda assombrosa diante de todos. A morte, só a morte era quem mandava naquele momento de dor, de pesar dos espíritos destroçados, destruídos por uma partida, por uma perda irreparável, irrecuperável em um mundo de matéria.

A nuvem lá fora cinzenta e carregada deixou cair sobre todos as suas águas. A manhã de alegria foi trocada por uma tarde de tristezas. O corpo vivo de Zéu das Contas foi substituído por um amontoado de carne e ossos mortos. A palavra final era a morte.

No dia seguinte, o corpo do homem foi enterrado. O atestado de óbito dado pelo médico serviu para movimentar os números de estatísticas sobre a população da cidade e até do mundo. Aquele defunto era mais um a se juntar a outros tantos bilhões embaixo daquela terra localizada naquele pedaço de mundo em órbita. Mundo este que está dentro de um Sistema Solar, que por sua vez está ao lado de não se sabe quantos outros sistemas que compõem o incógnito universo. Daquela morte certa restaram apenas algumas lembranças e uma montanha de incertezas, de dúvidas, de perguntas sem respostas, sem solução previsíveis, testáveis em laboratório ou matematicamente.

Naqueles dias de consternação, por sorte, Chico Estrela tinha a companhia de Audi. Companheira que lhe dava todo um conforto espiritual e moral quando ele mais precisava. E, naqueles dias seguintes à morte de Zéu das Contas, tudo foi muito duro para o sertanejo. Todavia, Audi estava ao seu lado, confortando-lhe da maneira que podia.

É certo que Audi fazia muito por Chico Estrela, mas não substituía nunca Dayane. Esta sim era o verdadeiro amor daquele homem. Ele fingia para si mesmo que estava bem, que o seu coração já havia esquecido Dayane e se ligado em Audi. Mas isso não era verdade. Suas noites se prolongavam em saudades, em vontades de ter de volta aquele amor, aquele sonho bom que passou por sua vida e deixou marcas.

Uma vontade cada vez mais forte envolvia Chico Estrela. Seu peito de homem chorava feito criança. Seu corpo se arrepiava quando ele pensava nos momentos bons que passou com aquele seu amor, com aquela sua mulher que agora era só lembranças, só desejos não realizados.

Naquelas noites de saudades, o seu espírito de liderança, de força, de determinação de quem quer o poder, dava lugar a um ser de fragilidade, a um homem sem defesas, sem forças para vencer a vontade de ter amor. Seu sono se transformava em lembranças, só lembranças penosas de amor ausente.

Em seu ouvido coberto de silêncio ele escutava apenas palavras que diziam em prosa o que a sua mente de homem racional não queria aceitar. E só um canto, apenas um canto era o que aqueles versos retratavam:

O canto

Nem beijos
Nem sorrisos
Nem abraços

Um canto

Nem amigos
Nem luzes
Nem colorido

Um canto

Nem eu encontrado

Nem o teu calor
Nem um conversar

Um canto

Nem céu
Nem estrelas
Nem o Sol brilhante

Um canto

Era isto o que os meus olhos viam
Naquela noite em que eu morri sozinho com tua saudade.

35 Se, por um lado, Chico Estrela estava a sofrer a falta de Dayane, por outro Dr. Adolfo vivia com ela toda a plenitude de um amor. Ela tratava o empresário com a atenção de uma deusa. Era preciso ganhar a sua total confiança, fazer com que ele acreditasse que ela o amava e queria ficar com ele apenas por amor e não por dinheiro. Na verdade, para Dr. Adolfo, a sua cabeça de homem racional dizia-lhe que uma mulher jovem como Dayane não iria ficar com ele simplesmente por amor. Talvez até ela chegasse a amá-lo, mas não por ele ser o homem Adolfo, despido de dinheiro e do poder. Se assim fosse, se ele não possuísse o que possuía, dificilmente ela iria querê-lo. Este era o pensamento do homem lúcido, consciente de uma realidade; realidade de certa forma dura, mas real. No entanto, o amor enfeitiçava aquele homem. Os seus pensamentos racionais iam dando lugar ao jugo do amor, da paixão desvairada. O que Dr. Adolfo sentia por Dayane era tão forte e tão bom que lhe tapava os olhos. Não importavam os verdadeiros sentimentos de Dayane. O que fazia sentido era que ele a amava e estava sendo correspondido; ele a desejava e tinha por ela os seus desejos saciados; ele sonhava estar com ela e a qualquer momento podia tornar o seu sonho realidade.

Tudo isso era o que interessava. Aquela menina linda trouxe para Dr. Adolfo um novo sentido de vida, uma nova paisagem destampada, límpida, verdadeira e feliz. Dayane sabia que o velho a amava, que a cada dia ele precisava mais do seu amor, da sua companhia. O próximo passo dela seria forçar um casamento, um comprometimento oficial com o empresário. Porém, ela não poderia simplesmente se virar para ele e dizer que eles teriam que se casar. Isso poderia comprometer os seus planos de ambição. O empresário teria que tomar uma decisão espontânea, sem pressão. Mas, por outro lado, talvez ele pretendesse ficar desfrutando do seu amor sem comprometer os seus bens, sem se casar. Dayane decidiu então forçar o casamento de forma muito própria. Ela passou a dar um jejum de amor ao homem apaixonado. Passou a colocar para ele que a sua família era a do tipo tradicional e cobrava muito dela as noites que ela dormia fora de casa. O seu namoro com o velho já era aberto, do conhecimento de todos, mas, quando ela precisava dormir fora de casa, tinha que dizer que ia para casas de amigos.

A cada dia que passava Dr. Adolfo sentia mais necessidade de ter o seu amor do seu lado. Já Dayane, sempre procurava mostrar para ele que o amava, mas, ao mesmo tempo, colocava o empecilho da família, a dificuldade de ter que inventar uma história para poder ir ficar com ele a sós.

Diante desta situação, o velho não iria resistir, teria que definitivamente assumir um compromisso matrimonial com a garota, só assim ele a teria todos os dias.

O plano de Dayane mostrava-se mais eficiente do que ela esperava. Dentro de pouco tempo, Dr. Adolfo a pediu em casamento, e ela fingiu se surpreender, disse precisar de uns dias para pensar, mas depois aceitou — é claro! Agora os seus sonhos de galgar as alturas do poder estavam mais perto do que nunca. Dentro de pouco tempo ela deixaria de ser uma simples pessoa para passar a ser a esposa de um milionário poderoso de destaque na sociedade.

Contudo, a felicidade de Dayane era como fonte d'água aos olhos de quem está a morrer de sede em um deserto: talvez tudo aquilo fosse apenas uma miragem. O seu coração de mulher sofria e muito com a falta do seu amor. Esquecer o sertanejo, apagá-lo de sua memória, estava sendo demasiadamente penoso para ela. Ela sonhava acordada com ele, desejava-o, sofria com a sua falta. E tudo isso, todo esse amor deixado para trás por causa da ambição, crescia a cada dia, a cada instante, a cada suspiro daquela mulher-saudade. Este era o preço que ela estava pagando por ter escolhido o mundo do dinheiro e do poder como prioridade em sua vida.

Chico Estrela ficou sabendo que Dayane estava de casamento marcado com Dr. Adolfo. A notícia trouxe consigo um pesar que parecia esmagar o peito do sertanejo. Mesmo estando decidido a esquecer Dayane e levar uma vida ao lado de Audi, aceitar o fato de que o seu verdadeiro amor iria se casar com outro homem, era muito duro. A secretária Audi percebeu que Chico Estrela estava diferente. Ela não comentou com ele, mas tinha convicção de que aquela sua mudança era devido à notícia do casamento. De qualquer forma, Audi entendia que aquele abalo que o sertanejo sofrera já era esperado. Ela sabia que Dayane e Chico Estrela só encerraram a relação porque ela soube aproveitar da ambição de Dayane para jogá-la contra o sertanejo.

O que Chico Estrela passava ao saber do casamento já era esperado por Audi. Por isso mesmo ela seguia paciente, sem maiores discussões. Ela não poderia querer questionar o comportamento do namorado. Se assim ela fizesse, talvez ele não suportasse e viesse a terminar com ela. Afinal de contas, ele não a amava, apenas gostava dela. Essa situação colocou a secretária em um momento de angústia, de tristeza desesperada. Mas ela teria que ser forte, teria que suportar aquele momento. Ela precisava saber sofrer, aguardar o tempo passar para que Chico Estrela esquecesse Dayane e passasse a dedicar exclusivamente o seu amor, os seus pensamentos de homem, para ela.

Tudo tem o seu preço. E o preço que Audi pagava para segurar o seu homem era demasiadamente alto. Ela se sentia como uma mulher que estava na vida de Chico Estrela apenas como uma dublê, oferecendo somente o corpo. A cena, a atenção, era dada a Dayane e não a ela.

Apesar da situação, de certa forma humilhante, Audi contava com uma mudança muito breve. Ela esperava que, com o passar do casamento de Dayane, toda aquela situação tivesse um fim. Com o casamento sacramentado – pensava ela – não haveria mais esperanças para Chico Estrela e isso faria com que ele começasse a olhar para ela do jeito que ela queria: não como uma segunda opção, como uma dublê, mas sim como a atriz principal, como a principal personagem de um filme de amor violento, doloroso, mas de final feliz.

36 Mesmo sofrendo pelo amor perdido, Chico Estrela tramava a cada dia a sua galgada ao poder. Ele passou a frequentar uma organização beneficente de grande alcance. Uma dessas organizações que é reconhecida pela sociedade e tem o apoio até de outros organismos internacionais. Às vezes, Chico Estrela se questionava se ele não estaria sendo desleal com a sociedade ao querer usar uma entidade beneficente para se auto promover. Sua consciência de homem honesto às vezes o acusava. Mas ele tinha convicção de que aquele seria o único meio dele poder alcançar o seu sonho de poder. O tempo passava e não demorou muito para Chico Estrela começar a coordenar uma das comissões que compunham a entidade. Mas, o seu objetivo era a presidência da instituição; aí sim o seu nome passaria a ter peso, a possuir significado suficiente para depois ele conseguir outras posições na sociedade. No entanto, as coisas não seriam fáceis para ele. A presidência da instituição não era desejada apenas por ele. Na verdade, havia uma disputa entre grupos políticos no sentido de colocarem no comando daquela entidade pessoas que pudessem mais tarde ser lançadas como candidatas a uma vaga que ia desde a Câmara Municipal até à Câmara Federal. Chico Estrela precisava de apoio. Ele sabia que não bastaria a sua competência e disposição para poder assumir a direção da instituição. Era imprescindível que grupos de peso o apoiassem, apostassem suas cartas nele.

Conversando com Audi, Chico Estrela contou suas perspectivas, os seus objetivos frente àquela ONG. Em uma noite encaixada entre dia e amanhecer, ele dizia à secretária:

– Eu sinto que não existem grandes concorrentes para disputarem comigo a presidência da instituição. Modéstia à parte, eu sou um dos que mais está inteirado sobre os problemas ali existentes, sobre os caminhos pelos os quais devem ser seguidas as ações. O problema é que, para chegar à presidência, não depende só disso: é necessário que outras pessoas me apoiem. É claro que tem muita gente que participa da entidade que está me apoiando. Mas, não depende só deles; é necessário ter o apoio de grupos externos, grupos de peso.

Audi ouvia meio que desinteressada pela conversa. Ela não compreendia o porquê do interesse do sertanejo por uma instituição beneficente na qual ele não receberia nenhuma recompensa, nenhum retorno financeiro. Mas, aos poucos, mesmo sem Chico Estrela lhe falar diretamente, ela começou a entender que o interesse dele era pelo o que viria depois de assumir a direção daquela organização, a projeção social que ele passaria a ter. Deixando de lado a imparcialidade, Audi decidiu participar mais interessadamente da conversa e, em certo momento, parou silenciosa, e, virando-se para a janela semiaberta, disse:

— Eu tenho uma ótima ideia que pode lhe levar direto à presidência dessa ONG.

Em um ar de quem não esperava muito pela ideia da secretária, Chico Estrela indagou.

— Qual é a sua ideia?

— Eu tenho certeza de que Dr. Adolfo tem influência sobre essa instituição. Algumas vezes eu já o vi telefonando para o atual presidente dessa entidade e, pelas conversas, ele parecia ter alguma autoridade sobre ela. Você sabe, argumentam que essas instituições não têm vinculação política, mas não é verdade. Sempre tem algum grupo manipulando tudo e eu tenho certeza de que, no caso dessa casa de ajuda, Dr. Adolfo faz parte do grupo manipulador.

Alegrando-se com a notícia de Audi, Chico Estrela a indagou:

— E você acha que ele apoiaria um funcionário seu para tal posição.

— É claro que sim! Ainda mais que ele já sabe da sua competência e já possui confiança em você.

Prosseguindo, Audi disse que iria conversar com Dr. Adolfo, iria tentar convencê-lo a indicar o sertanejo para a presidência da organização beneficente.

Chico Estrela concordou, mas ficou receoso. O fato de Dayane, o seu grande amor, ir se casar com o velho empresário o incomodava muito. E, agora, essa ideia de Audi poderia colocá-lo mais perto de Dr. Adolfo e, consequentemente, de Dayane. Chico Estrela sempre estava mantendo contato com Dr. Adolfo, mas isso era na própria empresa. Se eles passassem a ser aliados políticos a coisa seria diferente: ele teria que ver o empresário mais vezes e em locais diversos. Isso o colocaria sempre de frente com Dayane. Esse fato criava um receio no sertanejo. Era uma situação estranha que não possuía tradução. Ele não sabia se era medo ou se era receio de sofrer mais ainda ao ver seu amor ao lado de outro homem.

Após a conversa e à seção de amor com Chico Estrela, a secretária Audi foi embora. Mais uma vez o sertanejo estava só em seu lar de sofrimento. Na lembrança de seu amor ausente, o sertanejo recordava dos últimos momentos que eles passaram juntos, do instante da separação malvada, da partida dolorosa. Seu peito de homem solicitava o afago de uma mão de consolo. Lembrou de sua mãe, dos dengos que recebera quando criança e até ainda moço. Recordou das músicas de ninar que sua mãe cantava quando ele não conseguia dormir, ou quando estava abatido por alguma doença repentina. Mas, naquele momento, naquele instante de dor, quem estava jogado, deixado em sofrimento, não era a criança e sim o homem Chico Estrela. Homem sim, mas também sofredor, carente da mão de mãe, das cantigas de ninar, dos afetos tão necessários em um momento de sofrer. Ele sentia-se só. Sua mãe não estava ali, mas uma voz, como que entoando aquelas cantigas, invadiu o ouvido de Chico Estrela e lhe disse palavras-verdade.

Só

Bate-me à porta uma lembrança...
E ela foge-me à mente
Como visão desértica
Que se forma em céu azul
Cheio e puro em meu espaço.

Bate-me à porta...
Essa canção que recorda
Em ouvido já surdo
Uma fotografia de passado.

Bate-me...
E machuca-me muito
Sentir pancadas de saudade
De vontade desconhecida.

Bate...
E eu não sei o que é
Mas a tristeza saltitante
Já adentrou na minha morada...

Até...
Até que um arrepio de frio
Avisou-me n'alma
Que outra vez eu sou só.

37 Lavínia, a esposa de Augusto César, vinha vivendo dias de aventuras. Depois que conhecera Di Santos, os seus desejos de amar e de se deixar ser amada estavam mais do que nunca ativos. Seus poros transpiravam perfume e desejo. Porém, as coisas estavam a cada dia mais difíceis para ela. Ao mesmo tempo em que sentia necessidade de ficar mais momentos com Di Santos, o relacionamento com seu marido ficava mais atribulado. Augusto César sentia-se cada vez mais distante da esposa. Apesar dos dois estarem vivendo um relacionamento de indiferenças, ele não admitia que a mulher levasse uma vida de liberdade. Para ele, não era fácil admitir que Lavínia saísse durante as noites sem a sua companhia. Ela, por sua vez, não podia, de uma hora para outra, deixar de atender os desígnios de seu esposo. E o problema não era apenas o seu marido: a família, os filhos principalmente, não admitiam aquela mudança repentina. Ela não poderia simplesmente correr em busca de Di Santos e deixar para trás anos de relacionamento familiar. Além disso, ela enfrentava o problema do preconceito. Mesmo que ela não convivesse com o problema do esposo e da família, como ela iria enfrentar a sociedade?! Como ela iria administrar um relacionamento com um homem negro?! Ela sabia que não seria natural para as pessoas do seu meio social e, por isso mesmo, ela temia que viesse a sofrer muito.

Se, por um lado, Lavínia se preocupava com o preconceito da sociedade, por outro, a única coisa que interessava para ela era viver aquele amor, curtir aquele homem artista, aquele negro livre, de cabelos trançados, de roupas folgadas e coloridas. E as coisas estava realmente difíceis para Lavínia: Di Santos, apesar de gostar muito dela, não se sentia bem namorando uma mulher casada. Em suas conversas, ele deixava claro que não estava sendo legal eles terem que manter aquele tipo de relacionamento secreto.

Os dias passavam e as pressões surgiam de todos os cantos sobre a cabeça daquela mulher apaixonada. De um lado, quase todo mundo: o marido, a família e a sociedade; do outro, o seu amor por Di Santos. Lavínia estava desesperada. Ela não queria e não iria simplesmente acabar o relacionamento com o seu amor proibido. Ela levou anos e anos sofrendo ao lado do marido; há tempos ela não sabia o que era amor de verdade. Seu coração de mulher parecia não mais se entusiasmar nas noites de amor com o esposo. Agora não! Agora o seu coração voltou a saltar! Seus desejos voltaram a ser desejos. Até o seu respirar era mais forte e mais determinado do que antes de conhecer Di Santos.

Sofrer realmente ela estava sofrendo, mas abrir mão da felicidade amorosa conseguida isso ela não iria fazer nunca. Estava decidida. A solução que se mostrava para ela demorou a se apresentar como necessária. O divórcio era uma solução dolorosa, cruel para a família e para os amigos. Essa saída, no início, vinha à mente de Lavínia como um último recurso. Na verdade, ela não queria aceitar o fato de a separação ser a única solução. Não era fácil para Lavínia ter que tomar a pesada decisão de acabar com o casamento construído em tantos anos de convivência. No início, só em pensar nesta ideia, formava-se em sua garganta um nó que refletia a sua angústia. Mas, isso foi passando: aos poucos ela começou a encarar o divórcio como um fato e não como uma opção. Teria que ser assim. Não havia nenhuma condição dela voltar a viver bem com Augusto César. Falta de tentativa não foi. Por muitos anos ela buscou o entendimento com o marido, com o seu modo de ser. Mas não deu. Todo o seu esforço foi em vão. A decepção, a carência afetiva e o descontentamento com a vida conjugal foram inevitáveis na sua relação de casada. Nos últimos anos, ela conheceu um período de inércia vivencial: não era feliz porque era casada e não podia ir buscar a felicidade fora do casamento porque tinha medo de quebrar os tabus morais da fidelidade. Mas, os anos passaram, a amiga Acácia esteve sempre ao seu lado dando força e Lavínia enfim decidiu quebrar o tabu da fidelidade e correr atrás de um novo amor. E esse amor surgiu, era presente, verdadeiro. O único problema agora era poder segurá-lo. O divórcio com o marido já era uma coisa quase certa.

Mas, e depois? Será que estando solta do marido enfim ela encontraria a liberdade para amar livremente Di Santos? – É certo que não! Ela sabia que, após se divorciar do marido, o pior viria: enfrentar a sociedade, a família que não aceitaria o seu amor de cor negra, de cútis escura. Este era o seu desafio, era a luta que o seu coração de mulher apaixonada estava disposto a enfrentar.

Porém, o desespero da crise conjugal não afligia apenas Lavínia. Parece que Augusto César sofria mais do que ela. Afinal, ele ainda a amava, achava que tudo poderia voltar a ser como antes. – Só que não era assim! Os dias passavam e ele percebia que o seu império conjugal estava mais do que nunca desmoronando. Na verdade, já estava no chão. Restavam apenas os cacos, os restos que só traziam sofrimento e desilusão. Aquela família, sua mulher, seu trabalho no banco, tudo isso constituía a vida daquele homem. E agora parecia que a sua felicidade se resumiria apenas a um tentar reconstruir, tentar reerguer seu império. Talvez até fosse fácil ele reconstruir o seu império se Lavínia não existisse. Mas ela existia e ele a amava, desejava ser feliz com ela. E ele estava tentando: procurou conversar mais com a mulher, a satisfazer mais os seus desejos, a procurá-la para saírem, para se divertirem pelas festas da cidade. Mas, já era tarde demais. Se ele tivesse feito isso algum tempo antes, talvez surtisse efeito. Porém, agora era diferente: Lavínia estava apaixonada, de cabeça virada por Di Santos. É certo que Augusto César nem desconfiava que a esposa estivesse vivendo um novo amor. Se ele soubesse, talvez até acontecesse uma tragédia. O que ele percebia era apenas que aquela mulher não desejava mais a vida conjugal. Esse era o fato. Apesar de amar Lavínia, ele assimilou que o divórcio era quase inevitável. Ter a mulher amada ao lado e ao mesmo tempo senti-la a milhas de distância é sofrer ainda mais. O melhor seria a separação definitiva – pensava ele.

38 Em um mundo de diferenças, diferentes vidas levam suas existências de formas opostas, diversas. Se, por um lado, Lavínia e Augusto César viviam o drama do divórcio, por outro, Dr. Adolfo e Dayane saboreavam as delícias da construção de um grande amor. As coisas para aquele velho agora eram diferentes, possuíam outro sabor. Cada instante de sua vida agora tinha mais sentido, suas manhãs eram mais alegres, suas palavras eram mais poéticas, seu sorriso era mais sincero e o seu amor era concretamente uma realidade. Apaixonado, simplesmente apaixonado era a forma como Dr. Adolfo vinha levando a sua vida depois que conhecera Dayane. Esta, por sua vez, aproveitava aquele amor por conveniência. Ela não o amava, mas se sentia feliz por estar prestes a se casar com ele e a ser uma dama de prestígio, de respeito na sociedade. Nas suas noites com o empresário, Dayane sempre terminava pensativa, enquanto o velho dormia exausto. Seu pensamento de mulher ambiciosa planejava a vida de milionária. Mas, esses pensamentos eram logo apagados por uma lembrança saudosa, por uma vontade de ter um amor ausente, distante, tornado por ela mesma impossível. O seu ímpeto de mulher ambiciosa não conseguia superar definitivamente o sofrimento por sua verdadeira paixão. Com o velho cansado e adormecido ao seu lado, Dayane recordava de Chico Estrela, lembrava dos seus momentos apaixonados, das suas noites à beira do mar. Recordava das estrelas apontadas pelo sertanejo. Aquelas noites, aquele céu, aquele mar, aquele amor. A vida era mais doce – pensava Dayane – com Chico Estrela. O verde era mais verde, o vai e vem de pessoas nas ruas não era tão áspero como é agora. Quando ela estava com a sua paixão, o inferno da cidade louca de trânsito e pessoas parecia mais leve. Seu coração apaixonado via os transeuntes como bailarinos, indo e vindo em dança de equilíbrio e ritmo. Os carros miseráveis com suas buzinas e fumaças, não eram tão miseráveis assim: pareciam brinquedos de criança, movendo-se apenas para satisfazer desejos simples de liberdade, de alegria descompromissada.

Porém, tudo isso passou. Dayane não estava mais vivendo a sua grande paixão. O encanto do amor presente e disponível havia acabado. Agora a realidade vinha a seus olhos do jeito que ela realmente é. Aqueles carros poluentes em trânsito louco eram realmente malditos e aquelas pessoas que iam e vinham feito malucas, pareciam realmente quererem se devorar.

Pensando consigo, Dayane concluiu que só tendo de volta o seu amor ela poderia viver a vida de forma mais leve, mais poética, mais colorida. Contudo, os desejos de seu coração eram logo abafados por sua ganância. Mesmo sofrendo e tendo perdido o colorido de viver ao lado do seu verdadeiro amor, ela optou por continuar com Dr. Adolfo. Esse era o seu desejo, o seu destino de mulher milionária.

39 A secretária Audi, conforme havia prometido a Chico Estrela, iria tentar convencer Dr. Adolfo a apoiá-lo para a presidência da associação beneficente. Ela tinha convicção de que não seria difícil, o empresário com certeza o apoiaria. Audi estava contente com o papel que iria desempenhar. Se ela conseguisse o seu objetivo junto ao empresário, certamente ganharia mais confiança do seu amor Chico Estrela. Era tudo o que ela precisava. O que ela mais queria era amarrar de uma vez por todas aquele homem, domá-lo com seus laços de amor, fazê-lo esquecer Dayane de uma só vez.

Aquela oportunidade de Audi ajudar Chico Estrela conquistar o seu objetivo caiu do céu e ela não perdeu tempo: alguns dias depois, aproveitando que Dr. Adolfo estava bastante descontraído e aberto para o diálogo, ela o abordou:

– Eu gostaria de conversar com o senhor um assunto extra empresa, mas muito importante.

Sorridente, o empresário reclinou-se sobre a poltrona e disse:

– Eu sou só ouvido, pode falar!
– É sobre a Associação Nordestina de Assistência (ANA). A época de mudança da presidência está se aproximando e existe uma pessoa que está pretendendo se candidatar ao cargo, caso receba apoio. Trata-se do Chico Estrela! Na verdade, apoio ele já tem: de pessoas que fazem parte de comissões

que compõem a instituição. Entretanto, ele precisa do apoio externo de homens mais influentes.

— E você quer que eu o apoie?

— Quero sim! Porém, não é só isso. O senhor conhece Chico Estrela e sabe da sua capacidade, do seu espírito de liderança. Ele é um homem que merece uma chance de desenvolver seu potencial em outras áreas diferentes da empresa.

Ajustando-se na cadeira e deixando transparecer um ar mais sério, Dr. Adolfo falou:

— Eu já conheço a capacidade do Chico Estrela e sei das suas boas intenções. Mas, a questão não é só essa. Esse cargo está sendo pretendido por vários grupos políticos, inclusive o meu. Existe uma previsão de que esta organização não governamental receba no próximo ano verbas de várias partes do mundo. E isso irá dar um grande destaque, uma grande projeção ao homem que estiver à frente dos projetos desenvolvidos nas regiões do Nordeste brasileiro. A expectativa é tanta, que se pretende tornar o presidente da ANA em um deputado federal após os seus dois anos à frente da presidência.

Parando, como que querendo refletir melhor sobre o que iria dizer, ele continuou:

— Então, observe só: não se tratar apenas de apoiar o presidente de uma instituição. Trata-se de sustentar um provável candidato à Câmara Federal. Eu tenho que conversar antes com alguns companheiros. Mas, não é só isso. Existe uma outra questão!

Apreensiva, a secretária indagou qual, e Dr. Adolfo respondeu:

— Eu não sei se Chico Estrela tem o perfil ideal para ser um representante nosso lá no Congresso.

— Quanto a isso, o senhor pode ter certeza, Chico Estrela é um líder nato!

— Mas, quem disse que o perfil ideal para o nosso candidato é a de um líder nato? Para receber o nosso apoio ele tem que ser, antes de tudo, um homem que saiba obedecer às decisões e solicitações do nosso grupo. Um líder nato cria azas rapidamente e rapidamente também rompe com aqueles que o sustentaram.

Um pouco surpresa com o que o empresário falara, Audi indagou:

— Quer dizer que o candidato ideal é aquele que saiba ser submisso?

Sorrindo levemente, Dr. Adolfo concluiu:

— Sim. Submisso e, mais do que isso, melhor ainda que não seja muito inteligente. Você sabe, nós é que devemos decidir o caminho a percorrer e não ele.

Sentindo-se decepcionada, Audi questionou:

– Então, significa que Chico Estrela não se encaixa como um candidato ideal para o seu grupo político?

– Eu não sei ainda. Nós devemos conhecê-lo melhor. Eu tenho que conversar antes com alguns companheiros meus e, a depender dessas conversas, nós já teremos uma posição melhor em relação a Chico Estrela.

Mudando novamente o tom da conversa e voltando a sorrir, Dr. Adolfo disse:

– Essa sua ideia, dona Audi, até que pode se tornar boa, mas a senhora já pensou no prejuízo?

– Qual prejuízo?

– Se Chico Estrela passar a ser o presidente dessa ONG, a nossa empresa vai perder a dedicação exclusiva de um funcionário de alto padrão.

Sorrindo, a secretária respondeu em tom irônico:

– Mas, em compensação, o senhor vai ganhar um aliado político de alto poder de fogo!

– Certo! Tudo bem! Na próxima semana eu converso com a senhora e Chico Estrela.

A sorte do sertanejo estava lançada. Há anos ele havia chegado naquela cidade em cima de uma carroceria de caminhão empoeirada. Passou fome, trabalhou como garçom de praia, morou em Alagados e sofreu feito cachorro doente na rua. Agora ele já era outra pessoa. Já possuía, de certa forma, uma estabilidade financeira. Estava tranquilo, sabia da sua capacidade profissional e percebia que a empresa o reconhecia e o valorizava. Tudo o que a maioria dos homens gostaria de possuir Chico Estrela já possuía. Mas, para ele tudo aquilo era nada. O seu sonho, a sua satisfação enquanto ser humano estava sendo apenas arquitetada. As sementes estavam sendo apenas semeadas. Os frutos, os resultados, o regozijo final, demorariam muito ainda para serem contemplados.

O desejo do sertanejo era o poder. Era ser um homem de reconhecimento, de influência no mundo das decisões. O que ele desejava era poder mandar, modificar com sua voz muitas coisas da sociedade. Se realmente conseguiria as mudanças que desejava, isso ela não tinha certeza. Mas, o que importava agora era chegar ao poder, ser um deputado forte, um senador, uma liderança nacional e, quem sabe, o chefe maior da nação.

Esse era o sonho de Chico Estrela. Sonho que se instalou em seu peito quando ele ainda era criança e agora, depois de tanto tempo, começava a mostrar uma pontinha da possibilidade de tornar-se realidade, de tornar-se possível, de tornar-se sensitivo como pedra de diamante ou barra de ouro nas mãos de homem soberbo.

Audi contou a Chico Estrela sobre sua conversa com Dr. Adolfo. Agora restava a ele esperar uma resposta. O fato do presidente da associação se tornar, segundo o empresário, um futuro deputado federal, deixou Chico Estrela mais ansioso ainda. Ele não esperava tanto tão rapidamente. De qualquer forma, tudo estava indo bem, suas chances eram muitas, restava-lhe agora apenas aguardar.

A expectativa do sertanejo se tornava angústia. A sua grande chance, a sua maior oportunidade estava surgindo e a definição viria dentro de poucos dias. Todavia, outras coisas passaram pela cabeça de Chico Estrela. Ele sabia que Dr. Adolfo não o apoiaria gratuitamente. Em troca do seu apoio, ele deveria requerer a sua fidelidade política. Aliás, o partido político ao qual o empresário era filiado, não era um dos quais o sertanejo se simpatizava. Isso era um problema. Chico Estrela queria chegar ao poder porque amava ser líder. Mas não era só isso. Os problemas sociais, as aberrações políticas do país, eram coisas as quais Chico Estrela desejava combater. O seu sonho era saborear o poder. E, mais do que isso, ele queria também contribuir para concertar as coisas que ele acreditava estarem incorretas.

O fato de Dr. Adolfo ser um homem que agia em busca de resultados pessoais e pertencer a um partido que defendia uma linha política que pouco contribuía para acabar com as desigualdades sociais do país, era um grande problema para Chico Estrela. Ele jamais desejou chegar ao poder e lá permanecer representado a continuidade. Ele pretendia trazer mudanças, modificações na estrutura social do país.

O grupo político de Dr. Adolfo não se preocupava com as mudanças que Chico Estrela sonhava. Aquele partido representava e defendia os interesses de uma classe que já estava no poder antes mesmo da república se instalar no Brasil e vinha ganhando, e muito, com a presente estrutura social.

O dilema formou-se na cabeça do sertanejo: ele teria que optar entre defender as dificuldades de conseguir chegar ao poder através de outros partido político com os quais ele se identificava – o que seria muito difícil – ou então agarraria de uma vez aquela oportunidade, mesmo tendo que ingressar em um partido com o qual ele não se identificava.

O problema estava formado. A consciência de Chico Estrela vagava entre a fidelidade ideológica que ele mantinha consigo mesmo e a oportunidade de se engajar logo no mundo da política através de um grupo com ideais distintos dos seus.

O dilema formado deixou o sertanejo confuso. Sentado à beira mar, refletindo sobre a situação, seu corpo curvo de homem simples, mas também ambicioso, parecia desfazer-se em versos:

Baliza

Minha bandeira não tem legenda
E o seu significado insignificante
Sustenta o meu território não demarcado
Sem cercas
Sem muralhas.

Eu ando para todos os lados
Dentro desse louco monumento
Que é o meu campo de batalha
E de amor
E de mim sem sentimento algum.

Esse meu território
Essa minha bandeira
Essa minha mistura
Centrifugam-se entre o concreto e o abstrato
E eu feito um rei bíblico me afasto
Das coisas materiais do mundo
Mas quero a terra inteira para mim.

E essa minha bandeira
Que não é branca nem vermelha
Vai vezes na minha mão
E vezes guardada para que ninguém me identifique.

Com minha bandeira hasteada
Eu ponho-me em respeito e canto o meu hino
Composto para essa minha dimensão
E às vezes eu o ouço e o entoou
E outras vezes ele adentra em meu ouvido
Como um grande silêncio.

E eu prossigo
Nesse meu território indemarcado
Indeciso
Indiferente
E indefinido como minha bandeira
Feita com pedaços de pano sem cor, nem estampas...
Retirados do meu espírito destroçado.

Os dias passavam. Antes de Dr. Adolfo dar a sua resposta definitiva, Chico Estrela já sabia qual seria a sua própria atitude. Ele tinha convicção de que oportunidades como aquela surgem poucas vezes na vida de um homem. Se ele jogasse aquela fora, talvez nunca mais aparecesse outra. Ele decidiu então por enfrentar o desafio de conviver em um meio político que possuía posição ideológica diferente da sua. O sertanejo pensava que o importante naquele momento seria poder alcançar sua posição desejada. Ele sabia, tinha convicção que teria que ser hipócrita. Afinal, se ele não falasse a mesma linguagem do grupo político de Dr. Adolfo, esse mesmo grupo não o apoiaria e ele não alcançaria o seu objetivo.

Tudo passava na mente do sertanejo. Ele nunca imaginou que para chegar ao pedestal tão sonhado ele teria que ocultar os seus verdadeiros ideais, os seus verdadeiros sentimentos políticos. Mas isso seria só no início – pensava ele. Depois de alcançar o poder, aí então ele poderia tentar caminhar com suas próprias pernas, sem o apoio e sem se comprometer com o grupo de Dr. Adolfo. Naqueles poucos dias, Chico Estrela pensou, analisou, avaliou e reavaliou tudo o que poderia acontecer. Não restou dúvida: se o aceitassem, ele iria realmente ingressar naquele grupo político e ali permanecer hipocritamente feito cobra venenosa que permanece quieta, enrolada, escondida em si mesma para no momento certo dar o seu bote, mostrar o seu veneno, a sua verdadeira face, o seu verdadeiro valor.

Ao fim da semana, Dr. Adolfo se reuniu com Chico Estrela e lhe comunicou o seu apoio. Desde logo, Dr. Adolfo foi jogando as cartas na mesa, dizendo quais eram as condições, as imposições às quais Chico Estrela teria que se submeter. O empresário deixou claro que o apoio não seria só dele e sim de todo um grupo político que esperava colher os frutos nele depositados. Chico Estrela aceitou sem vacilar, sem deixar transparecer dúvida. Desde aquele momento o sertanejo começou a falar a linguagem que Dr. Adolfo e seu grupo queria ouvir. Aliás, desde que soube através de Audi que o grupo de Dr. Adolfo tinha influência sobre a ONG da qual desejava ser presidente, ele começou a usar um discurso que agradasse àquele grupo. – Ele não queria correr o risco de estar sendo avaliado secretamente e dar um vacilo mostrando a sua verdadeira ideologia.

O sertanejo cobriu-se com uma capa de hipocrisia que, por mais que pesasse, era uma couraça, era uma proteção indispensável sem a qual ele não alcançaria o seu objetivo, o seu sonho de criança agora homem.

40   Felicidade. Ser feliz. Pelos quatro cantos do mundo homens e mulheres corriam atrás dessa caixa de segredos, dessa mina de riquezas, de valor inestimado, impagável e, portanto, incomparável.

Naquela cidade observada pelo mar, todos corriam atrás daquilo que acreditavam fazê-los feliz. Queno, o pai do menino-bandido, corria atrás de uma vida material mais digna. A falta desse bem-estar material era o que lhe afligia, deixava-lhe infeliz. O homem não tinha tempo para nada. O dinheiro era só para comprar comida e ainda os filhos passavam necessidade.

Talvez. Apenas talvez, se aquele retirante ganhasse um salário mais digno, se pudesse se divertir aos finais de semana, dar aos filhos dignidade, arranjar uma mulher e dar a ela amor, ele voltaria a ser feliz.

Queno sabia que poderia até conseguir uma nova esposa com o pouco que ganhava. Mas tinha as suas dúvidas quanto à felicidade. Ele achava que dinheiro não compra felicidade, mas compra comida, moradia e dignidade, que são quase indispensáveis para se ser feliz.

O pai do menino marginal às vezes conversava com os seus colegas de trabalho e lhes dizia: "ninguém pode ser feliz se está morrendo por se alimentar mal, se não tem saúde por morar em um bairro de sujeira, se não tem condições de ver os próprios filhos crescerem com educação, com saúde, com força de criança que brinca, que pula, que estuda sem se preocupar com a falta de alimentos. Eu posso até sobreviver com essa situação, mas... ser feliz?! Não! Com essa vida nunca vou ser feliz!"

Enquanto Queno reclamava do seu mundo de miséria, do outro lado da cidade, Augusto César seguia infeliz dentro de seu meio de opulência. O filho do empresário possuía a sua vida material satisfatória. Quando moço, conheceu Lavínia, apaixonou-se, casou-se, teve filhos e encontrou na família e no trabalho a sua felicidade. Durante tantos anos ele viu os filhos crescerem, sentiu a esposa amá-lo, recebeu os frutos do seu trabalho de bancário dedicado... foi feliz.

Foi. Apenas foi feliz! Agora a desgraça rondava a vida daquele homem e uma falta de amor por parte de sua esposa, a ausência de uma dedicação da sua mulher amada estava pondo fim a sua vida de homem feliz, satisfeito.

Felicidade e infelicidade. Somente estas duas palavras opostas pareciam fazer diferença na vida daqueles dois homens diferentes. Queno, o pobre, o miserável; e Augusto César, o rico, o realizado profissionalmente. Ao lado destas duas vidas de conflitos, seguiam outras tantas vidas: algumas satisfeitas e outras desesperadas.

Sobre aquele mundo de confusão e entendimento, estava o andar do tempo. E junto com o tempo passavam, à vista de todos, as estações: o verão, a primavera, o outono e o inverno.

As estações passavam, mostravam suas faces, suas contribuições para as vidas daqueles homens loucos: o verão queimava as peles morenas e douradas, secava a vegetação do sertão mais distante, matava plantações, animais e fazia o bicho homem sofrer. No inverno, as águas lavavam os rostos vividos, enchia os rios encurvados, arrastava casas e famílias e fazia florescer o verde da esperança. No outono, as folhas caiam enrugadas, o céu cinza parecia querer encobrir os erros humanos; os frutos das árvores diziam aos homens que a natureza ainda estava disposta a alimentá-los, a matar-lhes a fome. Na primavera, pássaros felizes festejavam no céu; flores escondidas brotavam dos caules rugosos; o colorido parecia sorrir; o mundo parecia querer acolher a todos, tratá-los como filhos queridos, curar suas feridas, os ressentimentos presos em seus peitos humanos.

As estações prosseguiam; os homens prosseguiam ao lado dos outros animais, das outras vidas que moram nessa nossa casa, nessa nossa terra que caminha em seu caminho certo, elíptico, igual há não se sabe quanto tempo e nem por quanto tempo.

41 Em seu apartamento de pesar, Chico Estrela pairava pensativo. Enfim encontrara um caminho para chegar ao poder. Porém, teria que traçá-lo de maneira podre, fingida. Além desse pesadelo, havia o pior dos problemas que tanto o afligia. Este sim doía em seu peito de homem forte, de líder poderoso: o amor da linda Dayane. Aquele amor ausente era o maior dos pesares do

sertanejo. E agora tudo seria pior. A sua aproximação política com Dr. Adolfo o colocaria sempre de cara com Dayane. E isso já estava para acontecer: Dr. Adolfo o convocou para uma reunião com correligionários a ser realizada em um fim de semana em sua casa de praia. Seria uma diversão. Todos levariam suas esposas e namoradas, mas o objetivo principal era o de já começarem a traçar planos para a carreira política de Chico Estrela.

O peso na consciência, a saudade do amor ausente, tudo se misturava na mente do sertanejo e descia para o seu peito em forma de angústia. O preço pago pelo poder já se mostrava elevado. Mas ele escolhera assim. Aquele era o seu caminho, aquela era a sua estrada certa que ele acreditava dar no habitat dos seus sonhos, nos seus desejos de verdade guardados há tanto tempo, há tantas batidas do coração de homem já maduro.

No silêncio do seu quarto, Chico Estrela descobrira que a felicidade de fato existe, mas pegá-la, prendê-la para si, é muito difícil. Tudo o que ele sonhara agora estava prestes a acontecer, estava mais do que nunca sendo encaminhado. Mas, justamente naquele momento de realizações era que Chico Estrela se sentia mais destroçado, mais destruído. Nem a sua passagem por Alagados e a vida de fome que levou o deixou tão infeliz assim.

Tudo o que o sertanejo desejava era ter um sentimento bobo, de palavra curta, às vezes até esquecida de ser pronunciada. Só a felicidade, só ser feliz era o que aquele homem queria. No entanto, o que se apresentava naquele momento era inverso e doía em seu peito de homem, de macho que buscava com força ser poderoso, ser forte.

O silêncio de seu quarto de angústia lhe dizia a verdade, dizia-lhe o segredo, dizia-lhe a senha que poderia lhe dar acesso à felicidade sonhada, que poderia lhe fazer feliz.

Felicidade

Não porque sejamos iguais ao festejar do Sol
Mas porque somos semelhantes ao entardecer.

Não porque seja ponderável o amar
Mas sim porque é indispensável o amor.

Porque a felicidade mora em cada esquina inquieta
Mas pegá-la requer a astúcia de um vaqueiro
A sensibilidade de um poeta
A alegria verdadeira de uma criança
A simplicidade e a beleza da mais frágil das flores
A verdade de um Deus
E a eternidade do universo
Enquanto formos eternos.

42   Era dentro do prosseguir do mundo que estava Audi, a secretária. Uma mulher que tinha tudo o que desejava, mas não se sentia verdadeiramente feliz. Por tanto tempo ela batalhou para ficar com Chico Estrela, e, quando conseguiu o seu objetivo, percebeu que ainda faltava muito para ela ser verdadeiramente feliz. Faltava-lhe o essencial: o amor do sertanejo. Ela o tinha, ele estava presente na sua vida a cada dia, a cada instante importante, mas era como se não estivesse. O sertanejo não a amava, estava louco por Dayane.

Parece que o amor de Chico Estrela estava sendo mais forte do que Audi esperava. Um amor que se mostrava a cada dia com uma força, com uma luz, com um brilho que parecia desafiar a todos os demais sentimentos que compõem esses nossos peitos de homens frágeis.

O amor de Chico Estrela parecia querer vencer o sentimento da ambição, do desejo imensurável pelo poder, pela grandeza material.

Audi sabia que a vontade que Chico Estrela tinha era a de ir correndo atrás de Dayane, implorar para que ela voltasse, ficasse novamente com ele, com o seu quarto de amor.

A secretária Audi estava em uma situação cada vez mais difícil: tinha o seu homem, mas era como se não o tivesse. Do jeito que Chico Estrela estava apaixonado, a qualquer momento ele poderia terminar tudo com ela. A qualquer momento ele poderia simplesmente virar as costas e dizer que seus mundos eram diferentes, incompatíveis, inconciliáveis com relação ao amor.

Mas, Audi possuía um trunfo: além de ter conseguido um emprego digno para o sertanejo, era ela a responsável pelo início de sua carreira política. Foi ela quem praticamente convenceu o empresário a apoiar Chico Estrela para a presidência da ANA.

Audi sabia que essa sua importância na vida de Chico Estrela era o que ainda fazia com que ele continuasse com ela. Só que ela queria mais do que isso. Ela desejava que a dependência do sertanejo por ela fosse a cada dia mais forte, mais evidente. Ela desejava prender o seu amor através da sua competência de executiva eficiente, de assessora eficaz que não deixa o chefe em situações difíceis. Assim ela planejou e assim ela fez: a secretária era quem cuidava de tudo para Chico Estrela. – Ela fazia questão!

O dia da escolha do presidente da entidade se aproximava. O trabalho de Chico Estrela se multiplicava. Dr. Adolfo se movia com seu grupo para que tudo corresse bem e o sertanejo fosse escolhido o novo chefe daquela instituição. Com todo aquele movimento, a secretária ganhava a cada dia mais espaço na vida de Chico Estrela. Ele se via cada vez mais dependente dela. Era aquela mulher que lhe dava amor, que acariciava com mãos simples a sua cabeça de homem importante. Era a secretária que o ajudava nas tantas coisas que ele tinha que fazer para ser eleito presidente da instituição.

Com todo aquele apoio dado a Chico Estrela, Audi conquistava aos poucos o seu objetivo de prender o seu homem. A cada dia que passava Chico Estrela parecia estar mais preso a ela. Ele mesmo sentia isso. Ele sabia que a secretária estava sendo a pessoa mais importante de sua vida e o mínimo que ele poderia fazer por ela seria amá-la, guardá-la em seus braços de carícia.

Essa dependência de Chico Estrela em relação a Audi chegava a preocupá-lo. Às vezes, o sertanejo pensava no que ele faria se o seu grande amor – Dayane – deixasse o velho empresário e fosse correndo para os seus braços. O que faria?! Apesar de amar aquela linda mulher, ele estava com a secretária e devia muito a ela. Como ele simplesmente abandonaria a pessoa que lhe deu a mão desde o primeiro dia em que se conheceram?!

Enfrentar tal situação não seria fácil. Parece que em todos os caminhos o seu amor por Dayane enfrentaria barreiras quase insuperáveis. Quase! Apenas quase! Porque, apesar de todas as dificuldades, o próprio amor, por conta própria, poderia vencê-las.

43 Todas as coisas passavam "normais". O mundo era o mesmo, os tipos de pessoas eram os mesmos, os objetivos eram os mesmos. As únicas coisas que mudavam eram o nascer e o morrer de viventes e o aspecto natural do planeta cada vez mais ferido.

Nesse passar "normal" do mundo, estava Di Santos, o artista. Um homem de vida simples, mas de problemas amplos. O caso de amor com Lavínia vinha lhe tirando o sossego de pintor descomprometido. Ele sentia que ela estava apaixonada, disposta a enfrentar um relacionamento que já se mostrava problemático.

Di Santos estava surpreso com o rumo que estava tomando o seu caso de amor com Lavínia. Ele pensava que aquele relacionamento seria apenas passageiro, uma aventura temporária, descomprometida. Mas, não era isso que estava acontecendo. Tudo estava ficando cada vez mais sério e mais perigoso: Lavínia já havia dito que iria se separar do marido para ficar com ele; e ele mesmo já se sentia um homem preso pelas garras daquela mulher apaixonada.

Di Santos se sentia acuado. Ele não queria decepcionar Lavínia, mas também não desejava perder a sua liberdade de homem solteiro para uma mulher pela qual ele não chegava a ser apaixonado. Ele receava que após Lavínia se divorciar e ficar definitivamente com ele, ela se achasse no direito de prendê-lo. Se ele se sentisse bem com isso e fosse feliz, não teria problema algum; mas, se ele não se habituasse com a nova vida de homem comprometido, o que ele iria fazer? – pensava. Iria simplesmente dizer que não dava mais para continuar à mulher que deixou o marido e enfrentou a sociedade para ficar com ele?! Tudo isso vinha à mente de Di Santos e os seus quadros, as suas pinturas de artista passaram a refletir aquele seu momento de indecisão, de preocupação com um futuro sentimental incerto, perigoso. Aos poucos, percebia-se nas pinturas do artista que as cores alegres de certeza, de movimento, de dinamismo, iam dando lugar a tonalidades mais opacas, sombreadas de indecisão e de inércia espiritual. O mar, nas pinturas daquele homem, não era mais acolhedor dos pequenos barcos de pescadores; agora, ele parecia enfurecido, revolto, não permitindo que os homens de anzóis e redes retirassem dele o alimento para as bocas de fome nos barracos da periferia e, também, para as de opulência nos restaurantes finos à beira mar. As telas de Di Santos, com suas casas, com seus sobrados coloridos, com suas ruas encurvadas em movimento de crianças correndo, homens trabalhando, jovens namorando, agora se transformaram nas telas de um homem indeciso. As casas e sobrados perderam o colorido; as ruas agora eram desabitadas, pareciam labirintos, caminhos desertos que dá medo de seguir.

Dentro de toda essa indecisão, restava a Di Santos apenas esperar. Ele gostava muito de Lavínia, sentia prazer em estar com ela. O único problema era que aquele compromisso estava vindo de maneira excessivamente sério para o seu mundo de brincadeira, de faz de conta, de pintar em tela as imagens da cidade torta, de vidas tortas, com pincel certeiro e reto.

44 Tortos, apenas tortos eram os caminhos dos viventes. E era assim que Chico Estrela achava que estava a sua vida. Uma vida tingida por um desejo, por um sonho contraditório, marcada por um querer de poder e de igualdade social. Chico Estrela desejava ser o homem mais importante, mas desejava também um mundo no qual todos fossem igualmente importantes. Chico Estrela sonhava com uma sociedade igualitária e livre, mas sabia que trazia em si o espírito da liderança, da capacidade de controlar outros homens, de dominá-los.

Contudo, o que vinha atormentando o sertanejo não era só isso. O que mais lhe fazia sofrer era a sua paixão, o seu desejo louco de ter uma mulher, de ter uma pessoa pela qual ele desenvolveu um sentimento que chegava a assustar. O seu amor por Dayane era verdadeiramente puro. Nada parecia fazê-lo esquecer aquela mulher que um dia foi sua, que um dia voou com ele em camas com azas de lençóis, de cobertores leves, soltos sobre os corpos flutuantes.

E a preocupação tomava conta de Chico Estrela. A reunião com Dr. Adolfo seria naquele final de semana. Todos os participantes iriam acompanhados de suas esposas e namoradas. Seria um encontro descontraído, mas muito importante para o grupo.

Chico Estrela temia em ver Dayane frente a frente. Ele não sabia qual seria a sua reação ao reencontrar a sua desejada e não poder tê-la. Além disso, Dr. Adolfo não poderia nem desconfiar que ele ainda amava Dayane. Se isso acontecesse, a vida política do sertanejo iria por água abaixo.

Ao final da semana, todos se dirigiram à casa de praia do empresário. Dr. Adolfo foi antes mais Dayane. Como anfitriões, eles deveriam estar lá logo cedo para irem recebendo os convidados. Chico Estrela foi acompanhado por Audi. A viagem descontraída durante o percurso não dissipou da mente dele a expectativa em rever Dayane. Ele não deixou transparecer para Audi a sua ansiedade, ele não queria machucá-la e, além disso, não queria prejudicar a si próprio.

Ao chegarem no local, a casa grande fez-se logo presente aos olhos de Chico Estrela. Seu coração bateu mais forte ao pensar que ali dentro estava o seu desejo. Ao subirem as escadas da porta de entrada, a imagem de Dayane formava-se na cabeça do sertanejo. Cada degrau era como uma etapa de um jogo de surpresas. Com que roupa ela estaria? – pensava ele com o coração acelerado. Ao chegarem à porta, ouviram logo a voz de Dr. Adolfo, dizendo: "Sejam bem-vindos!" Ao alto, ainda por descer uma escada, vinha uma mulher de vermelho, de vestido leve, pequeno para o seu corpo de deusa. Suas passadas pareciam passos de uma coreografia. O seu jeito era o mesmo, era igual aos do pensamento de Chico Estrela, que tentou disfarçar a sua emoção ainda com o corpo arrepiado. Ele dissimulou, menos para Audi que percebeu o encanto que Dayane causava naquele homem, naquele sertanejo boquiaberto, apaixonado.

Dr. Adolfo cumprimentou os dois convidados. Dayane, aproximando-se, fez o mesmo. Ela também sentiu o reencontro com Chico Estrela, mas disfarçou igualmente a ele.

O fim de semana estava apenas começando. Os outros convidados também chegaram. Audi ficou todo o tempo colada com Chico Estrela. As reuniões aconteciam de maneira informal; eram como bate-papos. Não houve espaço para Dayane e o sertanejo conversarem sozinhos, trocarem ideias, voltarem a se entender. Mas, ambos perceberam que o outro ainda estava apaixonado; ambos entenderam que, com a mínima chance, as suas vidas se cruzariam novamente, voltariam a ser uma só vida, um só amor. Porém, nenhum dos dois teve dúvida de que deveria se segurar, deveria deixar transparecer que daquele velho amor não sobraram nem saudades, nem lembranças teimosas que às vezes vêm às mentes tomadas por novas vivências, por novas experiências, com novas pessoas, em novos caminhos, mas com velhos objetivos: os objetivos do sucesso, do encontrar a si mesmo, do ser feliz.

Ser feliz. Esse era o grande objetivo daquelas duas vidas separadas. Ambos buscavam caminhos diferentes, corriam atrás daquilo que acreditavam lhes fazer bem. Mas, a realidade já se fazia distante dos seus pensamentos humanos. Aquele fim de semana estava servindo para mostrar que em meio a todos aqueles desejos de grandiosidade, de poder, fazia-se presente um outro sentimento que parecia suficientemente forte para superar qualquer outra vontade cultivada por seus egos, por seus espíritos tomados por ambições audaciosas. O amor, a vontade de estar junto; o desejo de abraçar, de beijar, de olhar para a cara como quem olha para o mar, para o céu estrelado. Essa vontade, esse querer, eram mais fortes do que qualquer coisa. Tanto Dayane quanto Chico Estrela tomaram consciência disso. Mas, o que eles iriam fazer naquele final de semana? Iriam jogar tudo para cima e partirem um de encontro ao outro? E se esse outro não estivesse mais interessado?

A situação era difícil! O amor não vivido se transformava em dor e fazia daquelas vidas caminhos de saudade, de angústia, de descontentamento com o mundo.

As reuniões aconteceram, o apoio a Chico Estrela foi mantido, o fim de semana passou e o amor daqueles dois viventes estava mais do que nunca forte e presente.

45 Afora o desgosto de não ter a sua mulher desejada e a inconveniência de ter que se sujeitar a um grupo político de ideologia diferente da sua, tudo parecia seguir bem na vida de Chico Estrela. Ele havia se sentido mal em ter que comungar da mesma opinião e da mesma maneira que Dr. Adolfo e o seu grupo tinham de fazerem política. Porém, isso foi só no início. Com o passar dos dias, ele começou a perceber que o mais importante seria abrir caminhos para se engajar na carreira política. Depois que conseguisse, aí sim ele mostraria a todos os seus verdadeiros objetivos.

Às vezes, Chico Estrela temia que após muito tempo de convivência com Dr. Adolfo e o seu grupo, ele começasse a defender os mesmos ideais que eles defendiam, abandonando o seu sonho de homem preocupado com o social, com a qualidade de vida para todos os homens, com a justiça na "repartição do bolo".

Entretanto, essa preocupação de Chico Estrela não chegava a ser um incômodo no fundo de sua consciência. Ele tinha a convicção de que não mudaria de posição, não deixaria de se preocupar com o seu povo sofrido, com seu mundo de disparidades, de opressão, de poucos tendo muito e muitos tendo pouco. O sertanejo sabia o que queria. O seu caminho já estava delineado. Restava agora segui-lo, percorrê-lo com convicção, com determinação de líder, de homem poderoso que deseja o mundo. Porém, não era só isso: obstáculos com certeza surgiriam e seriam muitos. E um primeiro estorvo já estava surgindo, fazendo-se cada vez mais perigoso sem que Chico Estrela soubesse.

O plano do grupo de Dr. Adolfo era eleger Chico Estrela deputado federal. Isso após ele passar dois anos à frente da instituição ANA. Os recursos para aquela ONG já estavam garantidos, seriam muitos. Com certeza o seu presidente ganharia nome, projeção social suficiente para poder ser eleito para a Câmara Federal.

Mas, além de Chico Estrela, existiam outras pessoas que desejavam assumir a presidência da ANA. A questão toda estava em ser apoiado para tanto. O apoio do grupo de Dr. Adolfo definitivamente já estava dado a Chico Estrela. Porém, antes desse apoio ser definido, havia um homem que buscava, que desejava ser o próximo presidente da ANA. Um homem que era tão ambicioso quanto Chico Estrela, só que não possuía o carisma dos colegas e das pessoas que compunha a instituição. De qualquer forma, o seu nome havia sido o mais cotado até o surgimento de Chico Estrela. Se o sertanejo não aparecesse, com certeza Tom Braz seria o candidato apoiado por Dr. Adolfo e grupo. Naquele fim de tarde, o crepúsculo tomava a cidade em festa. Era um dia dois de julho e feriado em Salvador. Era o dia da independência da Bahia. Comemorava-se a luta vitoriosa de baianos que expulsaram tropas portuguesas de terras brasileiras e asseguraram, juntamente com pernambucanos e outros povos nortistas, a já declarada independência do Brasil. Evidentemente que a independência de uma nação não pode ser conquistada apenas com um grito; alguém precisa levantar as armas, derramar o sangue e expulsar o inimigo. Bandas, trios elétricos, batucadas, gente fantasiada, tudo era uma festa só. Naquele dia comemorativo, relembravam-se também de nomes importantes para a concretização da independência da Bahia e consequentemente do Brasil, como a mártir Joana Angélica e a grande heroína Maria Quitéria. Da sacada de sua casa, Tom Braz observava, quieto, a multidão desvairada a bailar pelas ruas. Com cara ranzinza, o homem parecia enfurecido, bravo com tudo e com todos. Nem o significado da festa o animava, nem o conteúdo da palavra independência o tirava daquele estado de mau humor.

Tom Braz estava disposto a reconquistar o seu espaço, a ganhar novamente o apoio de todos para ser o presidente da ANA. No entanto, a questão toda era Chico Estrela. O sertanejo havia conquistado a todos da instituição com o seu carisma. Isso retirou de Tom Braz a posição privilegiada que tinha até então: a posição de homem mais indicado para assumir a presidência da Associação Nordestina de Assistência. A questão toda agora era Chico Estrela. Se o sertanejo não tivesse surgido com suas propostas, com sua forma diferente de discursar, de convencer as pessoas, provavelmente o grupo de Dr. Adolfo o estaria apoiando.

Crescia dentro de Tom Braz o desejo de se livrar de Chico Estrela, de tirá-lo de cena para que a estrela principal voltasse novamente a ser ele. Tom Braz sabia que a única forma dele reconquistar o seu lugar seria arranjando uma maneira de fazer com que Chico Estrela desistisse de ser presidente da ANA.

Como ele faria isso? Chico Estrela não iria simplesmente desistir! Ele estava disposto a enfrentar qualquer dificuldade para alcançar o seu objetivo. O ódio de Tom Braz estava estampado no rosto. Ele estava determinado a fazer qualquer coisa para conquistar a sua posição política.

Nas reuniões das coordenações que compunham a entidade, a maior parte das pessoas apoiava Chico Estrela, depositava nele confiança. Um grupo à parte liderado por Tom Braz tentava obscurecer as propostas do sertanejo. Mas, era custoso, dificilmente Chico Estrela perderia aquele apoio, aquela eleição.

46 Quase tudo já estava definido. O sertanejo realmente seria escolhido o novo presidente da entidade. Ele é quem iria substituir o atual presidente que sairia direto da instituição para assumir um cargo do alto escalão no Governo do Estado.

Os dias passavam. O desejo de Tom Braz de projetar-se politicamente o impulsionava a fazer qualquer coisa. Um sentimento de rancor crescia em seu peito. O sertanejo aparecia em seus pensamentos como a imagem de um obstáculo do mau. Se não fosse aquele obstáculo, tudo seria diferente, a vida dele passaria a ser outra, a tomar outro caminho.

Enquanto no peito de Tom Braz crescia o ódio, no coração de outras pessoas crescia o amor, o querer bem. Esse era o caso de Acácia, a amiga de Lavínia. Uma mulher apaixonada, dada a seu preto livre, liberto, artista. Acácia estava feliz. Durante muito tempo vivera um casamento de problemas. Divorciou-se, viveu só, sofreu, procurou, buscou e quando menos esperava acabou encontrando o seu encanto, o seu homem que lhe fazia bem. É verdade que ela sofreu a discriminação da sociedade. Teve que abrir mão de muitas amizades suas e enfrentar pequenos problemas de mal-estar com outras. Porém, o que importava para ela era que estava sendo amada sem as imposições de um casamento arrumado, de um relacionamento perverso que prende, maltrata, faz sofrer sem oferecer recompensa em troca. Acácia estava bem, estava feliz. O que importava para ela agora era somente viver a vida, aproveitar a cidade festiva, os bailes à beira mar. Acácia adorava assistir aos shows do seu homem. Quase sempre ela o acompanhava aos bailes, às festas realizadas pelos clubes, pelas praças, pelos bares espalhados na cidade.

A vida passava para Acácia. A brisa leve levava as folhas e os dias. Um sonho. Era um sonho aquele viver, aquele aproveitar da vida, da paz consigo mesmo. Acácia vivia como nunca vivera. Acácia trabalhava como nunca trabalhou. Acácia respirava como nunca respirou. Acácia descobria-se acácia. Ela estava apenas feliz.

Em um daqueles finais de semana, o seu namorado tocava em um bar da orla marítima da cidade. Ela o acompanhava. Ela assistia ao show sentada em uma mesa que dava para a praia. Conversando com amigos, ela observava a areia. A noite era bela. Um vento discreto sacudia cabelos e as folhas dos coqueiros ali parados. Aqueles coqueiros, aquelas palmeiras, faziam a mulher suspirar fundo. O cheiro do mar entrava em seus pulmões e enfeitiçava-lhe de vida. O som tocado por seu amor sacudia o seu peito. A voz do vocalista era acompanhada pela voz do mar.

Pensativa, Acácia lembrava do seu passado, da vida com o marido: no começo, foi feliz; mas, os anos passaram e a amargura se instalou em seu viver. Não restou solução a não ser a separação. Ela sofreu, sofreu, mas agora era tudo diferente. A felicidade estava de volta à sua vida e ela novamente apaixonada, mais uma vez encantada com o mundo ao seu redor. Tudo para aquela mulher estava bem: seu homem, seu trabalho, seu mundo, seu eu.

A banda do namorado de Acácia prosseguia tocando. A brisa continuava alegre. As pessoas seguiam com o bate-papo na mesa. As palmeiras paradas eram que davam todo um movimento, todo um toque especial àquele momento já especial:

Palmeiras

Plantem as palmeiras
Abusem do ar verde
Da brisa rabina

47 As festas, os ritmos, os sons, colocam todos em um grande salão de danças, de pretensões, de desejos ora flagrantes, ora escondidos em corações tímidos. Todos bailavam. Até mesmo aqueles que pensavam não estarem dançando, na verdade se enganavam pois verdadeiramente eram dançarinos do universo que só por um instante tinham os seus corpos parados para venerarem os outros passarem, completarem os passos, inteirarem uma pequena parte que compõe uma minúscula passagem dentro de uma companhia de balé que pertence a todo o conjunto de dançarinos do mundo.

Naquela cidade, nos finais de semana e até no seu início e meio, ouvia-se os sons acompanhados por corpos em busca de prazer. Dentro daquela maravilha, os corações da gangue do "Fi de Queno" pareciam dar uma trégua, pareciam querer esquecer dos roubos, dos furtos, dos punhos armados para sentirem também o viver. Depois de pularem desvairados atrás de um trio elétrico, o "Fi de Queno" e sua gangue se sentiram leves e renovados. Agora era como se seus espíritos exigissem que eles jogassem aquelas armas fora e saíssem correndo feito filhotes de pássaros ainda despenados que querem pegar voou, que querem entrar no céu azul, que querem enxergar o mundo por cima, sem sentir o seu corpo áspero que muitas vezes corta e depois magoa, e fere, e faz doer, e chorar, e gritar por socorro. Realmente os espíritos daqueles vagabundos, daqueles ladrões nojentos, daquelas "desgraças do mundo", pareciam estar límpidos como neve, como água cristalina de nascente.

Todavia, assim como filhote de passarinho ainda depenado que corre desesperado querendo voar e não consegue, eles também não conseguiram. As suas azas ainda eram curtas, as suas plumas eram por demais discretas e não permitiram que eles voassem, que eles jogassem fora as suas armas para aí se regenerarem, para aí passarem a ser candidatos a ser humano, a homens que adquirem o direito de tentar viver, de tentar seguir amando, procriando, perpetuando a raça. Eles não conseguiram voar. A leveza que eles conseguiram só foi suficiente para lhes atiçar o desejo de ter uma mulher, uma fêmea que pudesse amassar seus corpos, retirar as armas de suas cinturas, os ódios de seus corações... apenas temporariamente.

Dali mesmo da Praça Castro Alves onde dançavam, a gangue do "Fi de Queno" seguiu para os bordéis da Ladeira da Montanha. Lá eles encontrariam "amor", ali eles se sentiriam homens completos. Chegando, eles beberam e se divertiram. Por trás de uma porta guardada por uma cortina semiaberta, o "Fi de Queno" observou que havia uma mulher. Daquele ângulo em que estava, ele só enxergava a silhueta que deixava evidente se tratar de uma fêmea de cabelos compridos e seios inocentes e pontudos, pontiagudos como as balas do seu revólver que já matara uns dois ou três. Curioso, ele foi de encontro àquele sexo oposto. A mulher estava triste. Chegava a escorrer uma lágrima de seu rosto 'inocente.' O "Fi de Queno" percebeu que se tratava de uma quase criança; assim como ele, deveria ter os seus dezessete anos. Meio sem jeito, ele se aproximou da moça e indagou:

– Você trabalha aqui?

Depois de levar alguns segundos sem responder nada e dando pequenos toques com um dos dedos em uma carteira de cigarro que estava sobre a mesa, a garota se virou e respondeu:

– Trabalho sim! Mas agora eu não estou a fim, eu estou de folga.

O "Fi de Queno" tentou encadear conversa com aquela mulher, mas ela estava fria, triste e distante. Depois de tentar algumas vezes, ele conseguiu arrancar dela algumas palavras seguidas de um sorriso discreto:

– Eu estou querendo sair dessa vida. Hoje eu ainda estou jovem e bonita; mas, quando eu estiver velha e acabada, nenhum bordel vai ter lugar para mim. Como é que eu vou sobreviver?! Eu não tenho carteira assinada, previdência, aposentadoria, nada! Eu já ouvi tantas histórias de meretrizes que acabaram como mendigas, apodrecendo em cantos imundos da cidade.

O "Fi de Queno", sentindo a angústia da garota, e sem ter muito o que dizer, comentou:

– Mas, por que você entrou nessa vida? Você não poderia trabalhar em outra coisa?

– Eu poderia sim. Só que não fui. Na verdade, eu só sei que o meu pai morreu cedo. Minha mãe arranjou outro homem que bebia muito. Desde menina que eu comecei a ir com garotos para os becos escuros de lá do bairro que eu morava. Depois dessa época, eu comecei a sair de casa e ficar vagando pelas ruas. Na verdade, eu fugia daquele inferno que era a minha casa: meu padrasto bêbado e querendo me espancar, minha mãe quase sempre doente, meus irmãos menores sujos, famintos e sempre chorando. Nas ruas da cidade eu encontrava mais paz do que naquela casa. Comecei saindo com homens daqui do centro. Uns me davam lanches para matar a fome, outros me davam trocados e alguns apenas me usavam e até me batiam. Quando eu dei por mim, eu estava aqui dentro. Aqui pelo menos é um pouco mais seguro e eu tenho um lugar para dormir.

O "Fi de Queno" pairava pensativo por um instante. Era como se ele percebesse que ser um marginal como ele ou uma prostituta como aquela menina, não acontece simplesmente por uma escolha, por uma decisão que aponta o caminho do prostíbulo ou das ruas em furto. Tudo era mais complexo, tudo acontecia como se não desse para conceber, para enxergar o caminho de desgraça, de sarjeta indesejada.

O "Fi de Queno", o homem-menino, observava o rosto triste daquela mulher-menina, daquela criança-prostituta, daquele ser injustiçado. Naquela face moribunda, ele via uma lágrima que rolava como o verso de uma poesia intuitiva:

Prostituta

Eu sou prostituta
Fui criança e sonhei
Com anjos de inocência
Mas, bem antes de ser adulta
Mostrara-me os anjos da perversão.

Hoje eu estou aqui
Espero os homens que vêm do mar
E sinto ainda em seus corpos
A paz revolta do navegar
E o abraço das ondas.

Eu fui criança
E hoje estou aqui
Os homens que vêm do continente
Também me procuram
Uns vêm de trem
Outros a cavalo
E muitos não sabem nem como andaram.

Eu sinto em seus corpos
As linhas que cortam florestas, rios e cidades
O cavalgar animal que os leva e traz
E as indiferenças do mundo.

Eu fui criança
E hoje sou prostituta
Mas é como se eu fosse o tempo
Que tem o poder de sentir os homens.

Eu vejo seus ódios
Os seus amores
As suas desilusões e esperanças.

Essa é a grandeza de ser prostituta.

E um dia eu fui só uma criança.

Quase todos os componentes da gangue seguiram saciados, com exceção do "Fi de Queno", que não teve o afago de nenhuma fêmea naquela noite. O homem-criança havia perdido a vontade, o desejo, o tesão, o fogo que queima as entranhas, as partes mais íntimas de um macho sedento. A única coisa que ele sentia era uma vontade inexplicada, era um desejo de realizar algo que ele tentava descobrir o que era, mas não descobria. Em seus pensamentos obscuros, ele não conseguia ver o que queria, o que desejava naquele seu momento de indagação, de incógnita, de perguntas sem respostas, de grande escuridão que esconde a luz.

48 Enquanto o "Fi de Queno" seguia a sua vida de crime em um momento de grande indecisão e mistério, por outro lado, em algum canto da cidade, Lavínia, uma mulher pertencente a uma "família de bem", seguia com uma grande certeza. Mais do que nunca ela estava convicta de que Di Santos seria o seu homem, o seu príncipe encantado que pinta e faz esculturas como um Deus, mas que também ama, vive e sente prazer juntamente com ela igual a um simples mortal. Se aquele ateliê falasse! Se aquele ateliê pudesse sair pulando em festa, em comemoração aos tantos momentos de delírio que Lavínia já havia tido com Di Santos dentro dele. Era naquele canto de arte que aqueles dois se amavam, davam-se secretamente em amor proibido, não permitido pela sociedade, pelas leis feitas por homens enciumados que punem o adultério, o prazer de mulher casada e presa com homem solteiro e livre. O ateliê não falava, mas muita gente já estava sabendo. Muitas pessoas que curtiam o Pelourinho, os seus dias e noites em festas, já haviam visto Di Santos junto com Lavínia. Se o mundo é pequeno, imagine aquela cidade com alguns poucos milhões de habitantes?! Alguém conhecido do marido de Lavínia poderia vê-la com Di Santos, desconfiar de tudo e contar para ele. Ninguém sabe o que aconteceria se isso ocorresse. Talvez houvesse uma tragédia, uma desgraça fatal no meio daquele triângulo de amor e traição. Lavínia já estava preocupada com isso. Por esse motivo ela decidiu apressar a separação com o marido e, em uma noite de intranquilidade e nervosismo, ela virou-se para ele e colocou tudo da forma que deveria ser colocado:

– Nós precisamos ter uma conversa definitiva, Augusto César.

– Eu sei disso! Só que eu acho melhor nós conversarmos no final de semana. Aí a gente vai ter mais tempo para se entender.

Olhando para o chão e depois levantando a cabeça com um sorriso irônico e decepcionado, ela disse:

– Entender?! Nós não temos mais entendimento! Há muito tempo que não existe entendimento para nós. Não existe saída para o nosso casamento. A única solução é o divórcio. E é por isso que eu quero conversar francamente com você. É melhor a gente acertar tudo de uma vez.

Augusto César ficou um instante em silêncio. Era como se ele estivesse tentando aceitar o fato de que realmente não havia mais solução. Ele amava aquela mulher e já havia feito de tudo para reconquistar o seu amor e não conseguiu. Ela estava embaixo do mesmo teto que ele, mas era como se estivesse do outro lado do mundo; ela dormia em sua companhia e ele chegava a tocá-la de leve quando ela adormecia, mas era como se ela não mais existisse. Para que um amor desses? – pensava ele. O melhor seria realmente a separação, o divórcio definitivo.

Virando-se para Lavínia, Augusto César perguntou:

– Você quer o divórcio?

– É o melhor para nós dois e para os nossos filhos.

– Tudo bem! Agora... Quem sai de dentro de casa? E as crianças ficam com quem?

Lavínia, sorrindo discretamente, respondeu:

– Se você não quiser sair dessa casa, eu mesmo saio. E quanto às crianças, na verdade não são mais crianças, são um homem e uma mulher quase adultos que vão entender muito bem tudo isso.

Augusto César caminhou em direção à janela e, depois de aparentemente ter consultado algum tipo de ser invisível, virou-se para a esposa e falou que seria melhor que ela saísse pois ele já estava por demais acostumado com aquela residência e, além de tudo, quem mais apreciava a vida caseira era ele. Ela, ao contrário, gostava sempre de estar saindo, passeando pela cidade. Eles eram realmente dois seres opostos, contrários. No início, eles até que cumpriam uma das leis da Física e atraiam os seus corpos diferentes, opostos, mas unidos e apaixonados. Agora não! O tempo havia passado e o amor acabou. E sem amor não há lei que persista.

Aqueles corpos de gostos opostos agora se repeliam, distanciava-se para seguir em direção a outros corpos, a outras vidas, sendo elas opostas ou não.

Tudo agora já estava decidido. Os filhos e a família ficaram sabendo do ocorrido. Não havia o que fazer. Restava a eles apenas aceitar. Lavínia decidiu se mudar para um apart-hotel. Os advogados já estavam cuidando do divórcio. Por enquanto, ela ainda mantinha o seu amor com Di Santos às ocultas. Ela não queria ser flagrada com ele. Isso poderia inclusive ser visto

como adultério e viria, devido às leis machistas, influenciar negativamente para
ela na partilha dos bens.

Tudo para Lavínia agora estava se acertando. Só restava a ela
continuar a amar Di Santos às escondidas para depois do divórcio realizado
começar a vivenciar a parte que seria a mais difícil: enfrentar a família e a
sociedade ao se mostrar com o seu amor de tez negra e cabelos trançados.

49 Chico Estrela prosseguia seu caminho rumo ao poder. A secretária
Audi era o seu braço direito. Era ela quem resolvia praticamente tudo.
Chico Estrela estava por demais confiante na sua eleição para a instituição
ANA. Os contatos com o grupo de Dr. Adolfo eram constantes. Tudo parecia
estar nos conformes para o sertanejo iniciar a sua escalada ao poder. Mas, nem
tudo estava seguro. Algo de ruim crescia, mostrava-se ameaçador e perigoso.
Tratava-se de Tom Braz! O homem que também sonhava ser escolhido o
presidente da ANA. Um homem que trabalhou naquela instituição por muitos
anos, já visando este objetivo. De repente, chega Chico Estrela e com o seu
carisma ganha o apoio da maioria dos componentes da instituição e dos
grupos políticos que a manipulam. Não havia chance para Tom Braz ser
eleito. Só se Chico Estrela não existisse é que as suas chances seriam reais. Um
ódio crescia dentro do peito de Tom Braz. Ele estudou todas as formas
possíveis de afastar Chico Estrela daquela pretensão. Não havia solução. A
única saída seria "tirar Chico Estrela do mapa". A única saída seria fazer com
que aquele sertanejo desaparecesse para sempre, sumisse na escuridão do
inferno, assim como estrela cadente desaparece no céu. E aquele sertanejo,
aquele Chico era uma estrela e parecia estar predestinado a brilhar. Mas, Tom
Braz não queria ver a luz daquela estrela maldita que estava atrapalhando a sua
vida, os seus planos de homem também ambicioso. Tom Braz estava decidido
a apagar aquela estrela, aquela luz, aquele sertanejo desgraçado. Pensou em
várias formas. Meios não tinha para contratar um pistoleiro, um assassino de
sangue frio, de coração duro e maldito. Ele mesmo teria que fazer o serviço,
ele mesmo teria que acabar com a vida daquele Chico, daquele viajante que
saiu do sertão seco da Bahia e já estava se ousando a tal ponto que queria ser
até deputado federal. Tom Braz seguia pensando com o coração cheio de ódio
e rancor. O destino do sertanejo já estava marcado: seria a cova fria e rasa de
um cemitério desgraçado cheio de restos, de carniças humanas esticadas atrás
das lajes de concreto e das camadas de terra adubada que faz florescer rosas e
orquídeas coloridas que perfumam aquele ar secretamente podre. Seria ali,
naquele ambiente de odor preso e insuportável, mas também perfumado por
flores soltas naturais, que o sertanejo encerraria a sua audácia. Tom Braz
pensou em tudo. Nada poderia dar errado. Ele ouviu, lá mesmo na instituição
de assistência, Chico Estrela telefonando para Audi e marcando para se
encontrarem em um bar da orla da cidade. Um lugar perfeito! – pensava Tom
Braz. Ali seria ideal para ele acabar com Chico Estrela. Dali ele fugiria sem
dificuldades e sem risco. Para dar mais segurança, ele até comprou uma
máscara de pano e uma luva. O revólver ele adquiriu em uma feira clandestina
e nada poderia comprometê-lo. O assassino programou tudo: quando Chico

Estrela estacionasse o seu carro ele se aproximaria, dispararia os tiros, fugiria a pé por uma praia deserta e pegaria o seu automóvel que ficaria estacionado pouco mais à frente. Não havia como falhar – pensava ele. Agora era só aguardar o fim de semana.

Chico Estrela seguia contente com os seus planos. As suas contradições existenciais deixavam de ser um grande peso que o afligia. Agora o seu espírito, a sua personalidade humana já estava aceitando com maior naturalidade aquela situação de ter que pertencer a um grupo político de ideologia bastante diferente, quase oposta à sua. O desejo de chegar ao poder, de ser um líder, um homem poderoso, era argumento suficiente para fazer Chico Estrela aceitar aquela situação. A sua consciência não doía mais como no início. O que lhe afligia naqueles dias era só a saudade que ele sentia da sua paixão Dayane. Em uma daquelas manhãs de Sol seguido de chuva, o dia escureceu rapidamente e a torrente de água caiu forte sobre a cidade. Chico Estrela sentiu um frio tomar seu espírito de saudade. Um sentimento estranho adentrou-lhe o peito e ele recordou das épocas de chuva no sertão quase sempre seco. De dentro do automóvel, ele observava aquela chuva forte que deixava o tempo esquisito. O vai e vem do limpador de para-brisa era como páginas de um livro que vão se abrindo para a leitura de uma saudade:

Chuva no tempo

O que eu faço nessa manhã chuvosa
De vento forte
A não ser observar os pingos
Que caem moribundos?

O frio do espírito se confunde com o gelo
Do tempo
Dos carros
Das pessoas que passam.

Do que eu lembro nessa manhã de chuva?

Do tempo
Da infância
Do barquinho de papel no córrego aberto
Da goteira no teto
De mim?

Do que eu lembro nessa manhã parece que é nada.
Eu só sei que sigo o tempo chorar.

50 Naquela mesma manhã de chuva, Queno, o pai do menino marginal, estava pendurado em um andaime de construção. A chuva forte naquele local semicoberto chegava a molhar a sua cara que parecia ensaiar sorrisos de felicidade. Depois de tanta tragédia na vida, o retirante estava arrumando o seu viver e naquele momento ele estava contente porque no fim de semana que havia passado ele conheceu uma viúva que chegou a se engraçar com ele. Eles conversaram ali em um bar do próprio bairro de onde Queno morava. Queno não perdeu a oportunidade e convidou aquela mulher para saírem no final de semana seguinte. Ela aceitou o convite de bom grado e parecia estar interessada no retirante. Aquela mulher não era nenhuma *top model*, ao contrário: ela trazia na cara as marcas do sofrimento de uma vida de miséria e abandono. Assim como Queno, ela possuía parte da dentadura banguela, sem dentes que servem para morder, para comer o alimento que nutre. Aqueles dentes ausentes "até que não faziam muita falta assim", pois ela não possuía motivos para sorrir e era uma pobre coitada que não tinha direito nem o que comer, nem com o que utilizar os dentes.

O tempo passava. O fim de semana estava próximo. Muita coisa estava para acontecer: Chico Estrela não sabia que a morte o rondava e, opostamente, Queno já estava ciente de que o amor estava surgindo em sua andança, dando-lhe mais do que nunca vida.

Enquanto o final de semana não chegava, as coisas seguiam naturais. Audi, a secretária, estava contente porque a cada dia o seu grande amor tornava-se mais seu. Ela era assessora de Chico Estrela e toda a vida daquele homem estava, de certa forma, sob o seu comando. Desde os preparativos para a eleição até a vida sentimental do sertanejo era ela quem controlava. A cada dia que passava ela se sentia mais dona daquele ser pelo qual lutou para conquistar, para prender embaixo de suas asas de mulher determinada.

Se Audi sentia-se cada vez mais próxima de Chico Estrela, por outro lado, Dayane permanecia triste por estar distante daquele homem que ela abandonou por causa da ganância. Depois do encontro que acontecera na casa de praia do empresário, ela não parou mais de pensar naquele seu homem, naquele seu amor que lhe preenchia o vazio do peito. O seu casamento com o empresário já estava próximo. Ela sabia que, depois de casada, trazer de volta o seu amor deixado no meio do caminho seria mais difícil do que nunca. O que a sua alma pedia naquele momento era que ela saísse correndo e fosse ao encontro de Chico Estrela. O amor guardado em seu coração parecia sobrepujar qualquer tipo de ganância, de desejo exacerbado por dinheiro e poder. Naqueles dias, Dr. Adolfo estava viajando para o exterior onde levaria dez dias resolvendo negócios da empresa. Seria uma oportunidade para aquele coração sedento. Seria um momento bom para ela ir de encontro ao sertanejo e poder, quem sabe, traçar um pacto de amor secreto, escondido como a face oculta da Lua. Face oculta esta que não se vê, mas todo mundo já descobriu que existe. E esse era o risco que Dayane não queria correr. Ela não poderia colocar em jogo todos os seus planos de se casar com o velho e se tornar uma milionária. Se ela fosse atrás de Chico Estrela e começasse a ter um relacionamento secreto com ele, a possibilidade de tudo isso ser descoberto, ser mostrado, ser exposto assim como a face oculta da Lua que já fora tantas vezes fotografada, seria grande. O risco existiria e seria enorme. Ainda mais que Dr. Adolfo e Chico Estrela eram correligionários de partido político e estavam trabalhando juntos para uma eleição. Mas, apesar desse risco, o desejo de amor daquela mulher era tão forte que ela estava disposta a enfrentar todos os perigos, todos os obstáculos para poder ficar, mesmo às escondidas, com Chico Estrela. Naquela semana que Dr. Adolfo viajou, ela sentiu uma vontade louca de ver o sertanejo. Durante toda a semana, ela foi trabalhando isso em sua cabeça e mil coisas passaram por sua mente. Ela imaginou tudo. Até no tempo restante de vida de Dr. Adolfo ela pensou. Aquele velho já estava com mais de setenta anos e, por sorte, não demoraria muito tempo para "embarcar". No início, esse seu pensamento funesto era bem tímido, como brisa fina que não possui força suficiente para sacudir as folhas de plantas que enfeitam jardins. Mas, à medida que o tempo passava, aquela sua imaginação começou a tomar forma concreta e logo ela passou a encarar a morte de Dr. Adolfo como uma coisa que não deveria demorara para acontecer e que seria bom para ela. Ela não planejava matá-lo. Contudo, no fundo dos seus sentimentos, ela desejava que aquele velho, após o casamento, não demorasse muito tempo para "esticar as canelas". Quando isso acontecesse, já estando ela casada com ele, ela passaria a ser milionária e poderia viver um amor aberto com o homem que veio do sertão.

O final de semana chegou. Seria naquele dia à noite que a secretária Audi iria se encontrar mais uma vez com Chico Estrela em um restaurante da orla marítima. E seria naquela noite e naquele local que Tom Braz planejava acabar com a vida do sertanejo. Tudo estava certo. Os sonhos de Chico Estrela, os seus desejos de homem que quer a liberdade para o mundo, a vida para os que não a tem e a dignidade para aqueles que foram esquecidos, estavam para serem apagados. Os planos de menino agora homem estavam ameaçados. A vontade daquele ser que almejava o poder, a liderança, a capacidade de contribuir para o fim de tantas dessemelhanças que ele odiava, poderiam ser destruídos por uma bala assassina.

Na tarde daquele dia, Queno, o pai do menino-bandido, encontrou-se com a viúva que ele havia conhecido na semana anterior. Há muito tempo que aquele homem não contemplava o que ele estava sentido naquela tarde de Sol. Os seus sorrisos parcialmente banguelas não ofuscaram aquele momento de descontração. Ele contou a ela sobre a sua vida, sobre o sertão árido de onde veio, da vida em Alagados, da morte repentina da esposa, do filho marginal, de tudo. O sofrimento vivido por aquele homem não era muito pior do que aquele que ela estava passando. A mulher falou para Queno que chegou a ter uma vida razoável. Trabalhava ela e o marido. Mas, o esposo morreu repentinamente sem deixar nada. Com o dinheiro que ganhava como empregada doméstica não teve condição de continuar pagando o aluguel da casa onde morava até então. Teve que se mudar para um barraco de zinco e compensado à beira de um rio que se transformara em um grande esgoto a céu aberto. O cheiro era insuportável – dizia ela –, roedores e baratas infernizavam aquele local. A mulher contava que não suportava baratas, mas que residindo naquela favela ela tinha que conviver com aquele inseto assombroso. Aquela viúva falava daqueles insetos com tanto ódio e repúdio que se podia sentir em suas palavras ecos de versos que pareciam protestos:

Baratas

As mulheres da favela não podem ter medo de baratas
Elas têm que conviver quietas
Com esses insetos que maltratam
Seus estômagos
Vazios.

Elas têm que conviver com traças
Com traços nas caras
Deixados pelo "tempo".

Elas não podem ter medo de baratas
Têm que assistir as marchadoras andarem horríveis
Sobre os seus corpos
Cansados
Nus
Sem trato
Sem amor.

Elas assistem o inseto que vem do espaço
Muitas vezes provenientes de esgotos de palácios
De prédios altos
Onde moram mulheres que podem ter esse medo.

As faveladas não podem ter medo de baratas
Afinal, não se sabe a quem pertence os barracos
Se às mulheres
Se às baratas
Ou se aos ratos do centro da cidade.

Após ouvir as queixas da mulher pretendida, Queno sentiu que, se unisse sua força à dela, os dois poderiam ir construindo uma vida melhor, com mais dignidade, alegria, amor e, consequentemente, com felicidade. Naquela conversa, os dois puderam concluir que realmente se queriam, que verdadeiramente desejavam juntar suas vidas sofridas em uma só vida, em um só canto. Queno foi direto: convidou a viúva para ir morar com ele na sua casa, juntamente com seus filhos. A mulher, já tomada pelo álcool da cerveja gelada, não pensou duas vezes antes de aceitar o convite. Naquele início de noite, os dois foram para a casa de Queno. Ali eles se trancaram em um quarto e, da sala onde assistiam TV, os filhos do retirante puderam, desconfiados, ouvir uma espécie de murmuro e gemidos sufocados.

O amor daquela mulher surgiu para Queno como a reciclagem de uma vida que já era dada como lixo perdido:

Mão feminina

Destarte ocorreu o fato
E o amigo encabulado
Apontou para o fim a vida
Como pera madura e amassada
Sem chance de ressuscitar verde.

O homem se viu morto
Andou cabisbaixo
Chorou de dor
Assumiu-se defunto

Segundos e dias para ele não tinham diferença
Sol e sombra se equiparavam
Mar e terra eram o mesmo tédio
Voz e silêncio tinha o mesmo tom

Quando cansado de não se cansar
De não ter motivo para correr
De não ver sentido em respirar
Desejou a morte

Foi aí que em um relance divino
Uma mão feminina o atirou de volta para si
E, como uma fonte cristalina
Seu brilho voltou a ser seu e perpétuo.

51 Aquele dia que marcava o início de um amor, de uma vida para o retirante Queno, poderia ser o dia que selaria o fim do sertanejo Chico Estrela. O seu inimigo Tom Braz já estava à sua espreita para lhe tirar o último suspiro. A secretária Audi dirigiu-se para o restaurante no horário combinado. Ela nem imaginava que o seu amor conquistado às custas de muita batalha estava prestes a ser friamente assassinado. Chico Estrela, já atrasado, apressava-se para ir logo ao encontro da secretária e, quem sabe, também da morte.

Do outro lado da cidade, Dayane sofria a falta do seu amado que talvez vivesse as suas últimas horas de vida. A vontade daquela mulher ver aquele homem era tão grande que chegava a lhe fazer crer que se ela não o visse, não sentisse os seus olhos, sua voz, ela morreria. Naquela noite, os seus planos de ganância ainda eram fortes e firmes em sua mente. Mas, o seu amor era quem falava mais alto, feito um Deus que cria e destrói, perdoa e condena, dá o céu, mas também manda para o inferno. Naquela noite, aquele amor podado pela ganância havia sobrepujado todas as barreiras e queria ser vivido, apenas ser vivido.

Chico Estrela terminou de se arrumar para ir ao encontro da secretária Audi, que já o aguardava. Pegou a chave do automóvel, abriu a porta do apartamento e saiu. Quando aguardava a chegada do elevador, ele ouviu um som de telefone. E era no seu apartamento! Ele não queria voltar. Era como se o seu destino estivesse predestinado e ele tivesse realmente que ir ao encontro da morte, sem prévia, sem volta. Um frio repentino parecia invadir aquele ambiente fechado e Chico Estrela decidiu voltar para atender o telefone que tocava insistentemente. Correu e atendeu apressado a ligação:

— Alô!

Um silêncio se fez do outro lado da linha. E ele insistiu:

— Alô!

Uma voz em forma de música soou daquele aparelho. Era Dayane, o seu amor rebelde que o deixou por também amar o dinheiro, o poder.

— Alô! Chico?!
— Olá! Que surpresa agradável é essa?!
— É que eu estou aqui sozinha em meu novo apartamento. Não estava mais dando para eu morar com os meus pais. Adolfo viajou para o exterior e só volta na próxima semana. Eu precisava conversar com alguém.

Enquanto Dayane conversava, Chico Estrela sentia seu peito se encher de um desejo que implorava para que ele fosse de encontro a ela e a tivesse em abraços, em beijos e carícias que satisfazem uma paixão não vivida. O sertanejo sentia que Dayane falava com jeito de quem o queria. Ele ficou receoso em conversar sobre eles, sobre o seu amor que se encerrou fugaz. Aquela desconfiança do sertanejo foi dando lugar à certeza de que ele deveria falar com ela para que os dois se vissem, ficassem juntos, se amassem. Por um instante, ele pensou na possibilidade de Dr. Adolfo descobrir tudo e a sua eleição para a direção da ANA ficar comprometida. Porém, naquele momento, o que importava era aquele desejo de ver, de estar com a linda Dayane. Então, ele falou com ela que queria vê-la naquela noite. Dayane aceitou o convite e mandou que ele fosse para a casa dela, pois ela se encontrava sozinha. O sertanejo saiu apressado. Naquele momento, o seu consciente negligenciou a existência da secretária Audi que já o aguardava inquieta pelo atraso.

Por um triz. Por um telefonema atendido sem vontade, o sertanejo escapou da emboscada armada por Tom Braz. O homem ficou furioso. O miserável do Chico Estrela não apareceu! Mas, outra oportunidade surgirá — pensava — e eu o mandarei para o inferno! Lá sim ele poderá ser o presidente de alguma instituição de maldade e, quem sabe, deputado federal pelo partido do diabo.

Enquanto Tom Braz seguia com os seus pensamentos macabros, a secretária Audi já se irritara com a demora. Ela ligou para o celular dele, mas parecia estar bloqueado. Ela telefonou para o apartamento de Chico Estrela, mas ninguém atendia. Deveria ter saído e já estava indo se encontrar com ela — imaginava. A secretária aguardou, aguardou, mas o sertanejo não apareceu. Um sentimento estranho tomou conta daquela mulher que estava sedenta por amor. Ela não queria sentir raiva pois não sabia se algo de ruim havia acontecido com Chico Estrela. Ficou preocupada, sentiu saudade, angústia e uma mistura estranha de sentimentos. Na mesa daquele restaurante da orla marítima, ela ficou desolada e sozinha. Mais uma vez a brisa marinha fazia o seu papel acompanhado pelo bailar dos coqueiros. A noite que Audi havia aguardado com tanta ansiedade para viver momentos de amor com o sertanejo, não iria acontecer. Aquela mistura de sentimentos e decepção soava-lhe como palavras que estão presa na garganta:

Espera

Você disse que vinha e não veio
Fez-me preparar o céu com estrelas
A casa com perfumes
E o coração com o mistério do amor.

Você disse que vinha e não veio
Atiçou em mim o vulcão
Fez emergir do meu eu monstros marinhos
Mas, ao final quem venceu foi você
Que me deixou perdida
Caída como o cair o chão.

Você disse que vinha e não veio
Os meus olhos não te viram
Minhas mãos não te sentiram
E o meu sexo não desabafou o desabafo
Não jorrou contigo, em mim, a vida.

52 Enquanto Audi vivia o seu momento de decepção, ali mesmo em algum local daquela borda de mar, Acácia, a amiga de Lavínia, curtia com prazer a companhia do seu rastafari. Naquela noite, ele não estava tocando em sua banda, apenas se divertia juntamente com Acácia em um daqueles bares festivos. Parece que a diferença de raças entre eles não era empecilho para que a chama daquele amor se propagasse. Ao contrário, parece até que devido ao fato daquele relacionamento ter sido conquistado com bastante coragem, dada à discriminação, o amor daqueles dois se tornou mais forte e aceso.

E aceso também estava o relacionamento de Di Santos com Lavínia. Tudo para eles dois estava se arrumado aos poucos. Ao saber que Lavínia havia se separado do marido e já aguardava o divórcio definitivo, Di Santos ficou mais tranquilo e não se preocupava mais com o perigo de um amor proibido. Ele não a amava, mas gostava muito dela. E ela estava decidida a levar aquela paixão a sério. Di Santos, no início, ficou receoso, mas aos poucos foi se acostumando com a ideia e agora já estava disposto a ficar definitivamente com Lavínia e seguir com ela e com as suas obras de arte. Di

Santos estava feliz. Para completar o seu contentamento, até a sua irmã que ficou muitos anos sem poder exercer a função de contadora profissional, devido à discriminação que sofria, já havia arranjado um bom emprego. Foi Lavínia quem deu uma força para que ela fosse contratada por uma empresa de Dr. Adolfo. O fato da irmã está enfim exercendo a profissão que escolhera, deixava Di Santos alegre. Mas, ao mesmo tempo, ele ficava se questionando sobre cultura franciscana do é dando que se recebe, do clientelismo existente não só na administração pública, mas também em muitas empresas privadas. O caso de sua irmã era um exemplo claro disso. Além de sofrer o preconceito da cor, ela tinha também o problema de não possuir um "padrinho", um "pistolão" ou tantos outros nomes que se dá àqueles que, por terem influência, indicam alguém para um emprego. Em muitas empresas e na administração pública, nem sempre prevalecia a competência, a capacidade profissional, e sim aquela velha prática do nepotismo que nascera quando o Brasil ainda era colônia e persistia até aqueles dias, prejudicando o país.

Afora essas indagações com coisas erradas da sociedade, Di Santos estava bem. E a sua obra refletia isso. Mais uma vez a sua pintura em telas voltou a ter cores vivas, movimento, alegria estampada sem medo nem restrições.

53   Naquela noite em que tudo era calmo e que o mundo parecia seguir sereno e tranquilo, na verdade inquietos fatos agiam simultâneos modificando de forma rápida e dinâmica vidas e paisagens. E aquele pedacinho de terra, naquela ponta de continente, naquela cidade costeira, tudo também acontecia muito fugaz. E isso não era diferente com a vida do menino marginal, do "Fi de Queno". Depois que ele foi naquele bordel da Ladeira da Montanha e conheceu aquela menina prostituta, alguma coisa parece que havia mudado dentro dele. O sentimento que teve quando saiu daquele prostíbulo não era claro e lhe enchia de mistério. Mas, os dias da semana passavam e ele foi percebendo que aquele rosto de mulher, aquela voz de doçura, aquela prostituta-menina, havia mexido com o seu coração. O seu orgulho de homem, no início, não queria admitir isso. Mas, realmente ele estava gostando daquela meretriz. A forma como ela contou a sua história havia mexido com o coração daquele criança-ladrão, daquele homem-bandido. O "Fi de Queno" ficou sem saber o que fazer, tentou esquecer, fazer de conta que nada se passava em seu peito. Porém, depois teve que admitir a si mesmo que era amor o que ele sentia por aquela moça. E agora?! Como ele iria enfrentar aquela situação?! Aquela menina era uma mulher da vida, uma fêmea pertencente ao mundo, aos homens que tivessem dinheiro e desejassem ir para a cama com ela. Qualquer um! Mas qualquer um mesmo poderia tê-la quando desejasse. Cegos, aleijados, brancos, pretos, altos, baixos, gordos, magros, bons e maus. Qualquer tipo de homem poderia possuir aquela mulher se assim o desejasse e tivesse dinheiro para pagar.

Como?! Como aquele marginal havia se apaixonado por aquela prostituta?! E os seus comparsas de roubo, o que diriam? Com certeza iriam fazer muita ironia quando soubessem que ele estava gostando de uma mulher de bordel.

Todas essas dúvidas, todas essas indagações passaram pela cabeça do "Fi de Queno". Mas, nada era forte, nada era ruim o suficiente para impedir o que o seu peito tomado pelo amor já havia declarado. O homem-menino estava disposto a ir atrás daquela mulher e tirá-la daquele local. Ele iria levá-la para morar em uma casa, dá-lhe uma vida digna, amar aquela mulher! Essa era a sua decisão. Nada o impediria. Nem mesmo o preconceito de estar amando uma mulher que pertencia a todos os homens do mundo.

Porém, não era só isso que mudava dentro daquele menino que foi transformado e se deixou transformar em bandido. Aquele amor repentino veio com o Sol matinal que derrete neblina espessa que tapa visão e que não permite que se veja o mundo ao redor. A possibilidade de tirar aquela menina daquele bordel e levá-la para ir morar consigo, fez com que o "Fi de Queno" passasse a enxergar que ele poderia sair daquela vida de roubo e viver honestamente com sua amada. Se assim fosse, ele poderia ter filhos, constituir uma família, apagar o passado de erros e sofrimento. Realmente aquela prostituta surgia como luz de Sol em manhã de inverno rigoroso.

A decisão de sair da vida de roubos fixou-se na mente do menino marginal e parece que ele não queria voltar atrás. Entretanto, há meses eles já estavam tramando um assalto a um banco. Seria o primeiro assalto a banco daquela gangue. E seria um assalto muito bem compensado. Tudo estava sendo tramado por um funcionário da própria agência que estava passando informações e por um grupo de policiais desviados e delinquentes que iria dar a cobertura àquela quadrilha no dia do roubo.

O "Fi de Queno" não desejava aquele envolvimento com o funcionário e com os policiais. Porém, os seus comparsas falaram que todos eram pessoas conhecidas e de "confiança". Tudo não tinha como dar errado. Além disso, tratava-se de muito dinheiro. O funcionário iria indicar o dia e hora exatos que uma agência central da rede de bancos em que trabalhava iria receber uma quantidade muito grande de dinheiro. Tudo já estava certo. Não havia como voltar atrás.

O "Fi de Queno" ficou tranquilo e confiante. Mas, a sua decisão já estava mantida: após aquele último assalto, ele iria sair da marginalidade e iria viver honestamente com a sua amada. Ele não contou aquela sua decisão para todos. Falou apenas com o seu comparsa de cognome "Escadinha". Era com esse companheiro que o filho do retirante mais conversava e confiava. O "Fi de Queno" pediu segredo. Ele não queria que os demais ladrões soubessem e isso viesse a influenciar na realização do assalto ao banco. Escadinha jurou segredo. Ninguém mais ficaria sabendo da decisão do "Fi de Queno". Só após o assalto é que eles passariam a ter conhecimento de tudo. Aí sim eles poderiam iniciar uma disputa pela liderança da gangue.

54   Todas as coisas aconteciam naquele final de semana, naquele dia de lazer, naquele dia de domingo que os homens desse lado ocidente convencionaram ser de descanso. Foi na noite daquele dia que Chico Estrela escapou de ser morto por Tom Braz. E era naquela noite que o sertanejo estava prestes a reencontrar o seu amor Dayane. Após conversar com ela por telefone, ele se dirigiu ao seu encontro. Depois de tanto tempo sofrendo aquela saudade, desejando aqueles braços, aquele corpo de mulher linda, enfim ele iria encontrá-la.

Chico Estrela chegou apressado na casa de Dayane. Ainda à porta, ele lembrou novamente do seu encontro marcado com a secretária Audi. Tentou ligar para o celular dela, mas parecia haver algum problema e não conseguiu. Ela deveria estar desesperada sem saber o que aconteceu. E no outro dia, o que ele iria dizer a ala? Chico Estrela pensou nessas coisas, mas em nenhum momento imaginou desistir de deixar a secretária lá esperando feito noiva abandonada e ir de encontro à mulher pela qual ele era apaixonado. Quando entrou na casa de Dayane, ambos se cumprimentaram com um abraço demorado. O sertanejo arrepiou-se todo e não deve ter acontecido diferente com ela. Os dois iniciaram a conversa sem tocar no assunto mais importante, que era o amor entre eles dois. Chico Estrela estava impaciente. Ele queria amar aquela mulher que lhe enchia de desejo indomado. O que ele pretendia era abraçá-la, beijá-la, tê-la em seus braços inquietos. Por um instante, aquele homem desejou retornar à Idade da Pedra e, feito homem da caverna, pegar aquele seu amor pelos cabelos e possuí-la com todos os seus instintos. Mas, ele não poderia fazer isso. Para a sua infelicidade, os tempos são outros, o homem evoluiu e deixou enfraquecido os seus instintos mais selvagens. Agora o que mais valiam eram as palavras, era saber entender o querer daquela mulher e, também, fazer com que ela lhe compreendesse e lhe enxergasse como homem que queria mais do que nunca amar. Chico Estrela tentava encontrar as palavras, mas era como se algo lhe bloqueasse a mente. O seu discurso tão eloquente parecia lhe ter fugido da garganta. A sua mente de homem criativo naquele instante se tornou uma folha de papel em branco sem palavras ou mensagens convincentes. Dayane sentiu que o sertanejo queria lhe dizer algo. Olhando fundo nos olhos dele, ela indagou:

– Você parece que quer me dizer alguma coisa?!

– Não! Não! Eu estava com o pensamento um pouco distante. Desculpe-me.

Dois seres que sabiam que se queriam, mas que não tinham uma palavra sequer para dizerem o que desejavam. Era como se fossem dois adultos que de repente se tornaram velhos esclerosados e, como bebês recém-nascidos, apenas sorriam um para o outro e olhavam com ar de quem deseja alguma coisa. Dayane queria quebrar aquele gelo. E literalmente ela fez isso. Colocou uísque para ela e para o seu homem frio. Depois da primeira dose, veio a segunda, a terceira e tantas outras que eles perderam a conta. Como em um passe de mágica, o álcool parece que abriu o verbo escondido daqueles dois. Dentro de pouco tempo eles estavam falando, sem receios e sem barreiras, do amor entre eles. Dayane, com o sorriso já alterado pela bebida, disse:

– Nós somos duas piadas: você me quer e eu quero você, mas nenhum tem coragem de dizer para o outro.

Deixando o copo de uísque sobre o bar e depois se jogando sem compromisso na poltrona, Chico Estrela falou com voz sorridente:

– Eu tenho coragem sim! Eu só estava esperando o momento certo para falar tudo.
– É mesmo?!
– É sim!
– Então diga logo pois eu não aguento mais.

Depois de rirem feito duas crianças em recreio, os dois fizeram um silêncio seguido de faces que transmitiam seriedade. Chico Estrela levantou-se da poltrona, caminhou em direção de Dayane, colocou a sua mão quase trêmula no ombro dela e, olhando bem dentro daqueles olhos cor de mel, declarou:

– Você é tudo o que eu quero nessa vida. Fica comigo porque eu te amo!

Naquele instante, não havia mais necessidade de palavras. Um beijo, apenas um beijo selaria aquele reencontro de seres apaixonados. E foi isso que eles fizeram: sem mais nenhuma palavra, eles se beijaram e se amaram. Os seus corpos, tomados pelo álcool, rolaram, flutuaram e se tornaram leves como aves que voam satisfeitas, contentes, alegres por poderem gozar a vida.

55 A noite foi embora dando lugar ao amanhecer. Tudo o que acontecera até então já fazia parte do passado. Aquelas horas de escuridão iluminadas apenas pelas luzes tênues das estrelas, saiam de cena para que prevalecesse a partir de então o brilho forte do Astro Rei. Naquele amanhecer, os corpos de Dayane e Chico Estrela ainda dormiam entrelaçados. Aos poucos, a luz do Sol que adentrava pela janela de cortinas semiabertas, foi esquentando aquelas peles despidas. Dali já se ouvia o movimento de automóveis na rua. Era mais um dia de trabalho que estava começando. Chico Estrela despertou. Ele precisava ir trabalhar, dar continuidade à sua vida de político. Dayane também acordou. Ela preparou uma refeição matinal e ambos se sentaram à mesa. Realmente eles estavam ali mais para conversarem e decidirem os seus destinos do que para se alimentarem, nutrirem os corpos desgastados pela noite de prazer. Naquela manhã, não havia álcool entorpecendo as suas mentes; ali, naquela mesa, a lucidez fazia-se presente em seus pensamentos e, de certa forma, ela era até indesejada. Tanto Dayane quanto Chico Estrela sabiam que se amavam e queriam seguir juntos. Mas, não era só isso. Ambos viviam momentos decisivos para fazer com que sonhos – diferentes do ninho do amor – se tornassem realidade em suas vidas: Dayane estava prestes a se casar com Dr. Adolfo e a se tornar uma mulher milionária; Chico Estrela abraçava a grande oportunidade de dar início ao seu sonho de poder, de homem que manda, que decide, que realiza a magia de ser líder de força e de grande determinação. Eles sabiam que não estavam proibidos de eternamente se amarem, mas tinham consciência de que se naquele momento insistissem naquele amor, ambos poderiam perder a oportunidade de realizar as suas vontades de pessoas ambiciosas que sonham com a grandiosidade material e com o poder.

Ali, naquela mesa de café matinal, eles sentiram os seus amores sendo pisados impiedosamente por todos aqueles planos de ambição. E não tinha saída: ou o amor, nu, despido de qualquer grandiosidade material, ou o dinheiro, o poder coberto com toda a sua capa de opulência.

Se Dr. Adolfo soubesse o que acontecera entre eles dois, todos os seus planos de cobiça iriam por água abaixo. Chico Estrela, sem a escassez de palavras que lhe havia ocorrido na noite anterior, virou-se para Dayane com um ar de decepção e disse:

— Eu pensei que não fosse, mas realmente eu sinto que o nosso amor é proibido.

— Eu também sinto isso. Se Adolfo descobre o que está acontecendo entre nós, ele não vai mais lhe dar o apoio para a eleição da ANA.

— É verdade! E, além disso, você não iria mais se casar com ele.

Dayane pensou naquele momento que poderia dizer que o casamento dela com Dr. Adolfo não teria importância se Chico Estrela quisesse desistir da carreira política e ficar com ela. Desejou falar isso para ele, mas depois refletiu e decidiu abertamente que não queria perder aquele casamento milionário. O certo – decidiu ela – seria deixar bem claro para o sertanejo que ela não estava disposta a prejudicar o seu casamento com o empresário para poder assegurar aquela paixão, aquele amor que muitas vezes era indesejado, era odiado por ser tão forte como mil montanhas; Por ser tão avassalador que fazia sofrer, que fazia escarnecer em sangue e saudade o seu corpo frágil de mulher. Por um instante, Dayane pensou que aquele amor seria coisa do diabo, do satanás moleque que quer sempre fazer sofrer, que quer sempre ultrapassar facas afiadas em corações despreparados. O Amor... logo ele! Naquele instante de sofrer feminino o mais nobre sentimento passara a ser, dentro de um pensamento, uma coisa infernal. Naquele imaginar de mulher amargurada, a essência do império do bem agora era coisa do mau. Ali, bem ali naquele instante de desespero, amar era coisa diabólica.

Ambos se abriram e deixaram claros os seus desejos de grandiosidade. O amor em seus peitos mais uma vez estava sufocado, preso feito assassino cruel. Chico Estrela, com voz decidida e ao mesmo tempo trêmula por ter aquela ferida aberta em seu peito, resolveu:

— O que aconteceu ontem entre mim e você morre aqui. É o melhor para nós dois. O seu casamento já está marcado e a minha eleição também. Se Dr. Adolfo sonha com o que houve entre a gente essa noite, então tudo ficará perdido.

Dayane não tinha mais o que dizer. O seu coração de mulher se sentia dilacerado por um cão feroz. A dor em seu íntimo era tanta que ela não teve como impedir que lágrimas rolassem dos seus olhos fechados de abismo.

Tudo naquele instante era um grande pesar. Era como se fosse o velório de uma pessoa amada, venerada com todas as forças. E realmente aquele momento era de um velório. Só que o defunto era o amor, que estava sendo enterrado vivo. E por isso mesmo a qualquer momento ele poderia ressuscitar, despertar para o mundo e para aquelas duas vidas que mais uma vez se separavam cruelmente em nome de outras ambições.

56 A semana começou agitada para Chico Estrela. Por enquanto ele tinha que conciliar o trabalho na empresa de Dr. Adolfo com os preparativos que estava realizando para a eleição. Só após a eleição era que ele iria se afastar da empresa para se dedicar exclusivamente ao órgão beneficente. Chico Estrela estava conseguindo realizar todas as suas tarefas graças à ajuda indispensável da secretária Audi. Porém, agora ele tinha um problema: ela teve que ficar esperando por ele naquele bar de orla marítima e com certeza não iria aceitar o fato dele a ter deixado sozinha para ir ao encontro de Dayane. Naquela manhã de trabalho, Chico Estrela estava tenso. Ele teria que pensar rápido em uma forma de explicar a Audi o que aconteceu.

Se a secretária soubesse da verdade, ela poderia ficar magoada a ponto de terminar aquele relacionamento amoroso. Chico Estrela estava preocupado. Não pelo simples fato de correr o risco de perder o amor da secretária. O problema era que ele iria perder a sua assessora, o seu braço forte, a sua mulher que tanto lhe ajudara a dar continuidade aos seus planos de poder. Além de tudo isso, Chico Estrela pensou ainda na possibilidade de acontecer coisa pior: a secretária, vindo a saber o que houve entre ele e Dayane, poderia se enfurecer e vir a contar para Dr. Adolfo. Aí sim é que tudo realmente ficaria muito mais difícil para ele. Naquele início de manhã, Audi já estava na empresa, mas Chico Estrela participaria de uma reunião na ANA. Após pensar em todas as trágicas consequências, o sertanejo decidiu ligar para Audi e explicar para ela alguma falsa história:

— Alô! Audi?!

— Chico?! Eu pensei que você tivesse morrido! O que aconteceu ontem à noite que você não apareceu?

— Meu amor, desculpe-me! É que a polícia estava fazendo uma *blitz* e aconteceu algo terrível comigo.

— O quê?!

— Eles me pararam e pediram os meus documentos e do carro. Olhe que eu nunca saio sem documentos, mas dessa vez eu havia esquecido todos eles em casa. Eu tive que ficar detido, pois ficou parecendo que eu era um assaltante em um carro roubado. Eu não tinha como comprovar nada. Eu ainda liguei para o seu celular e para a sua casa, mas você já havia saído. Tentei telefonar para o restaurante para lhe avisar, mas não consegui.

— Tudo bem! Não precisa se desculpar! Mas, como foi que eles lhe liberaram?

— Eu os convenci a me levarem ao meu apartamento para que eles confirmassem que eu estava falando a verdade. E isso só aconteceu lá pela madrugada depois de muitas horas de espera em um módulo policial. Eu me senti como um marginal.

Audi, morrendo de pena do "coitadinho", do outro lado da linha respondeu:

— Você não tem nada de marginal meu amor. O importante agora é que tudo terminou bem. Que tal a gente recuperar o dia de ontem jantando juntos hoje à noite?

— Ótimo! Eu estou morrendo de saudade.

Estava resolvido. A secretária Audi não tinha por que desconfiar de nada. Ela continuaria assessorando aquele homem que a cada dia ela sentia sendo mais seu. Na mente de Audi, tudo acontecia semelhante à história de um forasteiro que chega em terra estranha e ali assenta timidamente a sua vida. O tempo passa, ele trata a terra, planta, colhe e aí começa a se sentir dono, proprietário que tem a posse, o domínio total sobre aquilo que antes ele abraçou tão timidamente. Realmente, a secretária se sentia dona daquele sertanejo. Aquele seu sentimento de insegurança, de medo, havia se esvaído com o tempo. A maior ameaça que era Dayane — pensava Audi — estava descartada. A sua adversária iria casar-se com Dr. Adolfo e não teria como interferir na vida de Chico Estrela. Não havia empecilhos para a secretária. Ela agora se sentia como o posseiro que tratou a terra e após colher os frutos se sentiu dono. Ela se sentia dona, proprietária absoluta daquele amor, daquele homem que ela soube dominar para amar, para colher todos os frutos e deles tirar o sabor, o gosto que faz a vida doce.

57 O dia da eleição para a presidência da Associação Nordestina de Assistência estava se aproximando. As chapas que iriam concorrer não estavam ainda definidas. Sabia-se apenas que havia dois grupos interessados: um liderado por Chico Estrela e outro por Tom Braz. Este insistia em formar a sua chapa, mas o apoio da maioria já estava declarado a Chico Estrela. O grupo político de Dr. Adolfo havia trabalhado para que ele fosse eleito de qualquer forma. Chico Estrela sabia que não restavam dúvidas de que ele seria eleito. Mas, aquela divisão de interesses com Tom Braz não era boa. O melhor para o sertanejo seria trazer o seu adversário para o seu lado. Porém, ele estava temeroso em propor a Tom Braz que entrasse em sua chapa como vice. Ele ficou receoso em fazer essa proposta. Ele temia que o seu opositor se ultrajasse com o convite e tentasse radicalizar a disputa que até então se realizava de forma "pacífica" e praticamente definida ao seu favor.

Apesar do receio, Chico Estrela decidiu arriscar. Naquele dia de reunião na ANA, ele procurou Tom Braz e fez a sua proposta:

— Nós dois somos os únicos cotados para a presidência da ANA.

Interrompendo Chico Estrela no meio de sua fala, Tom Braz retrucou:

– É sim! Mas, parece que você já está com certa vantagem. Tem muita gente de força lhe apoiando.

– É verdade! E é por isso que eu quero conversar com você.

– Conversar?!

– É sim! Você já participa dessa ONG há mais tempo do que eu. Você já tem muita experiência. Contudo, como você mesmo disse, tem muita gente de força me apoiando. E... não é desmerecendo você, mas nós sabemos que a eleição já está praticamente decidida a meu favor. E é por isso que eu queria que nós juntássemos as nossas forças ao invés de dividi-las.

Tom Braz ouvia atento, mas em seu peito crescia o ódio que sentia pelo sertanejo, pelo homem que estava roubando a sua oportunidade de ser o presidente daquela instituição pela qual ele trabalhou durante tanto tempo. Por muitos anos ele amadureceu a sua chegada à presidência daquela associação. Quando tudo parecia já estar certo, aparece o seu único empecilho: o miserável Chico Estrela, que estava ali, em sua frente, fazendo-lhe uma proposta:

– Eu queria que você fosse o meu vice-presidente. Você é a pessoa mais indicada para dividir a direção dessa associação comigo. Você aceita?

Dando uma risada de surpresa, Tom Braz tentava esconder o seu rancor. Mas, naquele lapso de tempo, ele imaginou que aquela não seria uma má ideia. Depois de eleito, ele daria um fim em Chico Estrela – como já havia tentado fazer – e, como vice eleito, assumiria a presidência da ONG. Mas, ele não queria se mostrar de imediato decidido e falou que iria pensar e depois daria a resposta. Chico Estrela aceitou:

– Tudo bem! Mas, a sua decisão tem que ser dada até o final dessa semana, que é quando termina o prazo para as inscrições das chapas.

Chico Estrela aguardou com ansiedade a decisão de Tom Braz. Ele nem desconfiava que aquele homem estivesse tramando para lhe tirar a vida.

O dia da resposta de Tom Braz chegou e foi positiva. Ele aceitou o convite. Agora nada impediria que Chico Estrela fosse eleito. O sonho do sertanejo estava aos poucos caminhando para a realização. E dificilmente aqueles sonhos não seriam concretizados. A Associação Nordestina de Assistência iria receber naqueles dois próximos anos bastante verbas de organismos internacionais e, também, do Governo Federal. O grupo de Dr. Adolfo já havia providenciado para que o nome da ANA fosse incluído no orçamento de um importante ministério da União. Dali daquela instituição eles arrancariam um novo deputado federal de qualquer jeito, além de conseguirem votos para ajudar na reeleição de outros já atuantes.

No dia da eleição, tudo correu bem e Chico Estrela tornou-se Presidente da ANA. No coquetel de posse, todos os envolvidos com os trabalhos, além de políticos, participaram da festa. Dr. Adolfo conversava em separado com o seu filho Augusto César:

– Se Deus quiser, na próxima eleição federal nós teremos um novo deputado compondo o nosso partido.

Engolindo a última dose de uísque do copo, o filho do empresário indagou:

– Porque o senhor apoiou Chico Estrela, um homem desconhecido do nosso meio?

– Ora meu filho! Eu sou um empresário e tenho que defender os meus interesses. Chico Estrela não tem dinheiro nem tradição política. Por isso ele depende do nosso apoio para tudo. E dependendo do nosso apoio, ele sempre estará em nossas mãos. É ele que vai se sentar naquela cadeira da Câmara Federal, mas quem vai dizer o que ele vai defender e votar somos nós. Se ele não aceitar, ele perde a nossa sustentação e aí a sua carreira política se encerra. É assim que funciona com muitos outros deputados nossos e funcionará com ele também.

– Aqui para nós meu pai, o senhor só se tornou o empresário que é hoje porque sempre teve bastante habilidade para lidar com políticos.

– Mas é claro! Todo grupo social tem que defender os seus interesses. Se você observar, noventa por cento dos deputados defendem algum interesse em específico: seja de empresários, seja de evangélicos, seja de milicianos, seja de empresas multinacionais, seja dos ruralistas ou de tantos outros grupos que eu poderia citar.

– Roguemos a Deus que pelo menos os milicianos nunca alcancem maioria a ponto de eleger o chefe maior da nação, isso seria um desastre para a nossa democracia.

Colocando o copo vazio em uma bandeja carregada por um garçom, Augusto César indagou:

– E os outros dez por cento, defendem o interesse de quem?

– Ah! Esses dez por cento restantes defendem o interesse do povo em geral. Mas, na maioria das vezes, esses são os que têm carreira política curta. É como eu lhe disse: para ser político é preciso de apoio, de dinheiro, de nome na mídia. Somente uns dois ou três gatos pingados que se tornam populares por algum motivo é que conseguem ser eleitos sem gastar grandes fortunas.

O coquetel de comemoração prosseguia. Dayane estava presente. Chico Estrela tentou ficar afastado dela para evitar qualquer desconfiança. A secretária Audi foi citada por Chico Estrela no seu discurso de posse. Isso fez com que a segurança dela em relação ao domínio sobre o sertanejo se tornasse mais forte.

E foi naquele dia de posse que Chico Estrela sentiu a consciência pesar novamente. Aquele sentimento de culpa que estava camuflado foi mais uma vez descoberto, mostrado com toda a sua forma desconfortável. E era isso que Chico Estrela sentia: um desconforto era o que se fazia presente naquele seu discurso de posse. Naquele momento, ele pensou em tudo o que sonhou, na ideologia que defendera, no clientelismo que tanto combatera, na igualdade social que tanto desejara. Ele sabia que iria dirigir aquela instituição, mas já tinha convicção de que as verbas seriam gastas de acordo com os interesses do grupo de Dr. Adolfo. E não era só isso: depois que ele fosse eleito deputado federal – se tudo desse certo –, a sua subordinação política ao partido com o qual ele não simpatizava, iria continuar e aumentar ainda mais. Ele teria que prosseguir vivendo aquelas duas faces, aqueles dois mundos, aquelas duas maneiras de fazer tocar para a frente aquele seu desejo de fazer utopia tornar-se realidade.

Por não se sabe quanto tempo, o sertanejo teria que ser esquerdo e ao mesmo tempo amparar a direita; defender oprimidos e votar a favor dos opressores; ser fiel ao grupo que o apoiou e ao mesmo tempo se tornar Judas de si próprio. Seria dessas duas formas opostas que o sertanejo continuaria vivendo o seu viver, o seu caminhar de menino que cresceu sonhando ser herói, ser defensor dos que não podem se defender. O sonho do homem do sertão estava sendo construído de forma avessa, virada de pernas para os ares, para o céu que assiste azul este mundo oposto de paraíso e inferno.

Após o seu discurso de posse, o sertanejo foi para casa. Ele sentiu-se cansado, exausto por tudo o que aconteceu naquele dia. Desde a hora em que ele havia acordado até aquele momento, já haviam se passado vinte horas. Vinte horas que compuseram o dia daquele homem meio destroçado por tudo o que acontecera: a distância dada à mulher amada e a contraditória forma através da qual ele estava construindo a carreira política. Esses dois pesares fizeram com que o dia do sertanejo lhe tirasse o fôlego. Em casa, ele tomou uma ducha fria e o som da água batendo em sua cabeça dizia-lhe que verdadeiramente aquele dia havia passado:

Mais um dia

O dia passou e não foi uma farsa
Não foi só o óbvio envolvendo minha vida
Sarando minha ferida
Abanando meu ar quente
Acalmando meu eu tenso.

O dia passou e não foi uma farsa
Os personagens eram verdadeiros
O cenário, a cidade
As câmeras, os olhos passantes
As luzes, o Sol.

O dia passou e não foi uma farsa
O homem que morreu, não deu sinal de ressuscitar
O filho que nasceu, mesmo que morra já foi uma vida.

O dia passou e não foi uma farsa
O meu tempo de existência já não é o mesmo
O Sol de verão e, também as chuvas fortes estão mais próximas
A maré que baixou e subiu agora é outra.

O dia passou e não foi uma farsa

58 O "Fi de Queno", com a sua gangue, esperava apreensivo o dia do grande assalto ao banco. Em uma reunião secreta que eles tiveram com o funcionário da agência e com os maus policiais delinquentes que estavam envolvidos na trama, foi decidido que o assalto seria adiado por um mês. O "Fi de Queno" e a sua gangue não gostaram da ideia e reclamaram: "O que é que está acontecendo?! A gente já está planejando este assalto há três meses e agora vocês vêm com essa história de ter que esperar mais um mês?!"

Os policiais desertores e o funcionário larápio trataram de explicar tudo: "O caso é que o banco está passando por uma auditoria completa. E isso tem quebrado a rotina do gerente da agência e de outros funcionários. Nós temos que fazer a coisa na hora certa para evitar falhas. Basta essa auditoria acabar para que, no primeiro dia em que haja o recebimento de um grande volume de dinheiro, a gente entre em ação. Tudo já está certo: o sistema de segurança vai ser desligado e vocês irão entrar disfarçados de técnicos de manutenção. Não há como falhar."

Se era para a segurança, o melhor seria esperar mais um pouco. Porém, um mês não era pouco tempo para um coração apaixonado. O "Fi de Queno" estava aguardando só a realização daquele assalto para encerrar a vida marginal e iniciar uma caminhada de homem honesto ao lado da mulher que lhe atraiu, que enfeitiçou o seu coração de bandido, de ladrão que tira, que toma à força bens que não lhe pertencem, que não foram por ele comprados, pagos com dinheiro do seu trabalho. O "Fi de Queno", o assaltante-menino, a desgraça da sociedade, estava com o coração preso por aquela meretriz, por aquela mulher que se instalou em um quarto de bordel para servir aos prazeres de homens do mundo, de meninos em fase de crescimento e até de velhos com os músculos já atrofiados pelo tempo. O assalto ao banco demoraria mais um mês, mas o filho do retirante não iria aguardar esse tempo todo para tirar a sua amada daquele local e levá-la para a sua casa, onde lhe daria vida digna. Naquele dia mesmo, o "Fi de Queno" foi ao bordel da Ladeira da Montanha para ver o seu amor, a sua prostituta, e tirá-la de lá para sempre. Chegando, ele não a viu e procurou saber com outras meretrizes onde ela estava. Uma mulher branca de cabelos avermelhados e usando um shortinho que dava para mostrar parte dos órgãos sexuais, informou: "Aquela belezinha está em serviço. Ela está com um cliente lá no quarto."

Aquela notícia pegou o "Fi de Queno" de surpresa. Ele não queria entender aquela situação na qual a mulher por quem ele era apaixonado estava sendo usufruída por outro homem. Naquele instante, uma ira tomou conta de seu peito. Nada ao seu redor existia. A vontade que ele tinha era de ir naquele cubículo chamado quarto e retirar de lá, à bala, o desgraçado que estava desfrutando da sua fêmea pretendida. E isso não ficou apenas na vontade: com arma em punho, o filho do retirante arrombou a porta do quarto e presenciou a cena que nenhum homem apaixonado deseja ver: a sua amada sendo possuída por um desconhecido. O "Fi de Queno" se conteve para não tirar a vida daquele homem ali mesmo. Gritando, ele mandou que o sujeito saísse correndo. O coitado do homem, sem nada entender, retirou-se às pressas com as roupas nas mãos. A prostituta, despida, ficou quieta feito criança manhosa. Os seus olhos só miravam o chão. Em suas costas de mulher, cicatrizes denunciavam violências que ela havia sofrido de outros homens. O "Fi de Queno", com o coração sendo aos poucos esvaziado do ódio, ficou algum tempo observando, sem palavras, aquele ser aparentemente frágil pelo qual ele se apaixonou. Aquele ladrão, aquela desgraça, aquele demônio em forma de gente, transformou-se diante daquela mulher em um anjo de azas curtas e delicadas.

Depois de algum tempo sendo envolvido por um grande manto de paz espiritual, ele se virou para ela e falou que queria levá-la para morar com ele em uma casa que havia alugado. A meretriz fez um instante de silêncio, mas não titubeou e aceitou o convite do menino marginal. Naquele mesmo instante, ela juntou os poucos trapos que possuía e foi para a sua nova moradia. O espírito do "Fi de Queno" encheu-se de felicidade. Enfim, algo surgia em sua vida trazendo uma nova perspectiva e um novo ânimo. Agora ele não tinha mais dúvida de que queria deixar a vida de marginalidade para seguir construindo uma família, criando filhos, vendo os netos chegar. O desejo do marginal era o de um homem comum. O que ele queria era viver sem matar, possuir sem roubar, amar sem deixar de ser amado. A vontade do "Fi de Queno" era só ser dignamente feliz.

59 Se aquele dia da posse na ANA havia sido pesado para Chico Estrela, para Dr. Adolfo, havia sido de leveza. Naquele mesmo dia em que o sertanejo tomou posse, Dr. Adolfo marcou definitivamente a data do casamento com Dayane. Os preparativos começaram a ser feitos. A cerimônia seria dentro de dois meses. Os dias passavam. Dr. Adolfo sentia-se feliz e Dayane contente por estar prestes a se tornar herdeira poderosa de uma fortuna. Mas, nem tudo seria simples como ela pensava. Dr. Adolfo mandou os advogados providenciarem para que o casamento fosse feito com separação total de bens, além do contrato rezar que ela não teria direito algum sobre os rendimentos das empresas. Isso caiu como uma bomba na cabeça daquela mulher. Agora as coisas seriam diferentes. Ela não teria direito a toda aquela fortuna acumulada pelo velho empresário. Quando ele morresse, pouco sobraria para ela. Com sorte, talvez ela herdasse a casa em que fossem morar e ficasse recebendo uma pensão. Porém, de forma alguma ela seria proprietária de todo aquele tesouro.

Essa situação fez com que Dayane entrasse em desespero. Ela havia desistido do homem que amava para poder conquistar a fortuna e o poder. Mas, agora, aquele maldito velho já havia preparado os papéis para um casamento com separação total de bens. Isso era o fim. A data do casamento se aproximava e Dayane sentia-se sem ânimo. Agora, ela estava dividida entre dar continuidade àquele laço matrimonial ou tentar recuperar o amor de Chico Estrela. Em sua cabeça de mulher ambiciosa, mas também apaixonada, a divisão entre uma coisa e outra a confundia. A situação daquela mulher era como a multidão delirante atrás do trio elétrico: uma mistura total de pessoas, de pensamentos com vias diferentes, com rumos e atitudes tão diversos e tantas vezes opostos, guiados só pelo som da Bahia.

E ela tinha que se decidir logo. Caso viesse a se casar com Dr. Adolfo, aí sim ficaria mais difícil voltar a viver o seu amor Chico Estrela. Um medo tomou conta do espírito de Dayane. A sua ambição continuava ali em seu peito, mas agora não havia motivo suficientemente forte para fazê-la desistir do homem que amava. Uma simples mansão e uma pensão mensal não eram o bastante para torná-la milionária e poderosa do jeito que ela sonhava. Além do mais, a família do velho era grande e gananciosa e não iria abrir mão de nada para ela. Isso sem contar que Dr. Adolfo poderia ainda viver por muitos e muitos anos, prendendo-a à sua velhice.

Dayane estava chegando a um local da sua estrada onde havia dupla opção para prosseguir. E ela teria que decidir logo. Não existiam outras saídas. Ambos os caminhos eram tentadores, mas ao mesmo tempo cheios de incertezas: se ela desistisse do casamento, talvez já fosse tarde para Chico Estrela aceitá-la de volta; por outro lado, se ela optasse em se casar de qualquer forma com Dr. Adolfo, totalmente pobre ela não ficaria, mas talvez a sua vida se tornasse um inferno ao lado de um velho esclerosado e, pior do que tudo, sem ter o seu homem desejado.

A data do casamento se aproximava e, semelhante a alguém que necessita deliberar por qual caminho vai seguir a viagem, Dayane decidiu: e a sua própria decisão lhe fez sentir esmagada por todos os torpedos do mundo. Torpedos disparados pelo seu próprio optar, pela sua pessoal decisão que preferiu o amor simples e nu à fortuna toda pomposa e vestida de tantos bens materiais. O que ela queria era seguir aquele sertanejo que lhe transmitia uma confiança muito grande. Ela começou a se convencer que o que ela queria era estar ao lado daquele homem na sua luta a favor da igualdade entre os povos.

O desespero com que Dayane vivia aqueles dias fez com que ela nem percebesse que antes de tomar aquela decisão seria melhor saber se Chico Estrela ainda a aceitaria. Ela não pensou nisso. A sua preocupação era em comunicar aquela sua decisão tão dolorosa para Dr. Adolfo. É certo que ela não o amava, mas tinha por ele grande respeito e admiração. Não seria fácil comunicar, faltando poucos dias para o casamento, que ela havia desistido de tudo. Mas, teria que ser assim! Sua decisão era definitiva.

Em um encontro com Dr. Adolfo, ela iniciou a sua conversa tão difícil:

— Você é um homem maravilhoso, sabe tratar bem as pessoas que estão ao seu lado. Você não merece sofrer por alguém que estava prestes a cometer uma besteira na vida.

Desconfiado e sem entender o que Dayane queria lhe dizer, ele falou que não compreendia o que ela estava falando e lhe pediu para ser mais clara.

— Eu vou ser mais clara sim! Você tem mais de setenta anos e eu ainda estou na casa dos vinte. Você tem uma vida na qual vive viajando, cuidando de negócios e eu sou uma simples menina baiana que gosta de viajar, mas que prefere levar a vida aproveitando o Sol, o som, as festas e a magia dessa nossa terra tão boa. Nós somos diferentes. E não é somente isso: tanto eu quanto você podemos ser felizes se tentarmos encontrar pessoas mais próximas de nossos mundos, de nossas realidades.

— Dayane?! Do que você está falando?!

— Eu estou querendo dizer, Adolfo, que esse nosso casamento não tem como dar certo. Eu não quero lhe fazer sofrer e nem tão pouco estragar a minha própria vida.

As palavras de Dayane deixaram o alegre Dr. Adolfo sem risos e sem palavras. Os seus casos e as suas piadinhas corriqueiras contadas com tanta graça e desenvoltura saíram de cena. Em lugar de sorrisos, havia uma face de dor. Em vez de palavras engraçadas, havia um silêncio de tristezas. Dayane prosseguiu:

— Eu não vou me casar com você. E... mais do que isso, eu não quero mais continuar com esse nosso relacionamento. Eu sei que a minha decisão é ríspida demais. Porém, eu estou sendo sincera com você. E, antes que seja tarde, é melhor acabar com tudo.

Naquele instante, o mundo em volta de Dr. Adolfo escureceu. O seu coração de velho que após quarenta anos voltou a amar, estava naquele instante esfacelado. Chorar o velho não conseguia. Mas bem que ele desejava. Ele queria se sentir à vontade como criança que "berra" ao ter o seu doce arrancado por outro garoto faceiro, malvado. E o doce daquele empresário verdadeiramente havia sido arrebatado de sua mão. Fugaz e cruelmente ele teve aquele seu sonho desfeito. Sem palavras. Só sem palavras foi como o velho Dr. Adolfo ficou:

Perda

Deixe-me sem palavras
Para que eu pare feito o nada
E cante como cigarra
O meu penar da sua decisão horror.

Deixe-me sem palavras
Para que eu pare nesta calçada
Corra feito bala
E atinja o meu peito já morto.

Deixe-me sem palavras
Para que choque o meu chocar-se

60 O dia amanheceu com pouco movimento nas ruas. Aos poucos, começaram a surgir pessoas vestidas de branco de todos os lados. Do alto dos morros, das depressões, dos vales, das favelas na periferia e das moradias dignas no centro da cidade. De todos os lugares surgia gente vestida de branco. Era gente pobre e rica, religiosos e profanos. Todos desciam em uma só direção. Uns levavam flores, outros vasos com água perfumada. A maioria levava só fé e alegria. O dia não era de feriado oficial, mas se via o comércio, o setor financeiro e tudo mais com as portas fechadas. Por toda a extensão de várias avenidas da Cidade Baixa, via-se diversas batucadas, afoxés e uma série de outros grupos que iam se concentrando nas extensões das ruas. Aos poucos, o asfalto negro ia se transformando em um gigante tapete branco. Era um dia de fé para a Bahia. No meio de todo aquele povo que se amontoava às dezenas de milhares, seguia o cortejo, a comitiva com a imagem do santo. Era o Senhor do Bonfim! O protetor da Bahia! O mais venerado de todos os santos naquela terra de tantos santos e magias. Chico Estrela se impressionava com aquela multidão cheia de fé, mas também recheada de paganismo. Nos anos anteriores, ele não havia participado da festa, mas naquele dia decidiu acompanhar a pé o festejo das baianas vestidas com suas roupas brancas e rodadas. Depois de oito quilômetros de caminhada, ele viu as filhas de santo lavarem as escadas da igreja em um ritual sacro católico-profano, e jogarem as águas perfumadas nas cabeças das pessoas que ali estavam. Todos queriam ser banhados por aquelas águas que eram consideradas sagradas. Muitos políticos e celebridades iam na frente e davam suas cabeças para serem encharcadas de águas e flores. Completando o sincretismo religioso que mistura o catolicismo com o candomblé baiano, vinha a badalação profana. Os trios elétricos e batucadas tocavam pelos vários quilômetros da festa. O Sol do meio dia queimava as peles já bronzeadas. O carnaval invadiu a tarde daquele dia e entrou pela madrugada. A Lua cheia iluminava aquela noite de verão. Nas praias, já se via corpos jogados na areia refrescada pela brisa. Nos terminais de transportes, pessoas aguardavam os ônibus para retornarem para casa. Nas vias periféricas à festa, automóveis seguiam engarrafados. Era hora de retornar daquele festejo de devoção. Ainda era início de ano. E, bem ali, naquela ponta de continente, muita comemoração e festa aconteceria para que o povo novamente saísse dos seus becos e palácios para seguir pelas ruas embaladas de alegria.

E era no meio de toda aquela magia composta de som, dança e muita fé, que Chico Estrela ia levando a sua vida. As festas serviam para ele como terapia. O trabalho à frente da ANA estava correndo como ele esperava. Os encontros, as viagens, as reuniões, as visitas aos centros de atendimento, eram constantes. Chico Estrela sabia que teria que dar tudo de si para que os serviços prestados pela associação fossem reconhecidos e, consequentemente, o seu nome também. Daquela sua posição de presidente de uma ONG, ele teria que arrancar o seu prestígio, a sua popularidade para poder concorrer ao cargo de deputado federal. Seria através dali que o sertanejo partiria para o seu desejo de poder, de liderança humana que manda e decide. Era à frente daquela instituição que ele estava dando o seu passo mais longo de até então em direção ao topo da sua montanha.

Entretanto, nem tudo era comum e simples como poderia parecer. Tom Braz não havia desistido de tomar o lugar de Chico Estrela. Ele planejou novamente o assassinato do sertanejo. Desta vez, ele pretendia mandar um assassino profissional fazer o serviço. Ele contratou o matador e tudo ficou certo para que naqueles próximos dias o sertanejo fosse mandado para o inferno. Tom Braz não tinha ressentimento algum do que estava fazendo. Para ele, o mais importante seria conseguir aquela presidência. Só isso era o que interessava. Com Chico Estrela morto, enfim ele teria passagem direta para uma vida política com a qual ele tanto sonhou. Seria ele e não Chico Estrela que chegaria ao poder.

Enquanto Tom Braz pretendia tirar a vida de Chico Estrela, outra pessoa estava mais do que nunca disposta a fazê-lo viver. Dayane queria reconstruir o relacionamento com o sertanejo e seguir junto com ele a sua vida de amor. Ela queria esperar mais um pouco para ir à sua procura. Afinal, havia pouco tempo que ela tinha ultimado o relacionamento com Dr. Adolfo. Ela bem que achava melhor esperar, mas o seu desejo era tão forte que ela decidiu procurá-lo logo. Encontrando com ele, ela iniciou a sua conversa de reconquista:

— Olá Chico! Há quanto tempo a gente não se vê. Eu já estava com saudade.

— É verdade. Depois daquela noite lá na sua casa, nós nunca mais nos encontramos. Mas... e os preparativos para o seu casamento com Dr. Adolfo como vão, tudo bem?

A pergunta de Chico Estrela deixou Dayane desconcertada. Já havia se passado uma semana que ela terminara tudo com o empresário e, para a sua surpresa, Chico Estrela ainda não sabia de nada. Ela esperava que ele já tivesse conhecimento do ocorrido. Se assim fosse, ela poderia avaliar melhor a expectativa que o sertanejo certamente teria feito em relação a ela naqueles dias subsequentes. Com certeza ele teria pensado, avaliado melhor aquela distância não quista entre eles dois. Porém, Chico Estrela realmente não sabia de nada. Em sua mente, o que prevalecia era a situação na qual Dayane casaria com Dr. Adolfo e ele seguiria com a secretária Audi.

Dayane teve que, naquele momento, dar aquela notícia que ela preferiria que o sertanejo já soubesse:

— Não há mais casamento. Eu e Adolfo descobrimos que um casamento entre nós não daria certo e, por isso, tudo foi terminado.

Chico Estrela, surpreso e sem acreditar no que ouvia, falou:

— Mas, não pode ser! Tem pouco mais de uma semana que eu estive com Dr. Adolfo e ele me contou que já estava quase tudo preparado para o casamento. Ele parecia muito feliz e não falava com jeito de quem queria desistir. Foi você quem terminou tudo?!

— Foi sim. Eu percebi que não poderia ser feliz ao lado dele. Há muitas diferenças entre mim e Adolfo. E, além disso, o homem que eu amo é outra pessoa.

Dayane fez esse comentário se insinuando para Chico Estrela. Ele percebeu que ela estava ali para tentar reatar tudo. Naquele instante, antes mesmo de dizer qualquer coisa, mil pensamentos se passaram em sua cabeça. Do seu coração de homem apaixonado saia a mensagem alegre anunciando que enfim aquela mulher estava livre para ser por ele amada. Porém, do seu peito de líder racional que quer conquistar o mundo, a avaliação era a de que em hipótese alguma ele deveria se aproximar para reatar com ela os laços amorosos. Se assim ele fizesse, Dr. Adolfo poderia deixar de lhe dar o seu apoio e a sua carreira política tão sonhada seria fracassada. Essa situação destroçava o espírito de Chico Estrela. Espírito que já há muito tempo vinha sofrendo com as contradições de vontades, com as vias opostas de decisões. Essa situação era não só em relação ao amor de Dayane, mas também àquele conluio político no qual ele iria usar aquela associação beneficente para se auto promover.

Enquanto Chico Estrela voava por outras dimensões avaliando o seu mundo de oposições, Dayane o despertou dizendo:

— Eu esperava que você fosse ficar contente com essa notícia. Mas, parece que você não está nem prestando atenção.

— Eu estou prestando atenção sim. Só que não existe motivo algum para eu ficar contente. Dr. Adolfo é meu amigo, meu patrão e, também correligionário político. O fato de você ter terminado tudo com ele às vésperas do casamento só pode me deixar triste e não alegre.

Deixando transparecer um rosto de desespero e modificando a entonação da voz, Dayane retrucou quase chorando:

— Você não pode fazer de conta que a única coisa que importa para você é o sofrimento do seu amigo empresário. E nós?! Eu acabei tudo com Adolfo porque sei que você me ama e sei também que eu só serei feliz ao seu lado.

— Eu sinto muito Dayane! Mas, nós já havíamos decidido que seria melhor para nós seguirmos nossas vidas separadas. Se você terminou tudo com Dr. Adolfo para ficar comigo, infelizmente não vai ser assim. Eu estou bem com Audi, gosto muito dela e tenho uma carreira política que não pode ser a essa altura prejudicada.

Falando isso, Chico Estrela retirou-se deixando Dayane aos prantos. Em seu peito de mulher, nada se fazia presente além de uma dor que lhe penetrou toda a alma. Agora, nem Chico Estrela, nem Dr. Adolfo, nem o seu grande amor, nem a vida de mulher milionária e poderosa.

61 Chegar e partir, saudade e ressentimento. Sentimentos e situações como esses preenchem e muitas vezes esvaziam as vidas das pessoas. De qualquer forma, todos seguiam amando e odiando, perdendo e ganhando. E ali, no meio de todas aquelas formas tão distintas de sentir o mundo, estava o sentimento de um homem que tentava se reerguer, reconstruir-se para as outras pessoas e para a própria vida. Augusto César era um homem que perdera de forma fugaz a mulher que amava. Agora não havia outra solução a não ser se reabilitar daquela dor. Mas, não era fácil! Aquele casamento durou anos e gerou frutos que lhe deram prazer. Porém, de repente, tudo ruiu e ele viu a sua esposa Lavínia sair pela porta com malas que levavam não só roupas e objetos, mas também a vida de um homem apaixonado e não conformado com uma perda tão grande. Meses já haviam se passado daquela separação e ele estava aos poucos reerguendo as paredes da sua vivência. A mulher amada ele não possuía, mas o trabalho servia como remédio que lhe aliviava o peso da perda e lhe fazia crescer como homem que acredita no que faz. Aquela agência bancária era parte da vida daquele homem. Seu trabalho, agora que a esposa havia dele se separado, estava acima de tudo. E ele não era mais do que um gerente de agência sem participação acionária alguma na empresa. O importante para ele era dedicar-se àquele trabalho que amava. Mas, coisas estavam acontecendo que poderiam vir a prejudicar aquele homem. Tramas malignas desejavam efetuar um grande assalto naquele banco em que Augusto César era gerente. A gangue do "Fi de Queno", assessorada por maus policiais e por um funcionário da própria agência, tramaram tudo há vários meses. Depois de já terem adiado o roubo por trinta dias, enfim o grande momento chegou. Agora era tudo ou nada. Naquele dia, seriam milhões no bolso ou anos e anos atrás das grades de uma cadeia ou de uma parede concretada de mausoléu.

O funcionário do banco preparou todo o plano e, após o expediente, o "Fi de Queno" e seus comparsas entrariam facilmente na agência vestindo roupas do pessoal que fazia regularmente a manutenção do sistema de refrigeração. Eles ficariam ali aguardando a abertura programada do cofre para depois anunciar o assalto. Os policiais delinquentes providenciaram dar cobertura aos assaltantes, evitando uma perseguição e confundindo a própria polícia dando informações erradas através do rádio.

Augusto César estava, como fazia rotineiramente, dando continuidade aos seus serviços pós-expediente. Quando o funcionário larápio informou que o cofre já estava aberto, das maletas de ferramentas os componentes da gangue retiraram potentes armas e renderam os seguranças. O assalto foi anunciado e todos os funcionários, com exceção de Augusto César que era o gerente, foram presos em banheiros. Agora seria apenas encher os sacos de dinheiro e sair tranquilamente como se nada de errado acontecesse.

Após aquele assalto milionário, o "Fi de Queno" encerraria aquela vida de ladrão. A partir daquele dia, ele passaria a levar uma vida de amor e honestidade ao lado da sua mulher, da sua fêmea que deixou de ser prostituta. Aí sim tudo para ele seria normal. Enfim ele esqueceria das desgraças que passara e da vida na qual ele foi o vilão-ladrão, o menino-marginal que saiu do sertão como um simples matuto e se tornou um poderoso chefe de quadrilha. Agora sim a vida do "Fi de Queno" seria verdadeiramente vivida sem precisar fugir pelo mundo, sem ter que se esconder nas sombras da noite, sem ter que guardar o rosto para evitar um reconhecimento.

Enquanto enchia os sacos de dinheiro, o "Fi de Queno" pensava em tudo que aconteceria a partir de então em sua vida. Mas, nem tudo era como ele imaginava que fosse. Os maus policiais envolvidos no assalto pretendiam perseguir os marginais e, em uma emboscada, matá-los e ficar com o roubo. O assalto prosseguia. Enquanto o "Fi de Queno" e outros comparsas pegavam todo o dinheiro do cofre que havia sido aberto pelo gerente em horário já programado, Escadinha e outros componentes da gangue levaram Augusto César para uma área separada onde ficavam cofres com joias e valores de particulares. Escadinha ordenou que Augusto César providenciasse abrir aqueles cofres:

— Pegue as chaves e abra rápido esses cofres aí!

Augusto César, até àquele instante do assalto, vinha se mantendo tranquilo. Mas, naquele momento, não havia mais motivo para tranquilidade. Ele não possuía as chaves daqueles cofres. Não havia como abri-los. Um outro gerente do banco possuía os segredos daqueles cofres, mas ele não estava presente na agência naquele momento. Porém, os assaltantes insistiam apontando uma arma para a sua cabeça. Naquele instante, estava acontecendo o que Augusto César sempre temeu. Ele sempre se posicionou diante daquele mundo de miséria e violência em que vivia. Aqueles bandidos miseráveis que ele tanto odiava deveriam ser executados logo no primeiro roubo que cometessem. Homens honestos iguais a ele não podiam viver tranquilamente porque vagabundos sem ter o que fazer decidiam ser ladrões para saírem pelo mundo cometendo crimes. Ele que tanto se incomodava com a existência dessas aberrações sociais — mas que nunca questionava o que as gerava — enfim vivia o que tanto temeu que ocorresse. Naquele momento, não adiantava ele pensar em pena de morte ou em qualquer outra solução extrema para a resolução da violência. Naquele momento, a única coisa que importava era convencer aqueles ladrões de que ele não tinha como abrir aqueles cofres. Ele explicava que não possuía as chaves, mas os assaltantes não compreendiam. O acompanhante de Escadinha parecia já ter perdido a paciência:

— Abre logo esses cofres ou você vai morrer!

Trêmulo, Augusto César tentava convencê-los:

— Pelo amor de Deus! Esses cofres são de particulares. Os segredos desses cofres ficam em poder de um outro gerente que não está aqui agora!

Não havia jeito! Ou ele abriria ou morreria. E, como ele não podia abrir pois as chaves não possuía, o comparsa que acompanhava Escadinha mandou Augusto César ajoelhar para morrer:

— Ajoelha cara!
— Pelo amor de Deus, não me mate! Eu tenho filhos para criar!

Aquele bandido, tomado pela decepção de não ver aqueles cofres abertos, disparou um tiro de pistola contra o peito de Augusto César. O tiro assustou o "Fi de Queno", que já terminava de pegar o dinheiro e foi ver o que ocorrera. O homem estava jogado em um canto de parede e a sua camisa encharcada de sangue delatava um ferimento grave. O "Fi de Queno" não gostou da atitude do comparsa, mas agora não havia mais o que fazer. Todos os ladrões saíram e os policiais delinquente lhes seguiram à distância até o local combinado. Augusto César permaneceu jogado no chão quase que desfalecido. Uma ânsia tomava conta de seu espírito. Pensamentos seus retornaram até o passado e mostraram imagens dele ainda criança, ainda a brincar sem medo de nada. Depois ele viu a esposa Lavínia e os filhos. As lembranças vinham em sua cabeça como a síntese de toda uma vida. As recordações faziam com que ele risse e chorasse. Agora em seu peito não havia espaço para pensar nos assaltantes e no dinheiro do banco que com eles foi levado. Só aquelas lembranças é que preenchiam aqueles seus pensamentos. Aos poucos ele foi sentindo tudo ficar distante. Os funcionários presos nos banheiros saíram e o levaram rápido para um hospital. As recordações de Augusto César foram sendo apagadas por um aperto no peito e uma falta de ar que parecia querer definitivamente sufocá-lo. Aos seu lado, pessoas viam em sua face momentos finais de desespero. Seus olhos se arregalaram parecendo temerem se fechar para sempre. O seu sangue escorria nas mãos de um colega que o segurava. Os seus pensamentos, ainda que ínfimos, persistiam. E Augusto César se foi assim: pensando em algo que ninguém além dele mesmo poderia dizer o que foi. Os seus pensamentos se apagaram e os seus olhos sem mais nada enxergar continuaram abertos e só foram fechados por um médico no hospital, que confirmou que aquele homem estava verdadeiramente morto.

A notícia chegou logo ao ouvido da família. Dr. Adolfo, ainda abatido pela separação de Dayane, agora recebia aquela notícia que lhe completava de sangrar o coração. O seu filho morrera em um banco pertencente a terceiros e exercendo uma mera função de gerente. Se ele tivesse se interessado pelos negócios do pai e tomasse a frente das empresas, isso não teria acontecido. Dr. Adolfo se lastimava com a tragédia que o filho fizera com a própria vida. Contudo, agora não havia lamentações que trouxessem aquele homem de volta. No outro dia à sua morte, já havia um novo gerente em seu lugar. E, ali mesmo naquele canto de banco onde Augusto César tombou já quase morto, pessoas novamente pisavam para movimentarem o dinheiro que serviria para comprar os bens que alimentam nossa fome de consumo, ou até para comprarem armas que servissem para matar miseráveis em cantos escuros de bairros pobres daquela cidade.

No enterro, a família e amigos seguiam em soluços. Lavínia chorava aflita; mas, no fundo de sua consciência, uma voz dizia que aquela morte tinha vindo na hora certa, pois assim ficaria mais fácil para ela seguir a vida ao lado de Di Santos e enfrentar o preconceito social. E bem que Di Santos desejou ir com Lavínia naquele funeral, mas ela não permitiu. Ela achava que não cairia bem aparecer no enterro do ex-marido – do qual ela não havia ainda se divorciado definitivamente – com um amante. Essa barreira seria quebrada depois que todo aquele sentimento tão presente de perda se esvaísse, desaparecesse no tempo assim como brisa que se perde ao tentar cruzar prédios altos de uma metrópole.

Se Lavínia estava deixando para enfrentar o seu problema a posteriori, os policiais delinquentes, ao contrário, decidiram resolver naquele mesmo dia do assalto o que tramaram fazer com a gangue do "Fi de Queno". Eles perseguiram a gangue após o roubo e tentaram encurralá-los em um matagal para ali eliminá-los. Mas, o "Fi de Queno" estava desconfiado e mandou que os comparsas se colocassem em posição estratégica e de armas apostas para evitar uma surpresa. O carro de quatro portas com vidros escuros ficou estacionando na entrada de um matagal. O "Fi de Queno", Escadinha e outro comparsa saíram do veículo e se esconderam para esperarem os policiais. Outros dois assaltantes ficaram à frente do automóvel e outro ao volante. Os policiais delinquentes se aproximaram com um carro de placa fria e, de surpresa, metralharam o carro e os bandidos que perto deles estavam. Sem saberem que outros três marginais se encontravam escondidos no matagal, os policiais se aproximaram do veículo pensando que todos estavam ali mortos. Foram então recebidos, também, à bala, pelos outros três bandidos. Um dos policiais ainda conseguiu atingir um dos marginais que tombou morto. Sobraram o "Fi de Queno" e Escadinha. No final daquele tiroteio, um saldo de três policiais e quatro assaltantes mortos. Os dois bandidos fugiram dali e dividiram o dinheiro. O "Fi de Queno" se despediu de Escadinha alguns dias depois dizendo que iria sair do Estado e levaria com ele a mulher que ele tirou do prostíbulo. Agora ele não seria mais um ladrão. Enfim o seu sonho de viver sem ter que matar e amar sem ser odiado iria se concretizar. O "Fi de Queno" partiu com a mulher que amava. Antes disso, ele deu um bom dinheiro ao pai. Queno não queria aceitar aquele dinheiro que ele sabia ser sujo. Mas o filho que dizia estar deixando a marginalidade insistiu, a viúva que agora morava com Queno o pressionou e ele acabou aceitando. Com aquelas moedas roubadas, ele montou uma mercearia e passou a trabalhar para si próprio. O outro marginal, Escadinha, seguia sozinho esbanjando o que ganhara do assalto. Por um instante passou em sua cabeça deixar a marginalidade de lado. Mas, algo forte o cegava e não permitia que ele deixasse de fazer aquilo que aprendera quando ainda era criança. O seu codinome é Escadinha justamente porque ele, desde quando tinha apenas oito anos, andava com uma pequena escada para poder saltar os muros das casas do local onde morava e fazer pequenos roubos. Ele não conhecia o pai e, àquela época, a sua mãe foi morta vítima de um golpe de faca desferido por um amante. Ele cresceu naquela vida e as ruas passaram a ser sua casa. Preso já havia sido várias vezes e ainda estava sendo procurado pela polícia. Naqueles dias que se sucederam ao assalto, Escadinha seguia só e triste. Ele pensava que se há anos a sua mãe não tivesse sido morta e ele não ficasse sozinho nas ruas, talvez ele não fosse aquele marginal que era. Naqueles dias, a cabeça daquele jovem homem confundia-se entre o desejo de deixar o roubo, a certeza de que só sabia roubar e a falta do carinho de uma família ou de amigos. Na mente daquele ladrão, o que prevalecia era o medo que ele sentia de tudo e de todos. Era como se fosse o mundo contra ele e a vida de todas as pessoas a favor de sua morte. Semelhante a uma ostra, o marginal escondeu-se dentro de si mesmo e o seu único companheiro era o seu próprio batimento cardíaco que parecia soar as palavras que estavam presas em sua garganta:

Menor abandonado

Agora eu sou só
Todos os aliados na batalha já morreram
Ao redor são só inimigos.

Agora é só eu
O meu último companheiro
Morreu entrepassado
Por um míssil que era meu
Para o meu peito.

Agora é só eu
E além do campo ser minado
Eu carrego uma bomba em mim.

Agora eu sou só eu
E para não morrer sem ser morto
Eu preciso comer os corpos
Vivos
Mortos.

E beber os sangues
Podres
Das escórias.

Agora é só eu
E todos os outros querem me matar.

E eu
Preciso roubar seus segredos
Decifrar suas estratégias
Para pegar
Minha vida
De volta.

Agora eu sou só eu
Mas há muitos anos atrás

62 As coisas pareciam estar verdadeiramente tomando rumos definitivos para Chico Estrela. Tom Braz, conforme havia planejado com o pistoleiro por ele contratado, iria dar um fim na vida do sertanejo. Em um daqueles finais de semana em que Chico Estrela saiu à noite com a secretária Audi para viverem a alegria da cidade, o pistoleiro o perseguiu para no momento certo executar o seu plano de morte. Naquela noite, Chico Estrela e Audi dançavam ao som de músicas baianas em uma das praças do pelourinho. O povo se misturava em um vai-e-vem de ritmos e danças. Eram pessoas nativas e vindas de outros cantos do mundo. Turistas vindos de regiões frias viviam ali dias de temperatura elevada e nas noites aproveitavam o calor dos corpos suados de danças e refrescados pela brisa discreta. Ali, naquele canto de festa, o sertanejo vivia momentos que provavelmente seriam os últimos de sua vida. Por muito tempo ele sonhou com o poder para si e com a justiça social para todos. Coragem ele teve e foi em busca dos seus sonhos. Batalhou, passou miséria, teve competência, um pouco de sorte e enfim chegou a um ponto de sua andança que parecia indicar que os seus planos de homem que quer o mundo iriam dar certo. Àquela altura de sua andança, Chico Estrela não tinha do que se queixar. Com aquela ONG em suas mãos, dificilmente ele não iniciaria uma carreira política promissora. Contudo, após todo aquele esforço e já com todas aquelas conquistas, uma força oposta, contrária àquele homem, estava ali, manifestando-se secretamente e iria de uma vez por todas acabar com sua vida.

Porém, no meio de toda aquela noite em festa, nem tudo era plano de morte: Ali, a alegria era o que imperava. E onde há alegria existe também amor e felicidade. E isso era o que Lavínia e Di Santos vivenciavam. Ela assumiu aquele romance e, definitivamente, estava disposta a enfrentar o preconceito social. Os dois estavam morando juntos e ela superava bem o olhar desconfiado dos familiares e de alguns amigos ao saberem que o seu amor tinha a tez negra. Agora ela não sentia mais vergonha ao sair com Di Santos e chegava até a se sentir um ser de espírito superior ao perceber que muitas pessoas não tinham a sua capacidade de ver aquele relacionamento com naturalidade. Os filhos de Lavínia levaram um bom tempo sem aceitar aquele amor. Mas, os dias passaram e eles acabaram se aproximando de Di Santos, aceitando a sua amizade e por fim esquecendo qual era a sua cor. Tudo para Lavínia estava bem. Ela que imaginou que nunca seria capaz de viver com um homem negro, com um rastafari, agora se sentia feliz justamente ao lado de um. Tudo com eles estava perfeito. Era como se o tempo tivesse mostrado que tudo pode mudar, tornar-se diferente.

E foi também o tempo que fez com que coisas se transformassem na vida de uma outra mulher. Acácia, a amiga de Lavínia, vivera um bom tempo com o seu amor também rastafari. Foi ela quem fez a cabeça de Lavínia para se separar do marido e aceitar sem preconceito o amor de Di Santos. Mas, o tempo, sempre ele, agiu sobre as vidas, fez com que o amor de Acácia pelo seu homem acabasse. Agora, o som tocado por ele nas noites de baile já não lhe encantava mais. Era como se os acordes de suas músicas não fossem mais doces como antes. Aos poucos, ela começou a deixar de acompanhar o seu amor músico aos bailes a beira mar. Quando ela forçosamente o acompanhava, a brisa marítima que balançava as palmeiras e batia em sua cara não trazia mais aquele feitiço bom de antes. Agora, aquele vento da noite trazia consigo uma maldição que deixava Acácia sentindo-se mal e tendo a certeza de que verdadeiramente o seu amor por aquele homem havia acabado.

Ao se encontrar com Lavínia, Acácia contou o que vinha acontecendo em sua vida:

— Olá Lavínia! E o seu casamento com Di Santos, sai ou não sai?!

— Não! Eu e Di Santos conversamos sobre isso e tanto ele quanto eu achamos melhor vivermos do jeito que estamos vivendo agora: sem casamento que nos prende a um contrato formal. Mas... diga-me, e você com o seu amor?

— Nós não vamos nada bem! Eu acho que não há condições de um relacionamento desse dar certo. Pelo menos para mim não!

— Como assim?! Eu não estou entendendo!

— É que, queiramos ou não, existe uma discriminação de cor muito grande na nossa sociedade. E nós que pertencemos a uma classe social, que é composta por uma maioria branca, sabemos bem disso. Para mim poder ficar com um homem de cor negra, eu tive que fazer um esforço muito grande para superar o preconceito. E, apesar de tudo o que eu fiz, eu pude perceber que não há condições de dar certo. Eu acho que branco tem que viver com branco e negro com negro, sem miscigenação.

Lavínia ficou assustada e decepcionada com as palavras da amiga. Logo ela que tanto defendia justamente o contrário do que agora estava falando.

Esforçando-se para não ser indelicada com Acácia, Lavínia discordou:

— Eu não concordo com você! O preconceito eu sei que existe. Mas, não é porque algumas pessoas são preconceituosas que eu vou ser também. Eu me apaixonei por Di Santos e quero viver ao lado dele. Isso que é importante! É claro que há dificuldades para enfrentar a sociedade. Todavia, se é com ele que eu quero ficar, eu tenho que enfrentar todas essas barreiras.

A discussão entre as duas prosseguia. Suas palavras eram signos de seus pensamentos. E esses pensamentos eram reflexos de sentimentos vividos por aquelas mulheres. O tempo, os sentimentos e as palavras. Esses três elementos mostravam-se como se fossem partes de uma história que não possui início, nem meio e nem fim. É uma história que simplesmente acontece: os sentimentos existem, mas o tempo tem o poder de transformá-los; e as palavras são as expressões finais dessa transformação. E, definitivamente, o que havia acontecido nos pensamentos de Lavínia e Acácia foi uma transformação, uma modificação que fez com que uma passasse a aceitar a mistura de raças e a outra rejeitasse. Porém, isso era o que se via naquele momento. O tempo, apenas o tempo, poderia dizer se isso seria definitivo. Como o tempo está aí presente e ao mesmo instante ainda por chegar, nada pode ser considerado definitivo. O que pode se dizer é que Lavínia seguia, prosseguia feliz com o seu amor de cútis negra e Acácia deixou o seu de lado e agora esperava que outro de cor branca surgisse de algum canto da nossa dimensão.

63 Na noite em que o pistoleiro tramava matar Chico Estrela, o movimento de tudo prosseguia natural. Naquela noite de alegria em que muitos se divertiam, em cantos escuros da cidade outros rangiam os dentes devido a sentimentos penosos como fome, dor e saudade de amor ingrato. E este último exemplo era o caso de Dayane. Naqueles dias que se seguiram à conversa que ela teve com Chico Estrela, tudo se tornou um pesar. Um sentimento de decepção assolava o seu espírito de mulher apaixonada. Contraditoriamente ao seu amor, ela sentia ódio de Chico Estrela por não a ter aceitado após ela haver terminado com Dr. Adolfo. Naquela noite em que multidões de pessoas rompiam a madrugada em festas pelos *points* da cidade, Dayane virava-se sozinha em sua cama de saudade. Acordada, ela vivia aquele pesadelo de se sentir rejeitada pelo sertanejo. O único consolo que ela tinha era o de confiar naquele homem e ver nele uma liderança sincera e preocupada com o povo. Ela se orgulhava de Chico Estrela e até pensava que valeria a pena esperar que ele fosse primeiro eleito para depois poder voltar para os seus braços. Mas, naquela noite que Dayane passava acordada, a única coisa que ela via era a escuridão do seu quarto que mostrava de maneira bastante clara os seus sentimentos:

Insônia

O que me passa
Nessa noite de insônia
São casas no campo
Habitadas por ninguém
No meu eu vazio
De movimento encantado
De conversa na sala
E na varanda estrelar.

O que me passa
Nessa noite de insônia
É agonia ingrata
É transcendente a mim mesmo
E explode de mundo
Esse meu cantinho de coração
Quase desritmado

O que me passa
Nessa noite de insônia
Nessa mensagem medonha
Que me atormenta de insossego
Que me oculta o segredo
Que eu já canso de saber?

O que me passa
Nessa noite de insônia
São coisas da vida
São rédeas de feridas
Guiadas por ninguém.

Uma noite-insônia
É o que não passa.

Aquela noite não estava sendo de insônia apenas para Dayane. Um outro coração sofria acordado e saudoso. O velho empresário que longos e diversos caminhos já havia percorrido em sua vida, agora cruzava novamente por uma via que ele nunca mais passara. Tratava-se da estrada da paixão ausente. Um homem que chegara aos mais setenta anos e que fora casado por quarenta, sentia o seu coração como há meio século: vivendo a saudade dolorosa e ao mesmo tempo doce de um amor ingrato. O coração de Dr. Adolfo vivia mais uma vez esse sentimento mágico e tão contraditório que é a saudade. Na mente do velho empresário, vinha a lembrança dos seus dias ao lado de Dayane e do amor de menina nova que ela soube lhe dar. Aquelas recordações faziam o velho delirar de prazer. Era como se ele estivesse vivendo tudo aquilo de verdade. Mas, à medida que a realidade vinha à tona, o doce daquelas recordações tornava-se fel e fazia com que aquele peito de idade já avançada sofresse. O seu coração de homem que muito dinheiro ainda pretendia acumular batia firme, porém dolorido de angústia e falta daquela mulher com jeito de menina. Ele ainda se humilhou e procurou Dayane via telefone, mas ela deixou claro que não tinha como voltar atrás. A sua decisão era definitiva. Agora ela estava sem Chico Estrela e Dr. Adolfo estava sem ela. E seria assim que iria continuar. Dias e noites passavam e o coração do empresário batia em um tom de protesto. Era como se ele quisesse reclamar e ao mesmo tempo agradecer por aquelas noites de saudade:

Saudade

Saudade! quem já sentiu sabe!
Já conheceu seus lados opostos de prazer e dor
O seu côncavo colorido
E o seu convexo sem cor.

Saudade! quem já sentiu sabe!
Da sua forma alegre e inconsequente
Da sua solidão gostosa
E do seu gozo demente.

Quem já sentiu não se nega
Que ela é leve feito brisa
Mas que seu corpo pesa
E o seu doce-amargo mata.

Saudade! quem já sentiu sabe!
Do arrepio n'alma
Da luz forte e das cores
Sem brilho e sem pintura.

Saudade! quem já sentiu sabe!
Conhece a lágrima discreta
E já sorriu sozinho na madrugada.

Saudade! quem já sentiu sabe!
E quem nunca sentiu não perdeu nada
A não ser um pedaço de sentimento...
Uma parte da vida.

64 A noite de festa para Chico Estrela e Audi estava se encerrando. Definitivamente, o pistoleiro contratado por Tom Braz estava em seu encalço. O assassino perseguiu o sertanejo por toda a noite e esperou o momento em que ele saísse da festa para aí então matá-lo friamente. Chico Estrela mais Audi se dirigiram para o apartamento dela. Naquela noite, ambos pretendiam viver momentos de prazeres a dois. O assassino seguiu o automóvel de Chico Estrela. Pelas ruas, eram vistos casais e pessoas solitárias. Fora do calor da multidão, sentia-se a brisa do mar que soprava um pouco mais forte do que o comum. O céu estrelado foi dando lugar a um grande quadro negro devido às nuvens que se formavam. Chico Estrela comentou com Audi que iria chover. E não demorou muito para que a sua premunição ocorresse: uma grande torrente d'água caiu em cima daquela cidade encantada. O pistoleiro aguardava agora que Chico Estrela parasse no primeiro sinal vermelho para que ele executasse a sua tarefa. Parecia que não teria mais saída para o sertanejo. Enfim, ele encontraria o desenlace de sua vida em uma esquina molhada por uma chuva de verão e pelo seu próprio sangue que ali escorreria. Dessa vez não havia nada para impedir que aquele homem sonhador tombasse morto naquele asfalto encharcado. Agora não haveria sonhos de igualdade social nem vontades de poderio. Agora nada seria como fora há tanto tempo planejado. Agora não teria mais importância aqueles valores ideológicos preservados em si mesmo com tanta lealdade. Agora não haveria mais contradições naquela vida tantas vezes contraditória. Agora não haveria mais o ressentimento consigo mesmo ou com homens poderosos como ele desejava também ser. Agora não haveria sertão seco nem a cidade banhada por um oceano. Agora não pesaria mais a difícil escolha entre o amor de Dayane e a carreira política. Agora não haveria amor nem ódio. Agora não haveria mais agora. Agora seria o fim.

Um cruzamento se aproximava e o sinal vermelho surgiu adiante de Chico Estrela. O pistoleiro parou o seu automóvel um pouco à frente do carro do sertanejo e com uma pistola automática disparou cinco tiros. O peito do homem do sertão que tantos sonhos carregou agora estava vazio e levava apenas ferimentos graves e um amontoado de chumbo. A secretária Audi teve sorte e apenas um tiro de raspão pegou em seu braço. Ao ver Chico Estrela todo entrepassado por balas, ela pensou estar vivendo um pesadelo macabro. Ela rezou para acordar daquele tormento, mas não havia jeito. Aquela desgraça estava acontecendo bem real, ali ao seu lado.

O pistoleiro fugiu à disparada e afoitamente. A poucos metros do local do atentado e à vista daqueles que o viram atirando, o seu carro derrapou nas poças d'água que se formaram com a chuva e foi de encontro a um poste. Pessoas que ali estavam informaram à polícia que fora aquele homem que praticara o atentado. O assassino, ferido pelo choque do impacto, foi preso em flagrante. O corpo do sertanejo ainda vivo foi levado às pressas para um hospital. Agora seria vida ou morte. Os médicos informaram que as chances eram poucas. Audi foi medicada e só ficou no hospital porque não iria sair dali enquanto Chico Estrela lá estivesse. O ferimento que ela sofrera no braço nada doía se comparado ao golpe pelo qual o seu coração passava. O homem que ela amava estava ali em uma Unidade de Terapia Intensiva. E, naquele momento de tanta aflição, não restava nada a fazer a não ser torcer para que Chico Estrela escapasse. Ali, naquele leito de hospital, estava a linha divisória entre o seguir e o parar, entre o continuar fazendo e o ser de uma vez por todas desfeito, entre a vida e a morte. Não havia nada que a secretária Audi pudesse realizar para ter o seu amor inteiro, presente em corpo e espírito. Nada! Apenas nada seria o que Audi executaria para que o seu homem continuasse vivendo, construindo seus sonhos, sua vida, sendo tudo.

Enquanto os médicos tentavam salvar Chico Estrela, em um outro canto da cidade policiais tentavam descobrir o porquê daquele atentado. O pistoleiro estava sendo interrogado e não foi difícil para que a polícia arrancasse dele toda a verdade. Sabendo da história, os policiais foram atrás de Tom Braz e o levaram detido. Ele negou tudo. Mas os investigadores o conduziram para uma sala fechada e usaram ilegalmente um daqueles métodos que faz com que o sujeito que tenha pavor à dor diga rapidamente o que o interrogador quer ouvir. Ele confirmou tudo. E para complicar, o pistoleiro estava com um cheque seu referente ao pagamento pelo serviço. A notícia se espalhou e a imprensa passou a dar notoriedade ao caso. Naqueles dias em que se seguiram ao atentado, todos os meios de comunicação comentaram a respeito do que acontecera com Chico Estrela. Aquele atentado passou a ser a "bola da vez" na imprensa. A expectativa era sobre o desfecho daquele caso que, com grande probabilidade, terminaria em morte.

Com aquela polêmica em torno do atentado ao presidente da ANA, uma coisa começava a ficar perfeitamente clara: Chico Estrela agora era um homem conhecido em todo o país. Como um marketing de morte, aquele atentado fez com que a popularidade tão requerida por ele para poder construir a sua carreira política, chegasse de forma rápida e poderosa. Se ele sobrevivesse àqueles furos em seu peito, agora sim ele poderia dar por certa a sua eleição para deputado federal.

Os dias passavam. Várias cirurgias foram feitas e o sertanejo seguia ainda vivo, mas desacordado. Tom Braz confessou que mandou matar aquele homem pois desejava assumir a presidência da instituição. Isso fez com que Chico Estrela começasse a ser tratado como um herói. Um herói quase morto!

O tempo passava. A dor no peito das pessoas que gostavam do sertanejo era mais forte do que a daqueles ferimentos tão graves e prestes a tirar uma vida. Dayane sofria. Audi sofria. A vida de Chico Estrela minguava. A máscara de oxigênio e todos os aparelhos utilizados para tentar salvar a vida daquele homem o deixava com um aspecto robótico. A sua aparência era a de um ser cibernético que dormia em sua cama futurística. Logo aquele homem que viveu no sertão seco da Bahia e teve ao seu redor as coisas simples daquela terra agreste, estava ali rodeado de máquinas que chegavam a impressionar. Agora, o que ele tinha junto a si não era o pasto seco, nem os cactos de espinhos, nem os abutres que rondavam as carnes dos que não resistissem. Ali, naquela UTI, não se via o Sol crescer no céu azul e queimar impiedosamente as folhas verdes que desejassem brotar. Ali, naquele leito de vida ou morte, não se tinha a noite fria daquela terra de dia quente e não se via a Lua brilhar feito esmeralda em um céu coberto de estrelas assanhadas. Ali, bem ali naquele leito de sofrimento, havia apenas um homem que lutava inconscientemente contra a morte. Era como se fosse uma queda de braços em que hora a vida, hora a morte estivesse prestes a vencer.

A noite entrou em silêncio. Ouvia-se apenas os aparelhos e a respiração ofegante de Chico Estrela. Em seu subconsciente, a batalha entre a vida e a morte prosseguia. Era como se fosse a luta entre o desistir e o continuar. Daquele homem não se via nenhuma resposta ou movimento. Mas, os seus fracos batimentos cardíacos soavam como se quisessem descrever a batalha travada em seu inconsciente:

Alguém em meu quarto

Existe alguém em meu quarto
E esse alguém não sou eu
Ele sonha acordado
Com caravelas ao vento
E sonhos que eram meus.

Existe alguém em meu quarto
Que desistiu de viver
De andar na calçada

De ser
Ser.

Existe alguém em meu quarto
Que se sente exausto
Que se ver apanhar
Ser castigado com injustiça.

Existe alguém em meu quarto
E ele é cético
Desacreditou de si mesmo
Desarrumou a mala
E a guardou da viagem da vida.

Existe alguém em meu quarto
E por um instante
Ele se olhou no espelho
E me viu em seu leito.

Existe alguém em meu quarto
Precisando de um peito
Suplicando amor
E que naquele instante fraquejou.

Mais do que nunca ele precisa de si
Naquele momento próprio
De desacreditar.

Eu acho que era eu
Sem mim.

65 Naquele mundo de homens animais nem sempre racionais, seguia-se sem se concluir o que é absolutamente certo ou o que é absolutamente errado. Naquele plano de universo nada erra dito como absoluto e perfeito. O que se tinha diante de cada homem e de cada verme que perambulavam pelas calçadas das cidades nuas, era apenas o viver, o passar de uma existência que uns diziam ser exclusiva e outros afirmavam ser apenas um estágio de uma vida maior. A única coisa que se podia afirmar diante daquele universo tão diverso, é que ele prosseguia o seu rumo.

E era nesse prosseguir que estava o "Fi de Queno", o marginal-menino que furtava o mundo e depois de um assalto bem-sucedido vivia as delícias da vida gastando o dinheiro roubado e amando a sua mulher querida.

Após aquele assalto, o "Fi de Queno" viajou para outro Estado com a finalidade de ficar longe de uma possível investigação e, também, para poder assentar a sua vida em um novo horizonte sem roubo e sem marginalidade. Ele realmente estava conscientemente afastado daquela vida de furto. Depois de alguns meses longe da Bahia, o "Fi de Queno" retornou com a disposição de viver com a sua amada. Ali, ele alugou nova casa e passou a percorrer a sua caminhada de paz.

Mas, nem tudo é simples assim: o resultado daquele assalto foi trágico para muitas vidas. Três policiais desertores e um gerente de banco, além de quatro marginais, foram mortos. A polícia estava investigando a fundo os executores daquele crime. Da gangue, só restavam o "Fi de Queno" e Escadinha. E se as investigações chegassem aos culpados, certamente chegaria a eles dois.

Poucos dias após ter voltado da viagem, o "Fi de Queno" recebeu uma visita surpresa:

— Meu grande colega! Eu pensei que nunca mais fosse te ver nessa vida!

— Escadinha?! Como foi que você ficou sabendo onde eu moro?!

— Ora colega! Essa cidade não é tão grande assim. Eu vi a sua noiva em um shopping e decidi segui-la, pois sabia que ela viria para onde você está. Eu não quis me apresentar a ela e perguntar por você, pois eu fiquei achando que ela não iria querer me dizer onde você está morando.

O "Fi de Queno", decepcionado por receber a visita daquele seu ex-comparsa de crime, respondeu:

— Você tem razão. Eu havia avisado a ela que evitasse qualquer contato com pessoas na rua. Você sabe que eu não vou praticar mais nenhum assalto e, além disso, aquele último que nós fizemos ainda está recente e existe muito perigo da polícia descobrir tudo.

O "Fi de Queno" não queria ser encontrado, mas agora não havia mais jeito: Escadinha já sabia da sua morada e estava agora ali, contando-lhe dos seus crimes:

— Para mim, aquele assalto ao banco não foi o último não. Depois dele eu já fiz uns servicinhos em uns supermercados e vou continuar fazendo muito mais!

— Você está maluco! O dinheiro que você ganhou com o assalto ao banco daria para viver bem sem precisar roubar.

Escadinha, sorrindo e ajeitando o revólver que estava na cintura sob a camisa, disse:

— Eu não vou deixar essa vida nunca. Eu tenho uma coisa dentro de mim, como se fosse uma sina que me guia em direção ao roubo, aos bens alheios. Para mim, nada importa nessa vida: nem a família que eu não tenho, nem o mundo que para mim não existe. A única coisa que eu quero continuar fazendo é roubar, curtir, ter as mulheres que o meu dinheiro compra e matar quem tentar me impedir.

Percebendo que Escadinha estava drogado com alguma coisa, mas sabendo que ele falava o que verdadeiramente sentia, o "Fi de Queno" tentou um conselho:

— Pelo amor de Deus! Sai dessa vida enquanto há tempo! Você viu os nossos quatro colegas como se acabaram. O mesmo vai acontecer com você, caso não pare de roubar.

Com os olhos vermelhos, o ladrão que odiava o mundo e que nele só sabia roubar, falou com voz trêmula e olhando para o chão que parecia mostrar o retrato da família que ele não teve, do irmão com o qual ele não brincou, do pai pelo que ele não esperou chegar em casa e da mãe que ele viu sendo morta:

— Eu não tenho medo de morrer. Na verdade, eu vejo a morte como uma coisa boa. Enquanto eu puder defender a minha vida, eu vou defender sim. Mas, eu sei que em um desses tiroteios com a polícia eu vou acabar sobrando. Isso vem acontecendo com muitos bandidos e não vai ser diferente comigo.

Realmente nada fazia sentido na vida daquele ladrão que continuaria, não se sabe até quando, furtando o mundo. Naqueles dias subsequentes à primeira visita à casa do "Fi de Queno", Escadinha retornou outras vezes. O "Fi de Queno" não estava gostando daquelas visitas, pois achava arriscado demais. Mesmo assim, a amizade do ex-comparsa o dominou e ele acabou se desligando daquela preocupação com a segurança. Agora, o que importava para ele era amar a sua mulher e planejar a sua vida fora daquele mundo de assaltos.

66 Enquanto o "Fi de Queno" gozava o seu renascer para a própria vida, Chico Estrela sofria naquele leito hospitalar como que em um estágio final. Para as pessoas que o visitavam, a sua imagem era a de um ser inerte, sem movimento que mostrasse sinal de vida. Porém, aquela aparência definitivamente em nada mostrava o que se passava no inconsciente daquele homem enfermo. No mudar de cada segundo, mil coisas passavam naquele cérebro de homem desfalecido. Era como se fossem histórias contadas por outras pessoas e assistidas e questionadas por ele. Naqueles casos que se passavam no seu inconsciente, o questionar era a coisa mais presente. Era como se inconscientemente o sertanejo desejasse saber o que ele é e porque é. Naquele cérebro confuso, mensagens eram processadas como em uma grande central de computador. E, em um instante, no meio da madrugada, uma folha era impressa com palavras que afirmam, mas questionam o que desejam conhecer. Era como se fossem signos opostos que mostram os lados desconexos de um ser único:

Enigma sem mistérios

Descobrir um enigma dentro de mim

Enquanto no inconsciente de Chico Estrela se passavam todas aquelas indagações e respostas sobre ele mesmo, ali ao seu lado pessoas que lhe queriam bem faziam vigília esperando que ele sobrevivesse. A secretária Audi e Dayane eram as que mais se faziam presentes naquele hospital à espera da recuperação do sertanejo. Outras pessoas chegavam ali também para verem o enfermo. Em uma noite de visitas, Dr. Adolfo apareceu acompanhado de outros companheiros políticos. O velho empresário estava apreensivo. Ele sabia que, com toda aquela repercussão em torno daquele atentado a Chico Estrela, a eleição para deputado federal já era certa. Mas, ele já estava pensando no novo nome para assumir a presidência da ANA caso Chico Estrela viesse a falecer —Tom Braz já estava fora. A vida do sertanejo era importante para Dr. Adolfo; porém, mais importante ainda naquele momento para o empresário era assegurar a eleição de mais uma pessoa sua para a cadeira na Câmara de Deputados.

Naquela noite em que Dr. Adolfo estava ali apreensivo, a sua ex-nora Lavínia chegou acompanhada de Di Santos e da amiga Acácia. Enquanto todos aguardavam o boletim médico acerca da situação do enfermo, Dr. Adolfo entrou em conversa com Acácia. Aquele velho que estava com o coração abalado pela perda de Dayane, tentava não demonstrar a sua inquietação diante da presença dela ali naquele local. Mas, a conversa com Acácia foi lhe dando gosto e em pouco tempo ele começou a ver naquela mulher algo que lhe tirava daquele sofrimento por um amor não correspondido. O jeito alegre e extrovertido de Dr. Adolfo combinava com Acácia que era uma mulher de poucas barreiras e disposta apenas a encontrar um novo amor para a sua vida. O diálogo entre os dois prosseguia e, como não poderia deixar de ser, eles acabaram entrando em detalhes de suas vidas pessoais. Acácia, sem se preocupar com qualquer tipo de discrição, foi em cima da ferida que mais doía no espírito daquele velho empresário:

— Eu soube que o seu casamento com Dayane foi desfeito na última hora. É uma barreira enfrentar uma coisa dessas, não é?!

— É sim! Porém, existem coisas que acontecem em nossas vidas sem que nós desejemos, mas que acabam sendo boas. E isso que ocorreu entre mim e Dayane é um exemplo. Eu queria me casar com ela, mas a distância entre os nossos mundos é muito grande. Ela é praticamente uma adolescente e eu... você está vendo! Eu desejo encontrar sim uma pessoa, mas que seja bem mais madura do que Dayane. Assim, eu creio que tudo possa dar certo.

A conversa entre os dois prosseguia e Acácia foi enxergando naquele homem algo que ela jamais imaginaria ver. Ela não era ambiciosa como Dayane e não iria à caça daquele empresário por causa do seu dinheiro. Todavia, viver uma experiência amorosa com ele e levar uma vida diferente da que ela era acostumada, surgia como algo bastante tentador.

O médico apareceu para fornecer o laudo sobre o estado de saúde de Chico Estrela. Todos pararam e ouviram a notícia de que a situação daquele homem era gravíssima, mas estável. Tudo que poderia ser feito eles realizaram. Agora só restava que ele reagisse, mas as chances eram remotas.

Todos foram embora dali com um grande pesar. Audi e Dayane saíram sofrendo com a possibilidade de perderem aquele homem que elas amavam. Dr. Adolfo saiu planejando uma nova estratégia para a escolha de um novo nome para ficar à frente da presidência da ANA. E acácia saiu pensativa e encantada com a possibilidade de encontrar um novo amor para o seu viver.

Todos foram para as suas casas com os seus sentimentos e desejos. A noite trazia o céu que se mostrava estrelado e com uma Lua que brilhava sobre tiras de nuvens espessas no espaço. O mar bradava nas praias em forma de ondas e sobre a sua brisa pássaros noturnos cruzavam por entre os prédios de aço e cimento. Como um eco longínquo, em cantos da cidade, ouvia-se o som dos atabaques que soavam para os deuses, para os orixás encarnados em homens e mulheres nos terreiros de candomblé. Ali, via-se as danças dos caboclos, os rituais sagrados e a fé de um povo em uma religião ainda injustamente desrespeitada por muitos.

67 Em um cantinho daquela cidade coberta de feitiços, estava um homem que vivia a magia de uma nova vida. Queno, o retirante que passou fome, sofreu e viu o mundo desabar sobre sua cabeça, agora levava uma

nova vida com dignidade e esperança para os seus filhos ainda jovens, com exceção do mais velhos que caiu no mundo do crime e que não se sabe se realmente iria deixar a marginalidade de lado. Queno estava morando com a viúva e trabalhava para si mesmo em uma mercearia que montou com o dinheiro que o filho lhe deu. A mulher estava grávida e a sua barriga despontava para o mundo como que querendo desafiá-lo. Agora aquele homem que tanto sofreu poderia aguardar aquela criança com a esperança de poder dar a ela uma vida de dignidade. Isto porque o seu filho marginal havia lhe dado aquele dinheiro não digno, mas que sem dúvida alguma lhe tirou da situação de miséria em que se encontrava. Agora nada pesava na consciência de Queno por ter aceitado aquele dinheiro. Naquela situação em que se encontrava, escandalosamente marginalizado como a maioria na sociedade de Terceiro Mundo, ele não poderia recusar aquela pecúnia. Pensando dessa forma, Queno ia traçando o seu novo viver ao lado da sua paixão. A única coisa que lhe feria ainda o peito era a incerteza quanto à vida do filho marginal, que a qualquer momento poderia tombar morto em um canto escuro da cidade que a todos acolhe – De forma desigual, mas acolhe!

E dentro daquela metrópole que a todos guardava, estava o negro artista que vivia os encantos de um relacionamento com Lavínia. Enquanto o caso de amor com aquela mulher estava sendo mantido em segredo, tudo corria natural com Di Santos. Mas, após aquele relacionamento se tornar aberto e todos terem conhecimento, muitos problemas começaram a surgir para aquele homem. A questão é que ele era um dos líderes do movimento negro e muitos dos componentes daquela organização não aceitavam aquela mistura de raças. Di Santos argumentava dizendo que, quem defende a não discriminação não pode se opor a um relacionamento entre negro e branco ou quaisquer outras raças. Grande parte dos componentes do movimento negro concordavam com Di Santos e não viam nada demais naquele relacionamento; ao contrário, achavam que ele servia para mostrar aos mais radicais que tudo é possível quando não existe segregação.

De qualquer maneira, mesmo tendo o apoio de outros companheiros, Di Santos sentia-se confuso ao ter que conciliar aquela forma de movimento negro, que ele tanto defendia, com a vivência no meio de uma sociedade que olhava para ele de forma desconfiada. Isso não tão somente por ele ser negro, mas também por ele se vestir com aquelas roupas diferentes e ter aqueles cabelos trançados de rastafari.

Lavínia não chegava a pedir a Di Santos que se vestisse de forma convencional, mas aquele homem artista sentia que ela preferiria que ele jogasse aquelas roupas folgadas e coloridas no lixo para colocar as vestimentas que o mundo ocidental aceitava como normal.

Desta ou daquela forma, Di Santos ia levando a sua vida como há muito tempo já estava acostumado: sendo aceito por uns e rejeitado por outros. Era como se ele vivesse em um sistema de *apartheid* onde cada um tinha o seu espaço, a sua fronteira para além da qual não poderia ultrapassar. Era dessa forma que aquele homem dava continuidade à sua andança. Seria vestido daquele jeito e defendendo o que defendera até então que ele continuaria.

Seria dentro daquele mundo de faces opostas e de *apartheid* disfarçado que ele continuaria dando os seus passos. Seria ali que ele veria sentido em tudo que tanto defendera. Seria ali que ele, resistindo ao aculturamento da raça branca, vestiria as suas roupas exóticas e usaria as suas tranças compridas. Seria ali que ele se sentiria bem do jeito que era. Porém, seria ali também, dentro daquele mesmo mundo, que Di Santos se sentiria ridículo por defender um movimento que ele mesmo às vezes não sabia direito o que era nem para que servia. Seria ali que ele se sentiria grotesco dentro daquelas roupas fora do comum. Seria ali que ele se sentiria discriminado por ser do jeito que era.

De uma maneira ou de outra, Di Santos continuaria sendo o artista, o homem que pinta e esculpe o mundo em cores e formas. De qualquer jeito, estando bem ou mal, sendo ou não discriminado, ele continuaria realizando a sua arte que refletiria cada uns de seus momentos. E, naquele exato instante, ele estava bem, pois acreditava no que fazia e tinha ao seu lado a sua mulher, que o amava. Assim: pintando, esculpindo, acreditando, duvidando, odiando e amando é que Di Santos seguia o seu rumo, o seu andar de artista, de homem acolhido e às vezes rejeitado por aquela terra enfeitiçada por músicas e crenças.

68 Mar, Sol, som, alegria e festas: essa era a composição da receita que descrevia o lado bom daquela terra. E, naqueles dias, uma onda de energia diferente e bem mais forte do que qualquer outra parecia ir tomando conta da cidade. Em todos os cantos, todos os tipos de pessoas comentavam o acontecimento. De longe, de outros locais do país e até do planeta, vinham pessoas para venerarem aquele espetáculo. O povo da terra começava a ter o coração batendo em um ritmo mais forte. As músicas e danças da moda já eram sucesso e tomavam a todos em uma harmonia que combinava sons e movimentos. Nas praças, ruas, favelas e palácios, não se falava em outra coisa. A cidade já colorida ia tomando uma mistura de cores mais fortes ainda. Luzes e enfeites eram colocados nas ruas que iam se transformando em palcos de baile. Barracas de comida e bebidas eram montadas aos milhares. O Sol caia e subia no horizonte e os trios elétricos começavam a chegar para os locais da festa feito um comboio gigante que trazia alegria. Na imprensa, não se falava em outra coisa. Na vida das pessoas daquela terra nada era mais importante do que aquele acontecido. Agora havia chegado o grande momento tão esperado. Agora era o instante de se lavar a alma. Naqueles dias, aconteceria a revolução que tem a participação de todas as classes sociais. Pessoas de todos os credos e de todas as ideologias ali dançariam, cantariam, suariam, sorririam e chorariam de felicidade. Nada. Nada sobrepujaria o fenômeno de êxtase que ocorreria ali naquelas ruas de festa. O grande momento do povo havia chegado. Milhões de pessoas pulariam, dançariam e assistiriam o som dos atabaques, das guitarras, das vozes e dos tantos outros instrumentos que produzem som. Agora era o momento do pobre e do rico. Agora seria a vez de todos. Agora aconteceria a maior festa do mundo. Agora aconteceria a revolução que aquele povo aprendeu a fazer todos os anos. Agora era carnaval na Bahia. Só carnaval e mais nada.

E durante aquela revolução de alegria, Chico Estrela encontrava-se naquela situação de vida ou morte. Mas, naqueles dias de carnaval, uma onda de energia formava-se fazendo com que os corações das pessoas pulsassem mais fortes. E, mesmo estando há dias desacordado, parece que Chico Estrela assimilava a mensagem de alegria que a festa transmitia. O rosto do sertanejo, ainda desacordado, passou a insinuar um sorriso. Seu corpo, antes imóvel, começou a executar pequenos movimentos. No inconsciente daquele homem, enfim a vontade de viver superava a força da morte que atentava cruelmente contra ele. Naqueles dias de festa, Chico Estrela encontrou a sua fonte de força para superar aquele momento de dor. Naqueles dias de festa, o som e a dança do povo adentraram silenciosamente no inconsciente do sertanejo e lhe devolveram novamente a vida. Aos poucos, Chico Estrela foi retomando a consciência e, com a visão ainda embaçada devido à fraqueza e às drogas que recebera, ele enxergava apenas as imagens distorcidas daqueles aparelhos utilizados para salvá-lo. Naqueles primeiros instantes de consciência, um desejo forte de prosseguir conquistando o que sempre planejou invadiu o espírito do sertanejo. Naquela mistura de imagens e pensamentos era como se ele visse o desejo de vida instalado novamente em seu peito:

Páginas

Mudam-se as páginas
Para que a vida siga
Viva, renovada.

Caem as folhas
Para que se perceba o céu
A terra
O mar
O gozo oculto
O suspiro.

Crescem as flores em um estágio de renovação de vida
Para que se prossiga o então
O portanto
Do ato anterior
Atual
Futuro.

Nasce o Sol: vida
Põe-se o Sol: vida
Passam-se as folhas do livro eu
Minha vida.

No prólogo do livro, o nascer
No final do livro, o morrer
No passar dos capítulos, as mudanças de vida

Meu sorrir, meu chorar, meu gritar, meu mudar.

Quero seguir
Cego ou visivo
Inteiro ou em pedaços
Como seda fina ou como trapo.

Eu quero seguir a vida
Como segue a água de rio
Cristalina ou turva
Em caminho reto ou torto
Que caia até em ribanceira
Quem sabe a queda me deixa lindo como cachoeira!

Mas que prossiga
Até o último ato
Até o último capítulo
Até o desaguar no mar
Até a eternidade.

69 Enquanto Chico Estrela se recuperava daqueles graves ferimentos, em um outro canto da cidade o "Fi de Queno" ia também se recuperando para si próprio. Definitivamente, aquele menino-homem decidiu voltar as costas para o mundo do crime. Agora, o que importava para ele era apenas viver o amor daquela mulher, daquela ex-prostituta, daquela ex-meretriz pertencente ao mundo, aos homens que buscavam prazer. Já há algum tempo sem praticar qualquer assalto, o ex-marginal começava a ver o mundo com outros olhos. Agora era como se ele pudesse assistir calmamente e reflexivamente o filme que conta a história de sua própria vida. Quando o "Fi de Queno" parava para pensar nas loucuras que ele fez juntamente com a sua gangue, ele sem dúvida concluía que ainda estava vivo por sorte do destino. Porém, a sorte não anda com todos todo o tempo. E, se aquele ex-marginal havia tido sorte até então, parece que naqueles dias ela resolveu abandoná-lo. O problema é que o seu colega Escadinha sempre ia visitá-lo e isso era um risco, pois a polícia poderia segui-lo e descobrir onde ele morava. E de fato isso acabou ocorrendo: Depois de várias investigações, a polícia chegou até Escadinha e começou a investigá-lo para chegar também a outros marginais.

Em uma manhã de primavera, flores de tonalidades diversas brotavam por força da natureza. Suas cores enfeitavam o mundo e seus perfumes adentravam pelas narinas de homens de todos os tipos. E, naquela manhã já especial, um momento muito importante estava ocorrendo na vida do retirante Queno. A mulher que ele conhecera estava naquela manhã prestes a dar à luz a uma criança. Agora, a felicidade do retirante estava completa. Enfim, ele começava a sentir o doce da vida. Naquele início de dia, ele levou às pressas a sua amada para uma maternidade, pois a qualquer instante a criança nasceria.

Em outro canto da cidade, investigadores da polícia já estavam no encalço do marginal Escadinha. Sem perceber que estava sendo perseguido, o ladrão seguia em direção à casa do "Fi de Queno". Sem dúvida, a sorte do menino que deixou de ser ladrão, havia lhe abandonado. Quando Escadinha chegou à residência, o "Fi de Queno" sentiu algo estranho, como se fosse um vento esquisito, uma brisa fora de hora que parecia querer falar algo, avisar-lhe alguma coisa.

Os policiais pediram reforço e cercaram a casa. Logo eles avisaram que o local estava guarnecido e que era para todos saírem com as mãos para cima. Escadinha se desesperou e responde à ordem da polícia com tiros. O "Fi de Queno", naquele lapso de tempo, achou que o melhor seria se entregar sem resistência. Escadinha afirmou que não se entregaria. A amada do "Fi de Queno" chorava de medo. As flores na manhã de primavera continuavam com suas cores e seus perfumes. A mulher do retirante Queno já estava na maternidade e a sua barriga que despontara para o mundo agora parecia querer brotar feito semente que, jogada ao chão, com o tempo germina e faz florescer o universo.

O cerco da polícia permanecia. O nervosismo aumentava e a manhã de primavera continuava a ser florida e perfumada. O "Fi de Queno" decidiu se entregar e saiu à porta com as mãos para cima. Naquele instante, o marginal Escadinha decidiu, de uma janela, abrir fogo contra os policiais. Um tiroteio se formou e, no meio daquele fogo cruzado, balas da lei perfuraram o corpo daquele menino, daquele ex-ladrão que roubou o mundo e se apaixonou por uma prostituta. O corpo do menino-bandido caiu naquele chão do qual brotavam as flores de primavera. Ali, bem ali naquela frente de rua, o "Fi de Queno" viu a sua sorte ir embora e a morte chegar. O tiroteio continuou e, astuciosamente, Escadinha conseguiu fugir pelos fundos da casa. A ex-prostituta, assustada, foi levada para prestar esclarecimentos.

Longe daquela zona de bala e morte, estava o retirante com a sua esposa. Enfim, a barriga da mulher brotara para o mundo. Dali daquele ventre surgiu um novo ser, uma nova vida que habitaria aquela terra da qual saem as flores de primavera. A criança era uma menina. Era o sonho de Queno. A sua ex-esposa, que morreu no mangue em Alagados, estava grávida justamente de uma menina. Mas, a tragédia em um dia de chuva fez a criança morrer antes de nascer. Agora, os tempos de desgraça eram cobertos por aquele novo ser que trazia felicidade.

Ao saber que o filho marginal estava morto, o retirante chorava, mas sorria de alegria por presenciar aquele nascimento que lhe fazia um homem feliz e realizado. Ali, naquele dia de primavera, naquela manhã de perfumes e cores, o retirante Queno completava a sua felicidade e esperava que, com justiça, ele pudesse continuar levando a sua vida dantes tão injusta. A partir de então não haveria mais para o retirante dias de fome e sofrimento. Não haveria Alagados, nem viadutos, nem barracos de tábuas e papelão recolhidos nos lixos da cidade. Naquela manhã de primavera, Queno chorou a perda do filho, mas o nascimento de sua filhinha superou aquela perda. Perda que no fundo lhe trazia tranquilidade e paz. A garotinha recém-nascida sorriu ainda sem dentes. Queno e sua nova esposa, também ainda de bocas em parte banguelas por causa da ex-vida de miséria, sorriram com força para o universo.

Do outro lado daquele ser recém-chegado ao mundo, estava o corpo morto do menino marginal. Agora ele não roubaria mais a sociedade, não seria mais o ladrão que cruza as noites sob as sombras de luzes distantes. Enfim aquela "praga do mundo", aquela "desgraça da sociedade", encerrara a sua carreira de crimes. Agora, os "homens de bem" teriam um infeliz a menos para importunarem as suas missões de seguir acumulando dinheiro, tesouros, poder... vidas. O "Fi de Queno" mexeu com a alma do ocidente, buliu com a propriedade privada. E desrespeitar a propriedade privada nesse mundo de matéria é ser excomungado, é mexer com a alma do diabo. E, por isso, ele foi condenado e morto. As flores da primavera que colorem e perfumam o mundo foram colocadas sobre o seu caixão. E, naquele dia de funeral, a prostituta, já liberada pela polícia, seguiu aquele enterro pressentindo que ali estava sendo sepultada a sua própria vida, a sua única chance de se livrar do caminho de prostituição e miséria.

Ao sair do cemitério, a garota prostituta não quis voltar para a casa na qual morava com o "Fi de Queno", ela ficou com medo de represálias dos vizinhos e da própria polícia. Naqueles momentos, aquela mulher-menina não sabia o que fazer ou a quem recorrer. Não teve um afago sequer de um amigo, de alguém que surgisse no funeral. Ela chorou. Sentiu-se só e esquecida pelo mundo. Viu as flores da primavera murcharem sobre aquele túmulo. Naquele dia de primavera, a prostituta prosseguia para o centro da cidade, para os *points* de festa, de agitos que fazem aparecer homens desejosos por prazer. Ali, bem ali em zonas de bordéis, a menina que havia deixado a prostituição de lado prosseguiria com o único intuito de sobreviver. E, para ela, em sua cabeça de mulher despreparada e confusa, a única solução para continuar vivendo seria vender o seu corpo aos homens atiçados. Seria assim que aquela menina continuaria a sua vida. Seria vendendo o seu corpo a qualquer homem que pudesse pagar que ela prosseguiria o seu rumo. Seria assim, como uma prostituta, feito um objeto de aluguel que é usado e jogado fora com desprezo e nojo. Seria vendendo o seu corpo a homens muitas vezes sujos e nojentos que aquela meretriz prosseguiria o seu mundo de sarjeta, de marginalidade, de esquecimento da sociedade de "homens de bem". Seria como uma mundana, como uma mulher da vida que um dia foi só uma criança inocente, que aquela jovem continuaria vivendo. Seria daquela forma, sentindo os corpos e os viveres de homens vindos do mar e do continente que aquela mais-uma-prostituta-do-mundo prosseguiria o seu caminho de prazer, dor e desesperança.

70 Prosseguir parecia ser o ideal primeiro daquelas vidas assistidas. E, ali, naquele pedacinho de mundo, um outro ser prosseguiria a sua sina, o seu destino de crueldade, de marginalidade desmedida. Seria feito um monstro, feito um ladrão, um assassino cruel, que Escadinha continuaria vivendo. Assim: roubando, matando, sentindo medo de todos e a todos metendo medo é que aquele menino abandonado continuaria a sua andança.

Seria daquela forma, daquele jeito cruel e ao mesmo tempo tão natural que ele continuaria vivendo.

O "Fi de Queno" se foi, perdeu a sua vida, mas Escadinha continuaria ali, lutando contra todos e tentando, não se sabe como, pegar a sua própria vida de volta.

E era dentro daquela diversidade de acontecimentos que Chico Estrela vinha aos poucos acordando para novamente encarar os seus sonhos. Depois de dias ali entre a vida e a morte, enfim o seu respirar passava a ser executado com vontade, com força, com determinação de quem quer sentir o ar adentrando-lhe os pulmões e enchendo-lhe de gás que permite executar cada movimento do corpo. A partir de então, Chico Estrela iria retornar às suas atividades à frente da ANA. A partir daquele dia, ele novamente voltaria à sua batalha, à sua luta em busca da conquista daquilo que sonhava. O que aquele homem queria era o poder, a força de um líder para si e a igualdade social para os desiguais. O que o sertanejo desejava era a justiça social, era os não Alagados, os não favelados, os não esquecidos pelo mundo. E, com toda a sua vontade, naqueles dias subsequentes à sua recuperação, Chico Estrela mostrou a todos que aqueles seus sonhos provavelmente se tornariam realidade se dependessem apenas da sua decisão para consigo mesmo e para com a sociedade.

Chico Estrela recebeu alta do hospital em um dia de quarta-feira de cinzas. Era naquele dia de fim de festa, de fim programado de revolução, que ele retornava para casa são e salvo. E não era somente ele que estava retornando para casa naquela manhã de quarta-feira. Uma multidão de pessoas pelas ruas da cidade voltava para casa ao amanhecer daquele dia. Era um silêncio diante de toda a festa que se vivera ali naqueles dias. Eram jovens e velhos, ricos e pobres, pretos e brancos, casais e pessoas solitárias. Todos retornavam da grande revolução de alegria como em um imenso silêncio de despedida:

Quarta-feira de cinzas

Acabou o carnaval
Corpos agora flutuam
Nas ruas
Cansadas.

Uns relembram o bailar
Que ainda impulsiona seus músculos.

Outros
Caídos
Não reagem com nada
Talvez só com o reinício da festa.

Acabou...
Ouve-se só o frisson
De quem volta para casa
De quem desfaz o caminho da fantasia.

O carnaval...
Acabou...

Uma pequena lembrança
Do tamanho do mundo
Agora ronda as almas.

Algumas choram ou riem
E outras deixam dentro de si
A expressão de um sentimento sem descrição.

O carnaval... Acabou...

71 O sertanejo passou a trabalhar dia e noite naquelas suas atividades junto à ANA. As articulações políticas começaram a ser realizadas de todas as formas e Chico Estrela impressionava ao empresário Dr. Adolfo e ao seu grupo com sua versatilidade em liderar, em guiar, convencer e convergir interesses diversos. Chico Estrela mostrava a todos a sua vocação inata de líder e sem dificuldades passou a ser um nome de peso dentro do partido de Dr. Adolfo. Todos já tinham como certa a eleição de Chico Estrela para deputado federal e muitos viam nele um grande político do futuro. A liderança do sertanejo agradava a muitos e chateava a outros que também eram sedentos por poder. Mas, nada impediria aquele homem, nada feriria aquele que apontava, que mostrava, que planejava e decidia como um verdadeiro líder:

Líder

Quem vai saber da liderança
Daquele que conduz e encabeça
Que guia e conversa
Daquele que faz o mundo andar?!

Quem vai saber da liderança
Da sua magia universal
Da sua voz que comanda
Do seu dedo que aponta?

Quem vai saber da liderança
Do que vai na frente
Que agrega o branco, o preto e o mulato
O que conquista o estrelato?

Quem vai saber da liderança
Do seu carisma que cega
Do seu poder que edifica
Da sua casa arrumada?

Que seria do mundo sem liderança?!

Talvez tudo perdesse a graça
Talvez não houvesse história
E tudo seria sem cor, sem ação, sem vida e sem glória.

Quem vai saber da liderança?

Quem não souber deve ser um líder!
Ou então um perdido.

Enquanto Chico Estrela firmava a realização de seus sonhos, a mulher que lhe deu apoio e que tanto lhe ajudou nos momentos mais duros, via os seus desejos se ruírem. Após se recuperar daqueles ferimentos, Chico Estrela foi por todos acolhido com atenção. Não só a secretária Audi, mas também Dayane estava ali para lhe dar a mão, para lhe assessorar no que fosse necessário. Naqueles dias, a secretária Audi via a cada instante o sertanejo se distanciar dela. A cada momento, Audi via aquele homem pelo qual ela era apaixonada se distanciar como se fosse um pequeno barco na imensidão do horizonte do mar. Realmente havia motivo para Audi se preocupar com aquela distância: é que Dayane estava cada vez mais próxima de Chico Estrela e parece que o único empecilho ainda existente entre eles dois era o velho empresário. Do jeito que tudo caminhava, parece que Chico Estrela não aguardaria nem a eleição para reatar com Dayane e de uma vez por todas dizer à secretária Audi o que nenhum coração apaixonado deseja ouvir: não dá mais!

Enquanto Audi estava preocupada em perder o seu amor, Acácia, a amiga de Lavínia, ajeitava-se aos poucos com Dr. Adolfo. Aquelas visitas a Chico Estrela no hospital fizeram com que os dois se conhecessem, se aproximassem e se aceitassem como pessoas que estavam uma para a outra. Sem paixão ou amor avassalador que faz doer o peito no momento de falta e o enche de prazer nos instantes de companhia, eles iam construindo aquele relacionamento simples e puro. Relacionamento que não trazia atrás de si o desejo do poder ou a vontade louca e às vezes irracional por um amor. Sim, naquele caso não havia o interesse de ter inteiramente para si a pessoa desejada, nem havia também a busca usurpada por fortuna e poder. Aquele caso de amor entre Dr. Adolfo e Acácia possuía apenas interesses simples de pessoas que se gostam, procuram se entender e não tentam receber da outra nenhuma grandiosidade em troca. Com esse jeito simples de amar, agora aqueles dois prosseguiam juntos, seguindo a contagem dos dias e a afirmação de uma relação amorosa que nasceu sem grandes pretensões e que, por isso, parecia ir dando certo, caminhando certo, amando certo.

E corretamente também estava sendo a forma com que Chico Estrela conduzia o seu projeto de vida. Mesmo sabendo do relacionamento de Dr. Adolfo com Acácia, ele não se ousava em acabar tudo de uma vez com a secretária Audi para assumir o amor com Dayane. O sertanejo não queria de forma alguma correr o risco de ferir os sentimentos do empresário e dele perder aquele apoio político tão importante. O amor entre Chico Estrela e Dayane permaneceu ali, escondido feito um inocente que é acusado de algo que não cometeu e que não tem como se defender, como provar que não tem culpa e que por isso deve ser livre, ser grande em um mundo sem grades ou muros que aprisionam. Porém, o amor é o amor e dele tudo pode se esperar e dele tudo há que se falar.

O amor

Tem que se falar do amor
Porque ele é como cigarra
Que em forma de crisálida
Leva anos escondidos na terra,
Mas depois vem ao espaço para cantar
Amar
E perpetuar o canto.

Tem que se falar do amor
Porque dele não se sabe do mistério
Do segredo guardado por Deus.

Tem que se falar do amor
Porque para uns ele é tudo
E para outros ele é apenas uma brisa
Dentro de pensamentos.

Tem que se falar do amor
Porque nenhum verbo sozinho expressa esse combustível universal
Que nos faz prosseguir
Porque nem com todas as palavras do mundo ele poderá ser decifrado.

Tem que se falar do amor
Porque quando nós deixarmos de fazer isso
É sinal de que não seremos mais telúricos
E estaremos só como uma nuvem de energia
Ou de sonhos

Ou de espírito
Ou quem sabe seremos um pouquinho do próprio amor.

72   De fato, o amor entre o sertanejo e Dayane parecia querer brotar para o mundo, romper os grilhões que prendiam, que sufocavam impiedosamente. Entretanto, os dias passavam, as estações passavam, as festas passavam e Chico Estrela não abria mão de seguir à risca e sem riscos aquelas suas metas de vida. Ele sofreu sem o amor de Dayane.

Na passagem daqueles dois anos à frente da ANA, o sertanejo fez o que tinha que fazer, conquistou o que tinha que conquistar e chegou enfim aonde teria que chegar. Agora era o grande momento da eleição para deputado federal. A campanha eleitoral se iniciou e o sertanejo mais uma vez contou com a ajuda da secretária Audi. Aquela mulher fazia tudo e ainda mais um pouco para assessorar, satisfazer e conquistar o homem que veio do sertão.

E, independente daquele amor que Audi queria preservar, ela executava as suas tarefas como uma mulher. Como uma fêmea que corre atrás do que quer, do que busca para si. A disposição daquela mulher secretária, em meio a tantas outras mulheres do mundo, soava como uma verdade, como a afirmação da força de um gênero que nem sempre é reconhecido:

Mulher

Entre as aspas da vida, citam-se as andanças
Porque és bela feito chuva em dia de Sol
Porque és fera como a sorte.

Andar, entender, abster-se, participar
Na multidão oculta, faz-se presente o teu caminhar.
Mais do que ser divina, és a mais bonita criação de Deus.

Sem ti mulher, não seria eu homem
Não pertenceríamos nós ao mundo
Não seria o mundo pertencente ao universo.

Nas tuas duas faces única
Vejo a força do teu jeito frágil e a potência do teu ser forte.

És toda mulher, és a semente da natureza humana
És a mãe da própria vida.

73   O dia da eleição para deputado federal se aproximava e as pesquisas mostravam que Chico Estrela seria eleito. Enfim, aquele menino que viveu no sertão seco e esquecido chegaria ao seu grande momento. Enfim, o homem do sertão sentiria o regozijo da sua luta, da sua conquista feita com determinação e coragem. Enfim, aquele homem que sofreu, enfrentou homens, o amor, a sua própria ideologia e até o mundo, chegaria ao poder que tanto queria. Enfim, ele poderia contribuir de forma mais direta para a construção da sociedade que sonhava. Enfim, ele alcançaria o topo da montanha o qual sempre buscou.

Apesar de tudo, Chico Estrela estava triste porque, mesmo depois de vários convites seus, a sua família preferiu continuar no sertão seco a vir para a cidade grande. E não era só isso: as contradições ideológicas e, também, a vida amorosa o preocupava e o fazia se sentir como um carrasco que friamente executa a sua tarefa tão atroz. Das contradições ideológicas, sobrevieram sobre a consciência de Chico Estrela um pesar que era ínfimo se comparado com o pesar que lhe causava a falta de Dayane. O sertanejo não suportava mais a ausência daquela mulher e sabia que após aquela eleição ele iria correndo atrás dela para aí os dois seguirem juntos, sem a preocupação da perda de um apoio político ou qualquer outra coisa. Mas, o coração do sertanejo doía ao saber que ele teria que, sem piedade, dizer à secretária Audi que tudo estava acabado. Depois de toda a dedicação daquela mulher, do seu esforço e do seu amor oferecidos sem cobranças, o que ela receberia em troca seria a angústia, seria a dor insuportável de um amor perdido.

O dia da eleição aproximou-se, criou tensão, deixou políticos nervosos, gerou debates entre candidatos, entre os eleitores e enfim chegou. Naquele dia, seriam escolhidos homens que, teoricamente, defenderiam os interesses da maioria do povo. Tudo foi muito rápido e três dias depois Chico Estrela já era oficialmente um deputado federal eleito pelo povo. O homem pulou, recordou do sertão, de Alagados, das suas contradições de líder que quer o poder e a justiça. Ele chorou, sorriu, comemorou...

Ao saber da eleição de Chico Estrela, Dayane sentiu-se também feliz. A sua felicidade não era simplesmente por ele ter sido eleito. O seu grande regozijo era decorrente do fato daquele homem estar livre do medo de perder o apoio político que lhe colocaria no poder. Dayane sabia que Chico Estrela a amava e que enfim a aceitaria sem temer nada. Aquela mulher, após ter esperado todos aqueles anos, após ter ficado com o seu amor aprisionado por força da ganância e da sede de poder, enfim constatava que aquele seu sentimento iria se desdobrar à vista de tudo e de todos.

Dayane teve ainda paciência e aguardou um período para procurar a sua paixão. Dias depois da posse do sertanejo no cargo legislativo federal, não perdeu tempo e foi logo ao encontro do seu homem. No apartamento de Chico Estrela, os dois se encontraram:

— Dayane?! Que surpresa! Entre!

Depois de ficar alguns segundos estática na porta e de ter olhado o sertanejo de cima a baixo com olhos de admiração, Dayane entrou e ambos começaram a conversar o que há muito tempo queiram:

— Ah! Faz anos que eu não entro nesse seu apartamento!
— E você está retornando na época certa.

— Como assim?

Indagou a mulher sentando-se em uma poltrona e deixando pairar no ambiente a sua sensualidade. Chico Estrela explicou:

— Nós dois tivemos que fugir esse tempo todo um do outro por motivos que nós considerávamos mais fortes do que o nosso amor. Você queira se casar com Dr. Adolfo para se tornar uma mulher milionária e eu queria ingressar na carreira política e chegar ao poder.

Dando um sorriso levemente irônico, Dayane confirmou:

— E você conseguiu o que queria! Meus parabéns! Porém, como nós sabemos, eu não fui tão persistente quanto você e acabei desistindo de tudo faltando poucos dias para o meu casamento.

Fazendo um instante de silêncio, como que em um ar de angústia, Dayane concluiu:

— Eu desisti por causa de você. Mas a sua sede de poder era tão imensa que eu não tive espaço em sua vida.

Chico Estrela se aproximou de Dayane. Levemente pegou em sua mão e explicou:

— Você tem razão. Eu não nego e nunca neguei que abriria mão de qualquer coisa para não perder a oportunidade de construir a minha carreira política. Eu queria que você entendesse que esse desejo de ser reconhecido como alguém para a sociedade sempre esteve em meu sangue. Eu respiro esse desejo de liderança. Eu vivo por essa vontade de ser alguém que pode realizar algo de concreto para arrumar a vida tão difícil dessa nossa gente miserável, marginalizada, esquecida pelas classes de poderosos.

Com os olhos cheios d'água, o homem do sertão concluía seu desabafo:

— Eu nunca quis ser mais um no meio da multidão. Eu saí daquela terra seca com a determinação de ser uma liderança do povo. A minha família continua lá naquela terra esquecida. Eles eu sei que não passam fome nem privações porque todo o mês eu envio dinheiro, mas... e os outros tantos milhões de pobres farrapos humanos?! Esses vão pedir ajuda a quem?! Eu, como político, posso falar mais alto a favor desse nosso povo metido em favelas, viadutos e passeios imundos de cidades grandes. Eu agora vou executar o que sempre quis: liderar, ser voz que grita, que manda fazer e, principalmente, que pessoalmente realiza.

Dayane abraçou levemente Chico Estrela e, sem palavras, os dois pareciam estar compactuando o reinício de uma relação interrompida por desejos de poder e cobiça.

Naquele instante, a campainha tocou interrompendo aquele momento de reencontro. Abrindo a porta, Chico Estrela surpreendeu-se com a visita da secretária Audi. Ao cumprimentar o sertanejo e sem saber que

Dayane estava ali, ela percebeu a frieza daquele homem. Assustada, ela indagou:

— Aconteceu alguma coisa, Chico?

Desconfiado e sem jeito, ele disse que não havia nada de errado e avisou que Dayane estava ali. Audi recebeu a notícia com um sentimento de angústia tomando o seu peito. Naquele momento, ela viu o mundo desabar sobre o seu castelo de areia construído com tanto esforço e dedicação. Naquele momento, ela passava a viver o que tanto temera durante todos aqueles anos: perder o seu Chico Estrela para a mulher pela qual ele era apaixonado.

Chico Estrela conduziu Audi até a sala onde Dayane estava e, meio sem jeito, os três iniciaram um diálogo a respeito da eleição passada. Percebendo a frieza da secretária Audi, Dayane decidiu ir embora e deixou Chico Estrela a sós com ela.

Enciumada, Audi foi logo desesperadamente questionando aquela visita de Dayane:

— Ainda bem não tomou posse e Dayane já veio atrás de você?! Parece que agora não há mais empecilho para vocês dois?! Não é?! Eu sabia que esse tempo todo você só não voltou para ela por causa da dependência política que você tinha de Dr. Adolfo. Mas, agora... agora não há mais nada!

Vendo as lágrimas de dor daquela mulher rolar sobre o rosto de desespero e decepção, Chico Estrela sentiu muito por ela, mas conscientemente sabia que teria que ser realista. De fato, ele estava disposto a reatar com Dayane e seguir com ela a sua vida de homem que quer o mundo. Naquele instante, Chico Estrela teria que agir como um carrasco, mesmo sem querer ser. Naquele momento, sem dúvida alguma, a verdade dita iria doer e machucar com fúria o coração daquela mulher dedicada. Consolando Audi com um abraço, ele iniciou a sua difícil missão de pôr fim àquele relacionamento:

— Você é a pessoa mais importante da minha vida. Sem você eu não teria chegado aonde cheguei. Tudo o que eu conquistei, em parte eu devo a você. Foi você quem me arrumou o emprego na empresa de Dr. Adolfo. Foi você quem convenceu Dr. Adolfo a me apoiar politicamente. Foi você quem esteve do meu lado o tempo todo me assessorando e principalmente me oferecendo a sua amizade e o seu amor.

Retirando um lenço do bolso e enxugando as lágrimas do rosto de Audi, Chico Estrela afastou-se um pouco e desferiu o seu golpe final de carrasco:

— Porém... o amor é algo misterioso e ele acontece de tal forma que faz uns sorrirem e outros chorarem. Ele faz com que uns se encontrem e outros se vejam perdidos. Ele faz com que uns amem e outros odeiem. Ele faz com que uns achem a pessoa pretendida e outros a perca para sempre. Eu admiro muito você e continuo dizendo que você é a pessoa mais importante na minha vida até aqui. Mas... o meu coração, o meu sentimento de homem que deseja, é apaixonado por Dayane e quer com ela viver.

Aquelas palavras já esperadas pela secretária Audi adentraram-lhe a alma fazendo com que ela perdesse a noção da existência. Um peso monstruoso montou sobre a sua cabeça e em seu coração de fêmea golpes invisíveis, porém verdadeiros de punhais foram desferidos sem dor ou piedade.

Agora, nada mais restava àquela mulher a não ser sofrer a sua dor. A partir daquele dia, ela não teria mais a preocupação de perder Chico Estrela pois descontentemente ele já estava perdido. A iniciar naquele dia, a secretária viveria a marcha dolorosa em busca de um esquecimento, de uma borracha que apagasse aquele desejo de ter para si um homem que declaradamente já havia dito pertencer a outra pessoa. Agora, nada restava a Audi a não ser a solidão em seu quarto de lágrimas, de sofrimento recalcado, recolhido em um peito de saudade. Sim, nada restaria àquela mulher dedicada a não ser a falta da pessoa querida, a não ser a ausência da criatura pela qual ela cegamente se apaixonou.

Os dias passaram. E enquanto Dayane seguia o seu caminho feliz ao lado de Chico Estrela, a secretária Audi prosseguia sozinha em suas noites de insônia, de falta que faz sangrar o peito e rolar lágrimas absorvidas em lençóis. Seria sozinha, acompanhada apenas da solidão, que Audi daria continuidade à sua caminhada. Apenas triste. Definitivamente sem ninguém. Simplesmente só, foi o modo com o qual Audi continuou sua andança. E, seguindo os seus passos naqueles dias ensolarados, aquela mulher tinha apenas a companhia de sua própria sombra que parecia descrever para ela aquela amarga realidade:

Sombra solitária

Nesses dias de verão
Faltaram-me os amigos
Os casos à roda de gente
De sorrisos desinibidos
Mas eu tenho a sombra.

Nesse terreno tropical
Multidões amontoadas
Estão debaixo do mesmo Sol
O mar e as chuvas tropicais são seus companheiros
E eu estou só.

Nessa terra de calor e água
As praias são boas colegas
Os violões que tocam encantam
As danças são feitas em grupos
E eu estou só
Mas tenho a sombra.

Nessa casa de pessoas

Eu não sei o que é amor
Vejo famílias e clãs
Divididas ao Sol
E eu estou só.

Neste mundo de luz
Eu estou só
Mas tenho alguém que me guia
Que segue os meus passos
Imita com perfeição os meus gestos
Que dança comigo
Chora comigo
Deixa-se deixar comigo.

Minha amiga é só minha
E com ela estou só
Eu sou minha própria sombra.

74 Bem pior do que a situação da secretária Audi, era a de Tom Braz. Naqueles anos passados do atentado à vida de Chico Estrela, ele estava preso e ainda restavam longos dez anos de cárcere a serem cumpridos.

Os muros, as grades, os cães ferozes e os soldados de armas em punho eram o mundo de Tom Braz naquela penitenciária. Aquele homem que sonhou com o poder e por esse sonho cometeu o erro de mandar matar Chico Estrela, via naqueles dias longos de reclusão e desprezo a sua própria vida sendo vagarosamente dele mesmo retirada.

Aquele Sol quadrado, aquela sela lotada, aquele meio de homens que contam histórias de crimes como quem conta inocentes histórias infantis, tudo ali levava ao peito de Tom Braz um sentimento que nem ele mesmo saberia classificar. A única coisa que Tom Braz sabia era que aqueles dias não passavam e que aqueles dez restantes anos de pena seriam uma eternidade. Quando pensava nisso, a mente do homem chegava a um ponto em que não surgiam vontades nem desejos. Era como se aqueles anos representassem a eternidade. Uma eternidade sem liberdade.

A angústia tomava conta de Tom Braz, o tempo parecia não passar, ele parecia não saber mais das horas nem dos dias. Aquele homem parecia não saber mais de si mesmo:

Perder do tempo

Hoje é que dia?
Diga-me por que eu perdi os ponteiros
Que me desencontram do tempo

Da contagem das horas
Das vidas que eu não vejo passar.

Eu não sei se é noite, manhã
Ou tarde demais para viver.

Diga-me das palavras
Dos anos luzes
Que me separam de mim
Dos segundos que eu ainda tenho de vida
Ou do tempo que dura a eternidade.

Hoje é que dia?
Não me deixem sem noção
Desse tempo de existência
Que eu sei que ainda é meu
Que me guarda em seu passar.

Não me faltem com as horas
Que não passam em meu coração
Que sangra sem saber por que
Sem conhecer a rotação da terra
Que traz um dia sempre novo
E que me deixa perdido
Sem saber do tempo
Nem de mim.

75   O vento soprava incessante fazendo bailar os coqueiros inclinados. O Sol brilhava forte e o mar banhava praias e pessoas como que em um gesto de atenção. A vida continuava naquele ponto no mundo. Os dias não deixavam de ser sinônimo de saudade e, também, de expectativas. Tudo naquela terra prosseguia como dantes. Ali, continuavam as duas faces, os dois lados das vidas de uma raça humana. Ali, continuavam os paraísos e os infernos. Ali, continuavam os bairros imundos de moradias sujas e os condomínios luxuosos de casas pitorescas. Ali, tinha farrapos humanos que se arrastavam feito vermes em busca de lixos podres para se alimentarem, mas havia também os afortunados que estouravam dinheiro em um exibicionismo quase que religioso.

   Chico Estrela, o homem do sertão, havia conseguido o seu grande objetivo. Agora ele era um político, um homem do povo que exerceria a sua liderança e comandaria homens e ideais. Enfim, o sertanejo executaria o seu desejo de comandar, de estar no alto do pedestal e ser por todos reconhecido. Aquela realização era como uma grande fonte de energia que lhe enchia o peito e lhe fazia sentir-se como um ser fora do comum que pode mais do que a maioria, que é mais vivente do que a maioria.

O homem humilde que sonhou com poder para si e a justiça social para o mundo, chegara ao seu momento de glória. Entretanto, ele sabia que aquele era apenas um primeiro passo. A sua batalha enquanto homem do povo iria apenas começar.

Em uma das noites em que Chico Estrela ainda se maravilhava com a sua felicidade, um pensamento bom lhe veio à mente e o fez pensar no passado, no sertão seco, na sua vinda para a capital e na luta para conquistar o que conquistou. O sertanejo via naquelas suas lembranças pessoas e acontecimentos. Mas, aqueles pensamentos traziam à tona apenas parte das pessoas e das coisas que ele viveu. Era como se a outra metade das pessoas e da própria vivência estivesse enterrada, esquecida, apagada como rastros em areia:

Rastros

Só rastros restam das andanças.

As pessoas
As amizades
Os amores
Vão ficando para trás
No nosso caminho incerto.

Alguns vêm à mente
Como recordações
Como tinta em pergaminho antigo.

Algumas palavras
Lembranças de vivência
Ainda são firmes na areia
Na terra molhada
Na memória.

Algumas são claras aos olhos
Outras são apagadas
São passos cobertos
Pelo vento
Esquecidos no tempo.

Tudo na vida é assim
Tudo no nosso caminho são rastros
Às vezes firmes
Muitas vezes apagados
Perdidos e enterrados
Pelos quatro cantos do mundo
Que é a nossa mente.

76 O sertanejo se mudou para a capital do país. Agora ele era homem do povo. No avião, ele pensava nos caminhos diversos, nas contradições pelas quais ele já havia passado. E, agora que já era político eleito, nada seria diferente. Tudo parecia ser mais do que nunca muito diverso:

Avesso Clone

Eu espero
Alguma chuva de meio de caminho
Que mate a mim e à sede
De gargantas secas de tanto suar.

Tudo são luzes
São trevas que brilham
Bestas por seus dons únicos de esconder
Ou fazer aparecer os corpos escravos de suas lentes.

Abraça
A caça caçada
Que ontem caçou
E ceifou sua presa
De pés rápidos para não padecer.

Susto e assombração
Segurança sem medo
Segredo e propaganda
Tudo sobre mim feito invólucro de múmia.

Algumas vezes tudo é hoje
Outras, deixa para amanhã
E não incomum tudo é ontem
E assim eu vou me dividindo
Me clonando em facetas.

Arrasta
Para
Cai
Levanta
Leva
Deixa.

Isto quando não se junta tudo isso
E se faz um único movimento que dicionário não vai explicar.

Chico Estrela assumiu o seu cargo em Brasília e, além das malas e dos projetos políticos, posteriormente ele levou consigo a sua mulher Dayane. Ao saber que o sertanejo e Dayane reataram, Dr. Adolfo enfureceu-se e tomou aquela situação como uma traição de Chico Estrela. O velho empresário não quis em nenhum momento ser racional e, ouvindo a voz do orgulho ferido, cortou com o sertanejo os laços políticos e retirou todo o seu apoio àquela carreira recém iniciada de deputado federal. Chico Estrela sentia que sem o apoio do grupo político de Dr. Adolfo dificilmente ele conseguiria se reeleger, pois não possuía dinheiro suficiente para isso.

Utilizando ainda os últimos créditos do apoio político do velho empresário, Chico Estrela foi escolhido Coordenador de uma comissão que iniciaria estudos para o futuro da Amazônia. Naquele momento político, aquela comissão não tinha, aos olhos dos estadistas brasileiros, importância quase nenhuma. Mas, não era isso que importantes grupos e governos internacionais pensavam. Eles sabiam que o relatório emitido por aquela comissão seria de fundamental importância para uma futura internacionalização da Amazônia ou quem sabe para que aquele "Mundo de Vida" fosse dado em troca de migalhas a grupo de abutres financeiros mundiais. Esses grupos internacionais poderosos começaram então com um forte lóbi a fim de que o relatório andasse por caminhos que indicassem a internacionalização e a privatização como as melhores soluções.

Sendo Chico Estrela o coordenador da Comissão para Estudos do Futuro da Amazônia, ele sofreu de imediato toda a pressão. E a pressão que o sertanejo sofreu veio de maneira que seria convincente para a maioria dos homens: uma proposta milionária. Eles ofereceram a Chico Estrela cinco milhões de dólares para que ele guiasse os estudos e propostas por caminhos que levassem à privatização do "Manto Verde" e mais dez milhões no final dos trabalhos se a proposta fosse passada.

Agora, para o sertanejo, seria o tudo ou o nada. Seria defender o que sempre defendera ou vender-se a um lóbi internacional. O homem do sertão teve medo de entrar em contradição entre o certo e o errado, entre o homem do povo e o homem traidor do povo, entre continuar sonhando ou acordar assustado de si mesmo.

Se ele recebesse aquele dinheiro, ele não ficaria na dependência de acontecimentos políticos para se reeleger. Mas, e a sua consciência de homem defensor dos interesses do povo e da pátria mais igual que ele tanto sonhava?!

Chico Estrela conversou com Dayane e ela preferiu não opinar. Ela já havia sofrido muito por ter ido pelo caminho da ganância e, agora que estava vivendo feliz ao lado daquele homem, não queria que um maldito dinheiro atrapalhasse tudo outra vez. Além disso, ela acreditava tanto nos ideais de Chico Estrela, nos seus discursos de homem do povo, que ela achava que ele nunca iria se corromper.

Em um dia em Brasília, cinco homens estrangeiros acompanhados de um grande empresário brasileiro chegaram em seu gabinete. Aqueles homens, representantes dos grupos poderosos, já haviam entrado em contato com Chico Estrela para saber se ele aceitaria a proposta. O sertanejo deu o seu silêncio como resposta, pois só em ter que falar que iria pensar no assunto tudo já lhe ocorria como uma traição à sua pátria e a si mesmo.

Os subordinadores internacionais sabiam que aquele silêncio era uma inclinação para o sim, para o aceite daquele dinheiro vindo de países de Primeiro Mundo. Por isso, eles estavam ali no gabinete de Chico Estrela e foram direto ao assunto. O grande empresário brasileiro falou pelo grupo:

– Nós já sabemos da competência de Vossa Excelência e por isso decidimos vir aqui. Eu, representante da nossa nação querida e nossos amigos americanos, ingleses, franceses e alemães representantes de nações que se interessam pelo futuro do nosso planeta e pelo bem-estar da sociedade brasileira e mundial. Nós entendemos que os ideais de um homem estão acima de qualquer coisa, até mesmo de sua própria vida. Nós somos conhecedores da sua imparcialidade enquanto homem do povo. Iniciante na carreira política, é verdade! Mas, dono de um lapidar discernimento entre o certo e o errado, entre o bem e o mal. Por isso, nós não queremos que o senhor entenda a nossa presença como uma pressão ou como uma tentativa de manchar a sua honra de homem imparcial e honesto. Porém, nós conhecemos as dificuldades que um exemplar parlamentar passa ao ter que esquecer de todo o mundo para se dedicar aos interesses próprios da nação. Por isso, nós trouxemos aqui uma pasta com um valor inicial que pode ajudar Vossa Excelência nessa sua árdua tarefa.

O homem colocou a pasta em cima da mesa de Chico Estrela e, sorridente, mandou que ele abrisse. O sertanejo não sabia o que pensar ou dizer a respeito daquele fato inusitado:

– Uma pasta?! O que tem dentro dessa pasta?!
– Abra por favor – respondeu um americano de cara avermelhada e falando um português embolado.

Chico Estrela abriu a pasta e surgiu aos seus olhos um amontoado de dólares com cheiro de novos.

O americano de cara vermelha explicou:

– São cinco milhões de dólares.
– Cinco milhões de dólares?! – indagou Chico Estrela boquiaberto.
– Sim. Cinco milhões de dólares!

O grande empresário brasileiro continuou então a sua subordinação:

— Esse dinheiro é seu porquê o senhor merece. Nós sabemos que Vossa Excelência não entenderá isso como uma tentativa nossa de persuadi-lo a apoiar os nossos projetos para a Amazônia, mas sim como uma pequena e justa contribuição a um homem que apoia um plano internacional que é sem dúvida bom para o mundo e excelente para o Brasil.

Chico Estrela permanecia estático sem saber o que dizer. Em seu rosto, não havia sorriso nem seriedade, nem afeto nem desprezo pela atitude daqueles homens. Um inglês, falando também um português embolado, completou a conversa.

— Nós não queremos que o senhor nos diga nada agora. Nós só queremos que o senhor fique com esse dinheiro. E nós temos aqui essa pasta com alguns projetos que já foram muito bem avaliados por profissionais competentes de nossos países e daqui do Brasil também. Nós temos certeza de que as propostas nessa pasta são boas para o Brasil e para o mundo. Por isso, nós iremos deixar ela aqui para que o senhor, dentro do seu discernimento, é claro, possa apresentar à comissão.

O alemão e o francês falaram em suas línguas alguma coisa para o homem inglês e ele repassou para Chico Estrela em português embolado:

— É claro que o senhor não precisa dizer que esses projetos foram ideias vindas de outras partes do mundo. O senhor pode assumir esses projetos como seus.

Chico Estrela sorriu levemente sem nada dizer. E o empresário brasileiro completou:

— Outra coisa muito importante: caso essas propostas contidas nessa pasta forem aceitas e aprovadas pela comissão, Vossa Excelência, por merecimento, receberá uma pequena contribuição de mais dez milhões de dólares.

Os homens foram embora e Chico Estrela ficou horas em seu gabinete olhando para aquele dinheiro e pensando em tudo sobre toda a sua vida. Por mais que ele pensasse, por mais que ele refletisse, o que ele via em sua frente era sempre um grande mistério. Era como se no labirinto de sua vida tudo fosse horas a favor do bem e outras horas em prol do mal. Era como se ele em um momento tivesse de tudo certeza e em um outro instante fosse só ambiguidade. Realmente nada fazia sentido para o sertanejo naquele momento. E o seu olhar fixo nas notas verdes de dólares foi distorcendo o foco que se transformou em imagens que acenavam palavras:

Arcano

Tem um mistério
Igual àquele que nós já conhecemos
E não nos envolvemos

Pois sabemos do nosso introspecto intocável.

Tem um mistério
Um sentimento que nos roda a cabeça
E nos faz viajar por dentro de nós
Ou de um mundo gravado
Em nossas memórias ocultas.

E o mistério me abre as flores
E os jardins do mundo bradam gritando cores
Para mim em preto e branco.

Corro...
E as lições de amores me colidem contra horrores.

Eu cresço
Lembro
E esqueço novamente do mistério.

E tem um mistério
O meu coração se incha
E um vândalo pincha o meu travesseiro.

Aí eu viajo só
Mas nunca me vejo como marinheiro de primeiro percurso.

Eu sou luz
Muitas vezes me apago
E outras me afago
Com esse fogo de inferno.

Eu me escureço
Me entristeço
E perco o endereço de todas as paixões.

Tem um mistério
E eu sigo no nada
E nem a mais violenta porrada
Me fará sangrar a cara.

Eu corro e estremeço o mundo
Mato
Morro
Sinto-me mendigo
Homem
Burguês e cachorro.

Tem um mistério

Que me faz beber sangue inocente
E noutro dia feito um anjo vidente
Perdoar e levar os perversos a Deus.

O meu coração se encolhe
Eu sorrio
Vejo o diabo se benzer
E depois de me encontrar
E me conseguir entender
Eu olho para dentro de mim
E descubro tudo:

Eu vejo um grande revelador mistério.

Saindo do seu gabinete, Chico Estrela foi para casa e descansou nos braços de Dayane. Depois, ele contou para ela tudo o que acontecera. Dayane ficou boquiaberta com tudo aquilo e quis logo saber:

— E agora?! Você vai aceitar esse dinheiro?!

Chico Estrela entrou em silêncio, mas depois respondeu:

— Esse dinheiro é a certeza que eu posso ter de que me manterei para sempre no mundo da política. Chance igual a essa dificilmente surgirá novamente. Não desta forma que neste momento está acontecendo. Ainda mais que eu não possuo mais o grupo de Dr. Adolfo para me apoiar para coordenador de qualquer comissão.

Respirando profundamente, como que buscando energia dentro de si mesmo, o sertanejo concluiu:

— Eu vou ficar com esse dinheiro sim!

Dayane, um pouco conturbada com a decisão firme de Chico Estrela, e agindo de forma totalmente contrária àquela mulher que um dia tanto valorizou a riqueza fácil, indagou:

— Quer dizer que você vai ser contra tudo o que você até hoje defendeu?! Você vai trair o nosso país, o nosso povo?! Você vai trair a si próprio?! Você vai deixar de ser aquele Chico Estrela que eu tanto admirei pela honestidade, pela coragem de homem que sabe o que quer defender?!

Bastante decepcionada e já enxugando lágrimas do rosto, Dayane prosseguiu:

— Eu um dia pensei que o mais importante nesse mundo fosse o dinheiro e o poder. Dessa forma, eu abri mão de ficar com você desde o início para me casar com Dr. Adolfo. Mas, depois eu comecei a entender que existem coisas mais valiosas na vida do que ser possuidor de grandes fortunas. Por isso, eu desisti do casamento e fui atrás de você. Eu acreditava em você, no seu discurso de homem do povo, de homem que um dia sofreu os reflexos da miséria criada por todo um sistema perverso. Sistema miserável, onde uma classe rica, submissa e colonizada pelos interesses internacionais, manipula a nossa nação e faz o nosso povo cada vez mais dependente e sofredor. Meu Deus! Se eu não posso mais acreditar no meu Chico Estrela, no meu homem do sertão, no meu homem que veio da favela de Alagados para tentar contribuir para a construção de uma nova sociedade, eu vou acreditar em quem?! Em quem eu vou agora acreditar?! Pelo amor de Deus me diga, em quem eu vou acreditar?!

Em soluços, a mulher olhava dentro dos olhos do homem que até então ela confiava como sendo uma esperança, como sendo algo de bom que poderia acontecer naquele país de corrupção, naquela terra de políticos às vezes patéticos e defensores de uma ordem mundial que a cada dia fazia ricos mais ricos e pobres cada vez mais pobres.

Chico Estrela não se aguentou e chorou feito criança. Naquele momento, ele se sentia como o menino que era no sertão. Naquele instante, ele viu os sonhos que aos poucos ele foi cultivando. Ele lembrava dos momentos em que subia nas colinas de sua terra e ali ficava olhando para o céu e pensando na fórmula que utilizaria para poder salvar o mundo da maldade dos homens. Ele lembrava dos momentos que subia naquelas árvores de galhos secos e via as suas últimas folhas voarem com os seus pensamentos para um futuro onde ele se via defendendo o povo, lutando em defesa da sua classe sofrida.

Naquele momento de desabrochar de sentimentos, Chico Estrela chorou. Chorou alto e chegou a soluçar. Naquele instante, o que lhe vinha à lembrança eram somente aqueles seus momentos de menino sonhador. A única coisa em que ele pensava era naqueles seus planos, naqueles seus sonhos que foram sendo traçados com paciência de criança que deseja muito alguma coisa. O homem recordava do vento que passava por ele naqueles seus instantes de sonhos e o levava para um futuro onde ele se via como o salvador dos fracos e oprimidos. E, ali, naquele instante, naquela sala de apartamento fechado, do nada surgiu um vento faceiro, um vento menino, como acontecia nos tempos em que Chico Estrela também era menino:

Querer

Um vento menino
Arremessou-me a lembrança
E me trouxe a esperança do verbo buscar.

Um vento
Ainda menino
Como o meu coração adolescente
Tempestivo por se ter
Mas frágil
E facilmente parado
Por qualquer raio de Sol mais adulto e esquentado.

Um vento menino
Um sexto sentido que me fez crer
Subir os montes
E crescer na certeza do encontrar.

Um vento menino
Enfraquecido pelo atroz
Por atritos dos algozes
E dos rochedos duros do perder maldito

Um vento
Uma brisa menina, mas faceira
Um sopro de cumeeira
Um último suspiro
Uma chance em mil de tudo acontecer.

Um vento menino
Um grão de areia levado pelo "El Niño"
Frágil e pequeno como meu corpo ao céu
Mas forte como um tufão para me fazer acreditar
E me impulsionar diretivo ao meu querer.

Um vento...
Um vento menino.

Depois de alguns instantes, fez-se um grande silêncio entre Chico Estrela e Dayane. Aí então o homem do sertão se levantou, enxugou as lágrimas... e disse:

— Eu nunca pretendi decepcionar a você Dayane, nem ao meu povo, nem tão pouco a mim mesmo. Você está vendo aquela pasta ali em cima da mesa.

Dayane respondeu com voz trêmula:

— Estou sim.
— Por favor, pegue ela para mim.

Dayane pegou a pasta e a passou para Chico Estrela. De dentro dela, o parlamentar retirou os projetos que o grupo de subordinadores havia dado a ele:

— Aqui nesses papéis estão o interesse de grandes grupos financeiros e de países ricos. Eu nunca tive dúvida, nunca passou por minha cabeça defender esses interesses. Se fosse necessário eu dar a minha vida para defender o interesse do povo brasileiro, da Amazônia, do nosso Brasil, eu daria. A única dúvida que eu tinha era em relação ao dinheiro que aqueles homens me deram. Eu fiquei sim com aqueles dólares. Mas, em nenhum momento eu garanti àqueles miseráveis gringos e aquele inconfidente empresário brasileiro, vendedor da nação e do povo, que eu iria defender os seus interesses.

Sorrindo e pegando a outra pasta cheia de dólares, Chico Estrela disse:

— Eu ainda sou o menino sonhador do sertão! Eu vou providenciar hoje mesmo que secretamente esse dinheiro seja guardado com segurança. Com esses dólares eu vou financiar a minha carreira política. Carreira que, se Deus quiser, será dedicada a combater esses usurpadores de nações e povos. Eles pensam que são donos do mundo. Eles querem ser a polícia do mundo, a justiça dos homens. Porém, quem mais arruína o mundo são eles. Veja o exemplo da África: eles invadiram-na, mataram seus povos, dissolveram as suas tribos que viviam em equilíbrio, saquearam suas riquezas, e, como em uma brincadeira de criança, dividiram aquele continente, ficando cada um deles com um pedaço. Depois de se satisfazerem, eles decidiram de lá saírem e deixaram os seus povos em guerra e em total pobreza. Hoje, eles aparecem na TV vestidos de salvadores e de bem feitores do mundo.

Suspirando fundo e abraçando Dayane profundamente, o sertanejo concluiu:

— Nós um dia fomos colônia, mas hoje somos um povo com personalidade própria e com coragem suficiente para defendermos os nossos interesses. Eles me deram esse dinheiro porque acham que podem comprar a tudo e a todos.

Chico Estrela afastou-se de Dayane, pegou a pasta com os projetos dos gringos, e, com um isqueiro, colocou fogo em todos aqueles papéis. Depois, sorrindo, ele justificou:

— Eu não quero nem saber o que tem escrito aí dentro! E quanto aos cinco milhões de dólares, esse é o preço, essa é a penalidade que eles tiveram que pagar por terem tentado me corromper e fazer o que não poderiam ter tentado fazer comigo.

Dayane, convencendo-se da sinceridade de Chico Estrela e sentindo-se feliz por poder continuar confiando e amando aquele homem, indagou:

— E o que foi que eles tentaram fazer com você além de tentar lhe corromper?

O sertanejo fez um silêncio. Depois, foi até a janela, abriu a cortina, olhou o céu azul, sentiu um vento de terras brasileiras acariciar o seu rosto e olhou para Dayane para dar a resposta:

— Roubar os sonhos de um homem.

77 Em caminhos diversos. Dessa forma prosseguia as coisas naquele plano terreno. Desse jeito aconteciam os fatos naquelas vidas. Assim era aquele mundo. E era por isso que o "Fi de Queno" estava morto, mas a filha do retirante havia nascido. Era por esse fato que a meretriz, em meio a tantas outras, seguia sendo uma mulher para todos os homens do mundo; mas, ali mesmo, naquelas ruas de festas, tantas outras fêmeas em situações semelhantes viviam sem serem jogadas pelo desprezo para a sarjeta da prostituição. Era por isso que Acácia havia se encaminhado pelo caminho da segregação e Lavínia, ao contrário, pela estrada da igualdade entre raças. Era por haver essa diversidade de caminhos que a nova esposa de Queno havia se livrado dos barracos nojentos e infestados de baratas, mas, ao mesmo tempo, tantas outras criaturas continuavam convivendo ali no meio dos ratos e insetos. Era por isso sim, que tantos jovens enfrentavam a crueldade do submundo, mas não se transformavam em ladrões feito Escadinha que continuava roubando, matando, fugindo e retornando para novamente assaltar. Era por isso que Dayane seguia acompanhada e feliz com Chico Estrela e Audi triste e sozinha com sua própria sombra. Era por isso que Chico Estrela foi honesto e não abriu mão da defesa da sua Amazônia, da sua pátria e do seu povo; mas acabou sendo desonesto ao se apropriar daquele dinheiro imundo. Era assim aquele pontinho no universo. Era assim a trama realizada por aquelas mentes. Era assim o sentido dado a tudo por aqueles espíritos inquietos. Era por isso que tudo continuaria ali tão lindo e feio, tão grotesco e delicado, tão amor e tantas vezes desamor, tão sincero hoje e dissimulado amanhã. Seria assim: nem todo bom nem todo ruim, nem sempre sim nem sempre não. Nada seria absolutamente doce ou atroz. Tudo seria complexamente dual. Simplesmente dual.

FIM

APÊNDICE

Teoria da Objetividade

A terceira teoria da origem do universo, alternativa à Teoria do *Big Bang* e ao Criacionismo

APRESENTAÇÃO

A Teoria da Objetividade se apresenta como uma Terceira Teoria, alternativa à Teoria do *Big Bang* e ao Criacionismo. Demonstra como o universo foi formado a partir do Nada. Entretanto, o Nada não tem o mesmo significado que zero, e traduz em verdade uma lógica anterior à existência atômica. São fundamentos deste corpo teórico Sete Verdades Absolutas, pautadas em premissas lógicas de ordem geométrica, matemática e racional. Demonstra como ocorreu a formação do espaço universal, das unidades atômicas e dos sistemas existenciais. Tempo e espaço nesta teoria possuem um mesmo significado. Apresenta uma mecânica quântica amparada na lógica essencial descrita.

Anteriormente à Era universal existencial ocorreu um tempo antagônico, no qual ainda não existia matéria, mas tão somente a expansão lógica do Nada, pautada em sete verdades matemáticas primitivas, ditas Absolutas. Como fim da Era Antagônica o universo se forma de modo lógico e o tempo começa a ser contado. A formação e a transmissão de conhecimento são fatores determinantes, e em verdade representam um dos pilares fundamentais desta Teoria da Objetividade.

ORIGEM HISTÓRICA DA TEORIA DA OBJETIVIDADE

Ao que me recordo apenas vagamente, acredito que eu contava ainda com cerca de nove anos de idade quando tive um primeiro encontro com aquilo que daquele instante em diante dominaria a minha mente e a minha vida para sempre. Não compreendi em um primeiro momento, e, em verdade durante décadas eu não entendi a missão que eu naquele meu instante de criança havia tomado como minha. Eu e mais dois amigos de idades semelhantes conversávamos vagamente e superficialmente sobre a origem do universo. Tínhamos ouvido falar sobre a teoria do Big Bang e muito basicamente nós discutíamos sobre aquela grande explosão a partir da qual a ciência afirmava que todo o universo se originou. Em nossa conversa, um daqueles meus amigos advertia que em verdade essa teoria não poderia ser verdadeira, pois todas as coisas foram criadas por Deus. Tenho essa lembrança fincada em meu cérebro, e naquele instante fiz o primeiro exercício lógico do que em verdade está na base de tudo o que posteriormente escrevi e agora eu apresento. Entendi naquele meu instante de criança que logicamente a origem de todas as coisas não poderia se dar a partir de uma grande explosão, pois se houve uma explosão haveria de ocorrer uma formação existencial anterior. E entendi também que se Deus criou o universo, logicamente algo anterior necessariamente precisaria ter criado Deus. O raciocínio lógico que a minha mente realizou naquele instante trouxe de um lado uma certeza e de outro lado um turbilhão de dúvidas. A certeza que tive foi a de que nem a Teoria do *Big Bang* nem Deus serviriam para efetivamente explicar a origem do universo a partir do nada. Portanto, aquela minha certeza trazia em seu bojo o primeiro fundamento lógico e matemático que toda teoria que se disponha a explicar a origem do universo, ao que eu entendo, precisa levar em consideração. E este fundamento lógico primeiro é justamente o fato de que antes de qualquer coisa necessariamente ocorreu um nada. Diante dessa primeira certeza lógica um turbilhão de dúvidas e perguntas se formou, mas naquele instante infantil o que travou a minha mente foi a seguinte indagação: como poderia o universo surgir a partir do nada? Naquele instante o meu raciocínio efetivamente entrou em colapso, pois se é lógico que antes do *Big Bang* e de Deus algo necessariamente teria que existir, é também aparentemente lógico que coisa alguma pode surgir a partir do nada. Naquele instante eu entendi que a mim estava dada uma missão: tentar desvendar mistérios conexos à origem do universo. Evidentemente que uma missão dessa envergadura não poderia ser levada a sério. Nem em meus mais intensos delírios infantis eu acreditava sensatamente que eu iria escrever uma teoria sobre a origem do universo. Entretanto, durante trinta anos a minha mente girava em torno daquela conversa infantil. E durante trinta anos crescia dentro de mim uma sensação de que eu teria que cumprir no mundo uma missão que pudesse ser considerada relevante. Nesses trinta anos durante muitas vezes eu não entendia qual seria essa missão, mas a cada dia que eu acordava aquela sensação estava presente. Tentei levar uma vida normal: estudar, trabalhar, ter uma família. Entretanto, aos trinta e nove anos de idade eu perdi o sentido da minha existência. E isso ocorreu porque durante toda a minha vida eu tinha cultivado dentro de mim a certeza de que eu poderia fazer algo com condições de ser considerado globalmente significativo, mas àquela altura de minha jornada eu era apenas uma pessoa comum e sem nenhuma perspectiva de ao menos tentar apresentar algo novo ao mundo. Em verdade, àquela altura de minha vida eu já tinha esquecido daquele colapso em meu raciocínio lógico sobre a origem do universo. Foi neste instante de profunda depressão existencial que veio à tona de minhas lembranças aquele meu projeto infantil e eu comecei a rabiscar em meus cadernos de anotações as primeiras palavras, as quais giravam em torno do que eu já havia amadurecido apenas mentalmente naqueles trinta anos anteriores. Das primeiras palavras escritas até a conclusão do projeto foram quase dez anos, contando diversas interrupções e sobressaltos. Certamente que a partir do ano de 2007 eu escrevi muitas centenas de páginas sobre o tema, mas, ao final de dezenas de revisões sobraram cerca de trezentas páginas. Ao final do projeto, em dezembro do ano de 2015, eu enviei a obra para registro dos direitos autorais. E em fevereiro do ano de 2016, quando eu ainda efetuava nova revisão de todo o material e a adição de mais cem páginas, a mídia noticiou que o Projeto LIGO, nos Estados Unidos, havia realizado teste que confirmava a existência das ondas gravitacionais previstas pelo cientista Albert Einstein. Confesso que fiquei imensamente satisfeito com a notícia, pois entendi que mais do que supostamente confirmar o que Einstein havia previsto, os testes estavam corroborando de forma muito mais intensa tudo o que havia sido escrito nesta teoria que agora eu apresento a todos: a Teoria da Objetividade.

Breve Biografia de Vidamor Cabannas

1968: Nasceu em 3 de dezembro no Brasil, na cidade de Cruz das Almas - Bahia, e foi registrado com o nome D. S.
1977: Efetuou o primeiro raciocínio lógico de fundamento da Teoria da Objetividade
1995: Graduou-se em Ciências Econômicas
1997: Casou-se em 04 de julho
2007: Redigiu as primeiras frases da Teoria da Objetividade
2011: Graduou-se em Direito
2015: Concluiu a Teoria da Objetividade e adotou o nome Vidamor Cabannas
2016: Publicou a Teoria da Objetividade na rede mundial de computadores no mês de fevereiro.
2017: Efetuou atualizações na Teoria da Objetividade
2020: Publicou a obra de poesia e ficção Dual